지금 이런 자리에 서 있는 것처럼 여러분의 인생도 선택에 의해서 바뀔 수 있다는 걸 말해주고 싶기 때문입니다. 어떤 일을 겪거나 어떤 어려움에 부딪혔을 때, 그것을 해결하거나 도망치거나 잡아먹히거나 하는 것은 여러분의 선택입니다. 인생이 완벽하든 처절하든 여러분에게는 기회와 조건이 주어져 있습니다. 저는 그것을 보여주기 위해 이 책을 썼습니다. 제가 할 수 있으면 여러분도 분명 할 수 있기 때문입니다.

저는 여러분보다 훌륭하지도, 똑똑하지도, 모든 것을 다 알고 있지도 않습니다. 작가이고 동기부여 연설가이고, 또는 커뮤니케이션 전문가라는 소리를 듣는다고 해서 제 인생이 완벽한 것도 아니랍니다. 제게도 힘든 일이 있습니다. 화가 나면 화를 내고, 바쁘면 약속에 늦기도 하고, 피곤하면 제때 씻지도 않는, 그냥 그런 보통 사람이 바로 저입니다. 그러나 단 하나, 저는 늘 좀 더 나아지려고 노력합니다. 저는 제 인생이 의미 있기를 바랍니다. 누군가에게 질질 끌려다니거나 떠밀리기는 싫습니다.

저는 제가 사랑하는 것을 하고 싶습니다. 그것으로 돈을 벌고도 싶습니다. 뿐만 아니라 행복해지고 싶고, 변화를 이루고 싶고, 제 최고의 모습을 봐주는 사람들과 함께하고 싶고, 믿음직한 친구가 되고 싶습니다. 그것이 바로 제가 살고 싶어 하는 인생이고 살아가는 이유입니다. 저는 여러분과 함께 그

똑똑한 머리를 가진 37세의 박사학위 소지자. 그건 겉모습에 불과합니다. 그 이면의 이야기를 들려드리죠. 솔직히 저는 육체노동에 소질이 없습니다. 그건 제가 다른 방법으로 생계를 해결해야 함을 의미합니다. 그것이 제겐 '조언'이었습니다. 게다가 저는 방향감각이 완전 제로인 길치이고 엄청 게으른 데다 실수투성이이고 과거에는 상상도 못할 만한 고생도 해보았지요. 사람들과 다른 점이 있었다면 저는 그런 과정에서 뭔가를 배웠다는 것입니다.

17세 이전으로 돌아가면 제 과거는 더욱 처절합니다. 저를 낳아준 부모님은 핏덩어리였던 저를 병원에 버렸지요. 태어나면서부터 버림을 받은 저는 부모에게 버림받는 기분이 무엇인지 잘 알고 있습니다. 최근까지도 친부모님이나 친척들을 만나본 적이 없습니다. 그리고 제 어린 시절은 입양의 연속이었습니다. 저를 입양한 어떤 양부모는 저를 쫓아냈습니다. 또 어떤 양부모는 학대했지요. 제가 정상적인 삶을 살 수 있었을까요? 저는 비만아였고 왕따였고 자살을 기도하기도 했습니다. 살아야 할 의미가 없었지요. 심지어는 감옥에 간 적도 있습니다.

그러니 이 책은 '엄친아'의 자서전이 아닙니다. 제가 이런 이야기를 꺼내는 건 저를 동정하거나 봐달라고 이야기하고 싶어서가 아닙니다. 제 마음을 보여주고 싶어서입니다. 제가

을 가지고 있다는 사실입니다. 왜냐고요? 간단해요. 저는 여러분이 이 책을 읽기를 진정 바랍니다. 그러면 책 표지의 멋진 제 얼굴을 보는 사람도 늘어나잖아요.

자랑질이 심하다고요? 죄송합니다. 이제 제 소개를 하죠. 저는 10대들과 이야기를 나누는 사람입니다. 고등학교 강당, 텔레비전, 라디오, 사람들이 많이 모이는 광장, 그리고 헤이조시닷컴(HeyJosh.com)이라는 사이트에서 10대들의 고민 상담을 하고 있습니다.

구리다고요. 그렇게 느낄 수도 있습니다. 하지만 저는 꽤 유명한 사람입니다. 최근 〈잉크 매거진〉(INC. Magazine)의 '30세 이하의 30인'(30 Under 30) 중 미국의 가장 '쿨'한 청년 사업가로 뽑히기도 했다고요. 이것도 자랑질이군요. 또 죄송합니다. 이제 제 이야기를 들려드리죠.

17세 때, 저는 이 일이 제가 원하는 제 인생의 길이라는 것을 알게 되었습니다. 그리고 이 분야에 대해 나름 노력했고 성공도 했습니다. 전 세계 사람들은 이제 저를 말 그대로 '10대 소통의 대가'라고 부르기도 합니다. 이런 소리를 들을 때면 기분 '짱'이죠. 저는 매년 10만 통 정도의 조언을 구하는 메일을 받고, 100만 명 이상의 10대들과 실제로 이야기를 나눕니다. '뭐 그렇게 살았나 보다. 성공한 젊은 꼰대군.' 이렇게 말할지도 모릅니다. 저의 진정한 정체를 알기 전까지는 말입니다.

다. 이 책을 읽게 하는 것이지요.

"아!"

벌써 여러분의 불평이 들리는군요.

"이봐요, 조시. 처음 보는 사람에게 너무 건방진 것 아닌가요? 내가 그렇게 만만해 보여요?"

하지만 어쩔 수 없습니다. 다시 말하지만 여러분은 여러분의 인생에서 아주 중요하고도 위험한 순간에 와 있습니다. 그렇다고 핸드폰을 들지는 마세요. 112나 119에 전화해야 할 상황은 아니니까요. 그러니까 제가 하고 싶은 말은, 그런데 이걸 꼰대 같지 않게 이야기하려면 어떻게 해야 할까요? 일단 시작해봅시다.

10대 여러분들은 지금 앞으로의 인생을 결정할 중요한 시기에 놓여 있습니다. 그것은 일종의 선택입니다. 선택에 따라 여러분들은 인생을 정복할 수 있습니다. 하지만 빈둥빈둥 인생을 낭비하다 먼지처럼 흩어지거나 다른 사람에게 조종당하는 노예처럼 살 수도 있습니다. 그것은 여러분의 선택입니다. 하지만 저는 여러분들이 그렇게 살도록 둘 수 없답니다.

그건 여러분이 누구든 상관없습니다. 어떻게 생겼든 무엇을 가지고 있든 어디에 살고 있든, 그건 저에게 아무 상관없는 일입니다. 심지어 이 책을 훔쳤든지 샀든지 얻었든지 불법 다운로드를 받았든지, 상관없어요. 중요한 건 여러분이 이 책

머리말

"

'머리말은 그냥 머리말이다.'

아닙니다. 만약 이 부분을 읽지 않고 그냥 넘어간다면 저는

지구 끝까지라도 쫓아가 여러분들에게 '하이킥'을 날릴지도 모릅니다.

농담하지 말라고요? 믿거나 말거나입니다.

"

10대 여러분, 안녕!

만나서 정말 반가워요. 저는 조시 섭입니다. 표지에서 이미 봤겠지요. 우스꽝스러운 치와 머리를 하고서 방금 여러분에게 하이킥을 날리겠다고 한 사람이 바로 접니다.

그렇다고 저를 폭력적인 사람으로 오해하지는 마세요. 하지만 한번 하겠다고 하면 하는 사람인 건 맞아요. 제가 이렇게까지 하는 이유는 지금 여러분이 인생의 정말 중요한 시기에 와 있기 때문입니다. 그런데 이 중요한 시기에 여러분들은 위험에 처해 있어요. 그래서 하이킥을 날려서라도 여러분을 구하고 싶은 겁니다. 여러분을 구하는 방법이란 뭐, 간단합니

지금부터 변신!

내 안에 잠든 영웅을 깨우는
유쾌한 성장 프로젝트!

십대를 위한 세계정복 가이드

THE TEEN'S GUIDE TO WORLD DOMINATION

조시 십 지음 | 윤신화 옮김

비아북
ViaBook Publisher

THE TEEN'S GUIDE TO WORLD DOMINATION

By Josh Shipp

내 안에 잠든 영웅을 깨우는 유쾌한 성장 프로젝트!

십대를 위한
세계정복 가이드

길을 걷고 싶습니다.

자, 이제 다시 본론으로 돌아갈까요. 다시 말하지만 저는 헛똑똑이인 데다가 성격도 제멋대로입니다. 그러니 여러분들도 단단히 준비해야 할 거예요. 언제 하이킥을 날릴지 모르니까요. 그렇다고 저를 꽉 막힌 사람이라고 생각하지는 마세요. 저는 심각한 이야기도 툭 털어놓을 것입니다. 그리고 '악성 댓글'도 두려워하지 않을 것입니다. 우리, 심각하고 무거워지지는 말기로 해요.

이 책을 원하지 않는다면 지금 덮어도 좋습니다. 하지만 여러분들 중 성공하는 인생을 살고 싶은 사람이 있다면, 답답한 학교 생활을 신나는 공간으로 만들어보고 싶은 사람이 있다면, 이 책을 끝까지 읽을 것이라고 믿습니다. 이 책이 여러분에게 행운과 도움을 줄 것이라고 저는 믿습니다.

감사합니다.

언제나 여러분의 편인
조시 십 드림

내 안에 잠든 영웅을 깨우는 유쾌한 성장 프로젝트!

십대를위한 세계정복가이드 CONTENTS

1부

세계 정복의 기본 가이드

1장

뭐, 세계 정복이라고?

세계는 정복되지 않는다

"뭐든 할 수 있다며 자신만만한 10대 여러분, 세계를 정복하겠다고 으스대고 있나요? 김칫국부터 마시지 마세요. 세계는 결코 정복되는 것이 아닙니다."

세계 정복이라는 야심에 부풀어 있는 사람이라면 지금 김이 확 샜겠네요. 지금 제 귀에 여러분들의 불만이 들려오는 듯하군요.

"조시, 이건 아니잖아요. 처음부터 '생까는' 거예요?"

이렇게 묻는다면 저는 "예. 앞으로의 내용도 그럴 거예요." 하고 대답할 겁니다. 그래요. 전 장난을 좋아하는 익살꾼입니다. 하지만 확실한 한 가지는, 제가 여러분의 편이라는 사실입니다.

그리고 처음부터 너무 심각해질 필요 없잖아요. 이 책은 교과서가 아니에요. 그럼 더 이야기를 나누기 전에 먼저 서로에 대해 알아보는 시간을 가져볼까요? 세계 정복이 도대체 무엇인지에 대한 이야기도 나누어봅시다.

제가 어릴 적 보았던 만화 중에 〈애니매니악스〉라는 만화가 있어요. 한국어로 하면 '미친 동물'쯤 되겠네요. 이 만화에는 '핑키'와 '브레인'이라는 쥐가 등장합니다. 이 두 친구는 음식 쓰레기나 노리는 그런 쥐가 아니라 유전적으로 변이된 연구용 슈퍼 쥐입니다. 그런데 똑같은 슈퍼 쥐인데도 핑키는 바보이고 브레인은 천재예요. 이 애니메이션의 시작은 항상 같았어요. 뭐, 말하자면 이런 식이었죠.

핑키 : 음, 브레인, 오늘 밤엔 뭘 할까?
브레인 : 매일 하던 거 있잖아. 핑키, 이 멍청이! 세계를 집어삼키는 거야! 하하!

그리고 핑키와 브레인은 실제로 세계를 삼키려는 음모를 꾸밉니다. 첨단 과학에 속임수를 더하여 세계 정복이라는 계획을 세우는 거죠. 물론 별 도움 안 되는 핑키도 브레인과 함께 세계 정복의 꿈을 꾸었습니다.

그런데 가만히 생각해보니 세계 정복을 꿈꾼 캐릭터가 하나둘이 아니네요. 제 어린 시절을 함께한 〈케어 베어스〉(Care Bears)부터 〈마스터 오브 더 유니버스〉(Master of the Universe) 그리고 〈트랜스포머〉(Transformers)에 이르기까지 거의 모든 만화에는 상대를 쓰러뜨리고 세계를 정복하려는 악당들이 등장했습니다. 콜드하트 교수, 스켈레터, 메가트론, 그리고 몬티 번스가 바로 그런 악당들이었죠.

그런데 이들 악당에게는 또 한 가지 공통점이 있습니다. 일단 사악하고 음흉한 건 기본이고, 거기에 졸개들과 함께 기분 나쁜 웃음으로 분위기를 싸하게 만들죠. 어떤 악당들은 콧수염을 기르기도 했습니다. 아! 얼굴에 털이라고는 찾아볼 수 없는 저는 콧수염을 부러워하기도 했어요.

자, 과거의 악당이 이랬다면 현재의 악당들은 어떤 모습일까요? 멀리 갈 것 없이 〈해리포터〉의 어둠의 마왕 볼드모트와 죽음을 먹는 자를 들 수 있겠네요. 영화로 유명한 〈트와일라이트〉의 볼투리는 우리의 아름다운 벨라를 위험에 빠트리기도 했습니다. 악당 중에는 로봇도 있습니다. 〈트랜스포머〉에 등장하는 디셉티콘의 리더 메가트론은 지구를 파멸시키려고 하잖아요. 만화책부터 영화와 애니메이션에 이르기까지 절대적 권력과 완벽한 컨트롤 능력을 가진 악당들의 목표는 하나같이 세계 정복이었습니다.

그런데 세계 정복을 꿈꾼 존재가 만화와 영화 속의 악당들

뿐이었을까요? 그렇지 않습니다. 권력에 굶주린 악당은 허구의 세계에만 존재하는 것이 아닙니다. 어쩌면 그런 악당들의 모습은 우리 삶에 투영되어 있을지도 모릅니다.

학창 시절, 부모님은 역사를 중요하게 생각하셨습니다. 특히 광활한 제국을 건설한 인물들의 이야기는 역사에서 빠지지 않았습니다. 이집트의 파라오, 크세르크세스 1세, 진시황, 알렉산더 대왕 등 왕과 여왕, 전쟁 영웅, 장군, 독재자들의 삶은 역사에서 빼놓을 수 없는 주제였습니다. 그런데 저는 이 역사를 통해서 어떤 결론을 얻었는지 아세요? 그 역사는 미친 사람들이 세계를 정복한답시고 찍은 한 편의 드라마와 같다는 것입니다. 그리고 저는 히틀러, 나폴레옹, 칭기즈칸, 알렉산더 등의 역사적 인물들에게 공통점이 있다는 사실을 알게 됐습니다.

그들은 자기중심적입니다. 권력과 부를 향한 채워지지 않는 욕망을 가지고 있었습니다. 그러나 그들 중 누구도 진정으로 성공하지는 못했습니다. 저는 단 한 명도 성공하지 못했다고 단언합니다. 그저 잠시나마 사람들을 공포에 떨게 하고 엄청나게 넓은 영토를 차지한 적은 있지요. 그러나 그것은 그때뿐이었습니다. 강력한 군대, 엄청난 부, 풍부한 자원, 첨단의 기술력, 지략, 그리고 칭기즈칸의 콧수염을 가지고 있었다 해도 그들은 성공하지 못했습니다. 왜냐고요? 그들이 이룩한 제국이 아직까지 남아 있나요? 그들의 제국은 모두 무너졌습니다.

지금까지 단 한 사람도 세계를 정복하지 못했습니다. 그것은 만화와 영화, 그리고 현실의 역사에서도 증명되는 사실입니다.

그래도 악당은 포기하지 않는다

폭군은 성공하지 못했습니다. 그러나 그 습성은 현재까지 이어지고 있습니다. 고대의 폭군들은 영원한 젊음이나 금괴, 아니면 최고의 권위를 상징하는 신화적인 아이템을 통해 세계를 정복하고자 했습니다. 그렇다면 현대의 악당은 어떨까요? 그들은 정치권력, 천연자원, 그리고 돈이 그것을 대신할 수 있다고 믿습니다. 그들은 타인을 통제하여 세계를 정복하려 합니다. 힘과 권력, 자원과 돈에 마력이 있다고 믿습니다. 그래서 그것을 찾아 헤매지요.

그러나 그들은 틀렸습니다. 설령 그것을 얻는다 해도 세계는 정복되지 않습니다. 악당들은 그저 공격을 감행할 뿐입니다. 어쩌면 지금 여러분의 세계도 악당들에게 공격받고 있는지 모릅니다.

여기에서 여러분들이 반드시 알아야 할 것이 있습니다. 여러분의 삶은 지금 이 악당들의 권모술수와 힘, 공격력, 심리전 등의 사정권에 놓여 있습니다. 지금 악당들은 자신들의 배를 채우기 위해 당신과 당신의 세계를 지배하려 하고 있습니다.

다시 한번 정리해보겠습니다. 먼저, 악당은 실제로 존재합니다. 그리고 만일 여러분이 그릇된 욕망을 가졌다면 그것은 악당들이 여러분 주위에 훨씬 가까이 있음을 의미합니다. 만약 저를 믿지 못하겠다면 지금 이 책을 덮어도 상관없습니다. 후회하지 않을 자신이 있다면 말입니다.

더욱 중요한 것은 이 책을 읽고 있는 사람들 중에 악당이 있을지도 모른다는 사실입니다. 혹시 당신이 바로 그 악당은 아닌가요? 아니라고요? 정말인가요? 그렇다고 이 책에서 눈을 떼려는 생각은 하지 마세요. 농담이 아닙니다. 《십대를 위한 세계정복 가이드》라는 이 책을 든 사람은 어느 누구도 아닌 당신 자신입니다. 어쩌면 그것은 당신도 악당처럼 자신의 이익을 위해 타인의 삶을 지배하려는 욕망을 가지고 있다는 것을 말해주는지도 모릅니다. 우리 이제 솔직해지기로 해요. 당신을 비난하는 것이 아닙니다. 사실 세계 정복이 매력적으로 들리는 것도 사실이지요.

물론 여러분이나 저 같은 보통 사람들은 무자비한 정복의 욕망을 가지고 있다 해도 실제 정부를 전복시키려 하거나 비밀 동굴을 만들어 머리에 레이저가 달린 상어를 보초 세우지는 않습니다. 왜냐하면 우리는 과대망상증 환자가 아니니까요. 그러나 우리에게도 자신이 원하는 것을 다른 사람들에게 시키고 싶은 욕망이 존재할 수 있습니다. 왜냐하면 그게 매력적으로 보일 수도 있기 때문입니다.

그런데 여기에 불편한 진실이 숨어 있답니다. 우리는 그렇게 강한 사람들이 아닙니다. 때문에 정복욕을 충족시키기 위해서는 우리보다 약한 사람들을 찾을 수밖에 없습니다. 그것은 나폴레옹이나 히틀러가 벌인 일과 별반 다르지 않습니다. 당신이 어떤 사람이건 당신보다 약한 사람을 이용하는 것은 명백한 잘못입니다.

조시의 멋진 팁

과거의 독재자들이 사용한 방법으로는 결코 세계를 정복할 수 없다. 잘못된 욕망으로 다른 사람들에게 상처를 주는 방법으로는 결코 성공할 수 없다.

이제 우리는 다르게 생각해야 합니다. 세계를 지배하겠다는 욕망으로는 아무것도 이룰 수 없음을 깨달아야 합니다. 이제 새로운 방식으로, 새로운 목표를 정해야 할 시간이 되었습니다. 힘없는 작은 나라를 정복할 꿈은 던져버리세요. 학교 친구들을 괴롭힐 궁리는 그만두세요. 대신 지금 우리가 할 수 있는 일이 무엇인가를 생각해야 합니다.

자, 생각을 처음부터 다시 정리해보겠습니다. 우리가 대수롭지 않게 여겼던 일들, 아무것도 아니라고 생각한 것들 중에 정말 중요하고 커다란 도전이 있었다고 생각해본 적은 없나요? 타인의 삶을 컨트롤하는 일은 어떤 겁쟁이라도 할 수 있습니다. 진정한 영웅이라면 그런 일을 할 리가 없습니다. 여기에서 우리는 진정한 영웅의 모습을 그려보아야 합니다. 진정한 영웅이란 힘없는 타인을 괴롭히고 정복하는 것이 아니라 자기 자신의 세계를 정복하는 사람입니다. 그것이 가장 큰 도전입니다. 그리고 그 도전에 성공했을 때 진정한 영웅으로 거듭날 수 있습니다.

역사 속의 악당들이 모두 악마나 광기에 사로잡힌 사람들이었을까요? 아니, 그들은 그저 겁쟁이에 불과했습니다. 다른 사람들을 억압하고 정복하려 했으니까요. 그들에게는 자신의 세계를 정복할 용기가 없었던 겁니다. 대신 온갖 수단을 동원해 타인을 지배하려고 했던 것입니다. 타인을 지배하는 것은 자신의 삶을 지배하는 일에 비하면 아무것도 아닙니다. 우리는 분명히 알 수 있습니다. 세상에서 가장 어려운 도전은 자신에 대한 도전이며 그 도전에 성공한 사람만이 진정한 영웅이라는 사실을 말입니다.

그러나 대부분의 사람들은 그 도전에 성공하지 못합니다. 그들은 좌절과 친하고 포기와 어깨동무를 하고 있습니다. 물론 처음부터 그러지는 않았을 겁니다. 처음엔 누구나 도전을 시도합니다. 하지만 조금만 어렵다고 여기면 바로 포기하고 맙니다. 왜일까요?

의미 있는 일은 쉽지 않습니다. 저는 다시 한번 묻고 싶습니다. 여러분의 인생에서 기억에 남을 만한 일이 있었나요? 있었다면 그 일을 하는 게 쉬웠나요? 쉽지 않았을 겁니다. 그러나 쉽지 않았던 그 일은 분명 가치 있는 일이었을 것입니다.

여러분들은 세계를 정복하려는 마음이 아니라 자신의 세계를 지배하고자 하는 마음이 있나요? 만약 '네'라고 대답할 수 없다면 바로 이 책을 덮으세요. 그리고 가게에 가서 사탕이나 한 봉지 사세요. 눈앞에 놓인 사탕의 달콤함에 취해 이가 썩는지도 모르고 시간이나 보내세요. 저는 그 사탕이 정말 달콤하기만을 바라겠습니다.

그러나 여러분 중 한 명, 바로 당신이 몇 명 되지 않는 영웅 중의 하나라면, 창의적이고 혁신적인 사고방식과 잘못된 것에 저항할 용기를 가진 사람이라면, 당신은 성공할 수 있습니다. 세계를 정복하겠다는 헛된 꿈을 버리고 자신의 인생을 지배하고 설계하는 데 집중할 수 있으니까요. 그것이 바로 우리가 나아갈 방향이자 이 책이 존재하는 이유입니다.

자, 이제 저와 항해를 떠날 시간이 되었습니다. 영웅 후보는 아무나 되는 것이 아닙니다. 영웅의 길을 가겠다면 다음 페이지로 눈을 돌리세요. 이제 진짜 게임이 시작됩니다.

2장

나의 세계를 지배할 것이냐, 지배 당할 것이냐

세계 정복을 다시 말하다

아직 책을 덮지 않은 것을 보니 저와 함께하겠다는 뜻이군요. 좋습니다. 두려울 게 뭐 있어요? 한번 해봅시다. 우린 젊잖아요. '고고씽!'

아! 그런데 분명히 짚고 넘어가야 할 것이 있습니다. 지금 우리는 세계 정복을 이야기하고 있습니다. 그러므로 세계 정복의 의미를 다시 한 번 정확히 짚고 넘어가야 합니다.

지금까지 그 누구도 세계 정복에 성공하지 못했습니다. 세계 정복의 야욕을 가진 사람들의 구역질 나는 탐욕은 앞으로도 결코 성공하지 못할 것입니다. 전 이렇게 이야기하고 싶습니다.

"가능하지도 않은 세계 정복에 시간과 에너지를 낭비하지 말고, 자신의 내면으로 방향을 바꿔라! 세계 정복 대신에 나의 세계를 지배하라!"

바로 그겁니다. 간단하지 않나요? 부모님, '여친', '남친', 동생, 그 누구도 당신을 마음대로 움직일 수 없습니다. 결국 당신을 움직이고 컨트롤할 수 있는 사람은 이 세상에 단 한 사람, 바로 당신뿐입니다. 바로 지금 이 책을 읽고 있는 당신 말입니다.

그렇지만 우리는 중요한 것을 잊고 삽니다. 당신은 자신의 삶에서 무엇을 얻고자 하나요? 이 비밀은 정말 중요하고 성스러운 것입니다. 하지만 걱정할 필요는 없습니다. 이 비밀을 아는 데에는 단돈 13,000원이면 되니까요.

자신의 세계를 정복하는 비법

사실, 솔직히 이야기하면 그런 비법 따위는 없습니다. 이 말을 듣고 여러분은 또 그러겠지요.

"에이 씨, 이 책 진짜 거지 같아. 구려 죽겠어. 번드르르한 책 제목과 달리 세계를 정복할 방법이 없다고 하더니 이제는 내 삶을 더 낫게 바꿀 방법도 없다고? 이렇게 구라를 쳐서 책을 팔아먹으려는 거야? 조시 당신, 혹시 다단계 피라미드 아니에요?"

자, 흥분하지 마세요. 여러분의 멘탈을 붕괴시키려고 그러는 게 아닙니다. 저는 진실을 말하는 것뿐이에요. 뭔가 마법 같은 방법을 알려주고 싶지만 세상에 그런 건 없답니다. 혹시 누군가 그런 것을 알려주겠다고 한다면 그건 분명 거짓말입니다.

여러분이 자신의 세계를 정복할 수 있는 방법은 단 한 가지입니다. 바로 여러분이 그 길을 선택하는 것입니다. 여러분이 여러분 자신의 세계를 정복하겠다고 선택하는 것, 그것이 바로 첫 번째 길입니다.

인생에서 성공을 거두고 싶다면, 정말 멋지고 자신 있는 삶을 살고 싶다면, 목적의식을 가지고 흔들리고 싶지 않다면, 존경받는 사람이 되고 싶다면, 그렇게 선택하는 겁니다. 나중에 젊은 시절을 회상하면서 "그래, 이만하면 잘 살았어." 하고 말하려면 지금부터 제 말을 잘 들으세요.

당신의 세계는 당신이 매분, 매초마다 하는 선택에 의해 결정됩니다. 선택에 따라 결과가 바뀌는 것입니다. 한 방에 되는 일은 없습니다. 대화를 하고 생각을 하고 방향을 선택하는 순간순간이 당신의 인생을 결정합니다. 여러분이 선택하지 않는다면 다른 누군가가—아마도 악당이겠지요— 여러분의 세계를 좀먹고 여러분을 조종하려 들 겁니다.

악당들은 여러 가지 모습으로 나타납니다. 과거의 안 좋은 기억, 두려움, 나쁜 습관, 이런 것들도 모두 악당입니다.

여러분이 여러분의 선택과 결정에 책임을 지지도 못하고 실행하지도 못한다면 이 싸움은 해보나마나입니다. 그때는 어떤 비법이나 마법도 소용없습니다.

저는 여기에서 진정한 의미의 세계 정복을 이야기하려고 합니다. 제가 이야기하는 새로운 세계 정복의 정의는 바깥세상을 정복하는 것이 아닙니다. 바로 여러분의 내면을 정복하는 것입니다. 그것이야말로 진정한 의미의 세계 정복입니다.

당신이 자신의 세계를 정복한다는 것은 다른 사람과의 비교를 통해서 이루어지지 않습니다. 누구보다 뛰어나거나 누구보다 뒤처진다는 것은 중요하지 않습니다. 중요한 것은 바로 여러분 자신에게 스스로 최선을 다하는 것입니다.

자신의 세계를 정복하고자 하는 타오르는 열망과 다른 사람의 이야기를 경청하고자 하는 마음이 준비되어 있다면 저는 여러분에게 힌트를 줄 수 있습니다. 사실 큰 비밀은 아닙니다. 여러분에게 그 방법을 알려주도록 하겠습니다. 여러분과 제가 이제 친구가 되었다고 믿습니다. 앞으로 잘해보자고요!

3장

영웅이 필요해!

악당은 어디에?

여러분들은 제가 미쳤다고 생각할지도 모르겠습니다. 머리 위로 손가락을 빙빙 돌리며 이렇게 말할 것 같아요.

"이봐요, 조시! 내 인생은 영광으로 충만하다고요. 악랄한 악당이 어디 있다고 그래요. 아무도 내 인생을 조종하지 않아요. 내 삶의 주인은 나라고요. 듣고 있는 거예요? 조시!"

정말 그럴까요? 일단 그렇게 생각하는 건 나쁘지 않군요. 그런데 제가 보기엔 여러분들 상태가 그리 좋지 않습니다. 그냥 시간 낭비하지 말고 이 책을 친구에게 주는 것도 좋겠습니다. 왜냐하면 저를 포함한 99.9퍼센트의 사람들은 더 나은 삶을 찾기 때문이지요.

아! 미안해요. 지나쳤다면 사과할게요. 저는 그저 여러분의 관심을 끌고 싶었을 뿐입니다. 그런데 한 가지 나쁜 소식을 전해야 할 것 같습니다. 그보다 먼저, 현재의 삶에 안주하고 만족한다면 그건 더 나쁜 소식이 될지도 모르겠어요.

느끼지 못했을 뿐, 공격은 이미 시작되었다

악당의 위협은 어디에나 있습니다. 그것을 금방 눈치채고 악당과 맞서 싸우는 사람들이 있습니다. 그런데 왜 여러분은 그걸 느끼지 못할까요? 아마 세 가지 이유 때문일 것입니다.

첫째, 여러분이 악당이기 때문입니다.

악당은 공격적이고 싸우기를 좋아합니다. 심지어 자기들끼리 싸우기도 합니다. 하지만 대부분의 악당들은 큰 테이블에 빙 둘러앉아 영웅을 물리칠 궁리를 합니다. 여러분이 악당의 위협을 느끼지 못했다면 그건 여러분이 영웅이 아니라 악당일 가능성이 높다는 것을 말해줍니다. 여러분이 위협 그 자체이기 때문에 위협을 느끼지 못하는 것이지요. 이런 말을 하고 싶지는 않지만, 여러분이 악당이라면 여러분은 정말 바보예요. 지금이라도 남의 인생을 지배할 생각은 지우고 스스로의 인생을 챙기라고 말하고 싶군요.

둘째, 여러분이 눈뜬 장님이기 때문입니다.

대다수 사람들은 악당을 분별하지 못합니다. 교활한 악당은 눈에 잘 띄지 않게 사람들 속에 섞여 있습니다. 검정 망토를 걸치고 털북숭이 얼굴을 한 악당은 영화 속에나 등장할 뿐입니다. 그런데 여러분이 악당의 위협을 느끼지 못하는 건 그들을 볼 수 없기 때문만이 아닙니다. 여러분이 믿을 수 있는 아주 친근한 얼굴로 거리를 활보하고 있기 때문입니다.

셋째, 여러분이 '루저'이기 때문입니다.

악당들의 관심은 영웅이나 성공한 사람들입니다. 이미 인생을 망친 사람들에게 악당은 관심을 보이지 않습니다. 가치 없는 인생에게는 눈길조차 주지 않는 것이 악당입니다. 여러분이 만약 나이 마흔이 되어서도 부모님 집에 얹혀살며 과자 부스러기나 흘릴 사람이라면 악당 걱정을 할 필요가 없겠지요.

그러나 실망할 필요는 없습니다. 어둠이 있으면 빛이 있는 법이니까요. 혹시 여러분이 악당의 위협을 느꼈다면 그건 아주 좋은 신호입니다. 왜냐하면 그건 악당이 여러분을 영웅 후보로 인식하고 있다는 뜻이기 때문입니다.

우리는 이제 확실히 우리의 인생이 위험에 처했음을 알게 되었습니다. 그렇다면 이제 무엇을 해야 할까요?

보통 사람은 도망칠 것이다

보통 사람들은 그냥 지나치고 말 것입니다. 다른 사람들의 이목을 끄는 걸 싫어하니까요. 보통 사람들이 원하는 건 그저 방해받지 않고 혼자만 행복해지는 것입니다. 그러니 악당이 나타난다고 한들 무슨 일을 할 수 있겠어요.

아니, 다시 생각해보면 이런 정도는 할 수 있을 것 같습니다. 달아나거나 숨거나, 기절하거나 스스로 엉망진창이 되거나, 어린애처럼 울거나 눈 감고 죽기만을 기다릴 수도 있을 테죠. 영화 〈주라기 공원〉에 나온 남자처럼 자기만 살겠다고 아이들을 버리고 도망칠 수도 있습니다. 그런데 혼자 살겠다던 그 남자가 제일 먼저 티라노의 먹잇감이 되었다는 걸 기억하나요?

어떤 사람들은 비밀 장소라고 생각하는 곳에 숨을 수도 있습니다. 하지만 곧 악당에게 들킬 겁니다. 그럼 이렇게 말하면서 항복하겠지요.

"내 인생을 갖고 싶으세요? 그래요. 알았다고요. 그냥 가지세요. 그리고 제발 살려만 주세요."

조용하고 안락한 삶을 살고 싶다고요? 가장 간단한 방법은 그냥 악당에게 항복하는 것입니다. 어떤 문제도 일으키지 않고 악당들이 정해놓은 법칙을 따르기만 하면 여러분은 가만히 지낼 수 있을 것입니다. 그럼 여러분의 인생에서 도전은 사라지고 여러분은 그저 다른 사람들처럼 살게 되겠지요. 많은 사람들이 그렇게 항복하니까 외롭지 않을 수도 있습니다. 그렇지만 그런 삶은 사육 당하는 햄스터와 다르지 않습니다.

영웅은 자리를 박차고 나와 맞서 싸운다

아직도 이 책을 놓지 않았다면 조금 더 솔직해져야 한다고 생각해요. 영웅의 삶은 쉽지 않습니다. 영웅의 삶 곳곳에는 위험이 도사리고 있습니다. 인정받기도 힘들고 때로는 문제를 일으킨다고 오해를 받을 수도 있습니다. 그렇지만 영웅이 없다면 이 세상은 어둠으로 가득 차고 말 것입니다.

세상이 영웅을 필요로 하는 것처럼 여러분의 세계에도 영웅이 필요합니다. 영웅이 아니라면 여러분은 여러분의 세계에서 아무런 기회도 얻을 수 없습니다. 그러니 바로 여러분의 내면에 잠자고 있는 영웅을 깨워야만 합니다. 영웅만이 악당을 볼 수 있고, 악당의 유혹을 물리쳐 그들과 맞서 싸울 수 있는 존재가 될 수 있습니다.

영웅은 보호자이며 방어자입니다. 영웅은 누군가의 롤모델이며 챔피언입니다. 그러나 때로는 지극히 평범한 사람처럼 보일 수도 있습니다. 그렇지만 그들은 평범한 사람들이 아닙니다. 그들이 다른 이유는 도전에 반응하기 때문입니다. 그들은 그들의 세계가 위험에 처했을 때 용기를 내어 맞서 싸웁니다. 절대 도망가거나 항복하지 않습니다. 때로는 다른 사람들을 보호하기 위해 희생도 마다하지 않습니다.

악당은 영웅을 미워합니다. 영웅은 결코 조용히 물러서는 법이 없거든요. 영웅은 절대로 악당이 이 세계를 지배하도록 내버려두지 않습니다. 악당들로부터 여러분의 인생을 보호하고 여러분의 세계를 악당에게 넘겨주고 싶지 않다면 영웅이 되는 법을 배워야만 합니다. 여러분이 영웅이 되면 악당들은 벌벌 떨고 말 것입니다.

여기에서 한 가지 기억해야 할 것이 있습니다. 영웅이 되려면 영웅의 조건을 충족해야 한다는 사실입니다. 영웅에게는 지키고 따라야 할 법칙이 있습니다.

4장

영웅의 신조

처음부터 영웅은 없다

악의 무리들이 세상을 지배하려 할 때, 그들을 응징하고 세상을 구원해줄 인물은 오직 영웅뿐입니다. 우리도 그런 영웅이 될 수 있습니다.

어쩌면 패배주의에 휩싸여 "야, 안 돼~!" 하고 말할지도 모르겠습니다. 자신이 영웅과는 거리가 멀다고 생각할 수도 있겠지요. 하지만 아무도 하루아침에 영웅이 되진 않습니다. 물론 영화에서는 그런 일이 벌어지기도 합니다. 하지만 그건 영화일 뿐이잖아요. 영화에서도 그런 초능력을 사용하게 되기까지는 시간이 걸립니다. 영웅은 노력과 훈련을 통해서 만들어지는 것입니다. 해리포터를 생각해보자고요. 해리포터가 호그와트에 가기 전까지, 그는 문제아에 불과했습니다. 배트맨도 다르지 않았습니다. 그는 상처받은 부잣집 도련님일 뿐이었습니다. 〈스타워즈〉의 루크 스카이워커는 황폐한 땅의 농부였고, 아이언맨은 오히려 자기중심적인 악당과에 속하는 인물이었습니다.

여기에서 우리는 한 가지를 깨닫게 됩니다. 영웅은 태어날 때부터 정해진 것이 아니라 끊임없는 자아 발견과 자기희생, 그리고 노력을 통해 만들어진다는 것입니다.

영웅은 스스로를 안다

영웅은 자신이 왜 존재하는지를 알고 있습니다. 때문에 자신의 정체성에 확신을 가집니다. 자신의 강점과 약점, 자기가 좋아하는 것과 싫어하는 것, 열정과 목표도 잘 알고 있습니다.

싫어하거나 잘 못하는 것을 나열하기는 쉽습니다. 제 이야기를 한번 해볼게요. 솔직히 전 세밀하게 파고드는 걸 좋아하지 않아요. 거기에다 동네에서조차 길을 잃기 일쑤인 길치입니다. 그때마다 내비게이션은 "경로를 벗어났습니다. 재탐색합니다." 하고 잔소리를 해댑니다. 그럴 땐 너무 당황스럽습니다. 그래도 여러 사람과 함께 있으면 괜찮은데, 누군가와 단 둘이 있을 때에는 내성적이라 수줍음을 탑니다. 저는 사람들에게 둘러싸여 있는 걸 좋아하지만 방전이 되어 있을 때에는 누구에게도 마음을 열지 않습니다.

지금까지 저는 제가 잘하지 못하는 일들을 고쳐야 할 약점이라고 생각했습니다. 더 열심히, 정말 더 열심히 노력하면 바뀔 것이라고 생각했습니다. 그런데 아니었습니다. 저는 제가 싫어하는 것, 제 약점조차도 인정해야 했던 것입니다. 자신의 강점과 약점이 함께할 때, 세상에 하나뿐인 내가 만들어집니다.

자신의 모든 것을 있는 그대로 포용하고 스스로를 속이지 않을 때, 우리는 비로소 누구에게도 떳떳하고 당당한 사람이 됩니다. 영웅이 되기 위해서는 스스로를 자랑스럽게 생각해야 합니다. 스스로가 강한 존재라는 것을 인식해야 합니다. 물론 항상 강하고 기분 좋을 수만은 없습니다. 그렇지만 여러분은 다른 사람에게는 없는 특출한 재능과 관심을 지니고 있습니다. 그것이 바로 여러분의 무기입니다. 사실 자신을 안다는 것은 생각보다 쉽지 않습니다. 어쩌면 영원히 풀리지 않는 수수께끼가 될 수도 있습니다. 하지만 걱정할 필요는 없습니다. 이 책 15장에 실마리가 있으니까요.

영웅은 자신에게 그 무엇이 있다고 믿는다

세상을 지배하기 위해 가장 필요한 건 자신감입니다. 자신감의 시작은 자신이 누구인지를 아는 것입니다. 자신감은 시도 때도 없이 거만하게 해대는 자랑질이 아닙니다. 오히려 거드름을 피우고 자랑을 일삼는 사람들은 겁쟁이라고 할 수 있습니다.

인생에 대한 모든 해답을 알아야 한다고 생각하지 마세요. 그건 이루어질 수 없는 일입니다. 자신감의 진정한 뜻은 두 눈으로 도전할 대상을 응시하고 그 대상에 대해 알려고 하는 것입니다. 우리는 우리가 옳다고 믿는 것을 위해서 일어설 수 있습니다. 두려움을 떨치고 맞설 수 있습니다.

많은 사람들은 제가 늘 자신감이 넘쳐난다고 생각합니다. 그래서 이렇게 말하지요.

"그래요, 조시. 당신에게는 간단한 일이죠. 당신은 카리스마도 있고 텔레비전에서 수많은 관객을 대상으로 강연도 하잖아요. 게다가 머리는 늘 전문가가 손질해준 완벽한 상태잖아요."

여기에서 맞는 말은 누군가 머리 손질을 해준다는 것뿐입니다. 제가 항상 자신감 넘친다는 건 사실이 아닙니다. 제 인생의 반은 두려움입니다. '나를 잘못 선택한 것 아닐까? 왜 나에게 이런 걸 묻지? 난 이런 일을 해결할 능력도 없는데. 이건 큰 경기야. 나는 이런 빅 리그에는 어울리지 않아. 난 착하지도, 똑똑하지도 않은데…….' 이런 끊임없는 회의가 제 마음속에도 있습니다.

그렇지만 제게는 그것을 해결할 방법이 있습니다. 문제는 회의가 아니라 회의를 이겨내는 겁니다. 자신감에 찬 모습으로 내가 바로 그곳에 있어야 할 사람인 것처럼 행동하면 아무도 이의를 제기하지 않습니다. 그러나 단 1초라도 주저하거나 어색해하는 모습을 보이면 게임은 끝나고 맙니다. 여기에서 중요한 건 자신에 대한 컨트롤입니다. 속으로는 식은땀을 흘릴지라도 자신에 찬 모습을 보인다면 여러분도 자신이 가진 최고의 기량을 발휘할 수 있습니다.

자, 이제 더 이상 어리석은 행동은 하지 않기로 해요. 궁금한 게 있으면 묻고, 도움이 필요하면 도움을 요청하는 겁니다. 자신감이란 실수를 인정하지 않거나 모든 일을 혼자서 할 수 있다고 생각하는 자만과 다릅니다. 자신감의 진정한 의미는 필요한 그것이 여러분에게 있다는 믿음입니다.

아마 처음 몇 번은 두려울 수도 있습니다. 하지만 점점 두려움이 줄어들 것입니다. 그리고 머지않아 두려움을 떨칠 수 있을 것입니다. 그렇게 될 때까지 계속 해보는 겁니다.

처음으로 직장에 출근하는 날을 상상해보자고요. 두려움에 벌벌 떨면서 무슨 일을 해야 할지 모르겠다고 말하는 순간, 미래는 사라집니다. 누군가는 스스로를 속이는 것이라 해석할지도 모르겠습니다. 하지만 자신을 한번 믿어보세요.

자신감은 스스로가 완벽한 존재가 아니라는 것을 인정하는 것입니다. 자신의 약점이나 실패, 실수에 대해 정직하게 맞서 열린 마음으로 대하는 것이 자신감입니다. 그래야 다른 사람들도 여러분을 믿을 겁니다. 부끄러움에 그것을 숨기거나 다른 사람에게 책임을 돌리려고 한다면 의심만 사게 될 것입니다. 제게도 그런 경험이 있습니다.

예전에 선생님들 앞에서 강연할 기회가 있었습니다. 그런데 그때 저는 완전히 얼어버리고 말았습니다. 첫 번째 이유는 강연의 규모 때문이었습니다. 청중이 엄청나게 많았거든요. 게다가 청중의 나이가 대부분 저보다 많았습니다. 무슨 말을 해야 할지 모르겠더라고요. 청중으로 온 선생님들이 나 같은 애송이에게서 뭐 배울 게 있을까 싶은 생각이 들었어요.

강연 5분 전까지 그런 생각을 하고 있었지요. 그리고 강연 직전 화장실에서 손을 씻다 더 어처구니없는 일을 당하고 말았습니다. 엄청난 양의 물이 제 민망한 부위로 튀고 만 것입니다. 얼어버린 제가 오줌까지 싼 것처럼 보일 처지였죠. 하지만 옷을 갈아입을 시간이 없었어요. 그 상황에서 저는 두 가지 서로 다른 대처 방법을 생각했습니다.

첫 번째는 숨기자는 것이었습니다. 그런데 생각해보니 제가 말하지 않아도 다른 사람들은 알아챌 것 같았어요. 그리고 그 사실이 저를 괴롭힐 게 분명했습니다.

두 번째는 말하자는 것이었습니다. 아예 시원하게 웃겨주자고 생각했죠. 그렇게 한번 웃음거리가 되고 나서 얼른 다음 이야기로 넘어가자고 생각했습니다. 그리고 전 이렇게 강연을 시작했습니다.

"오늘 밤 이 자리에 서게 되어 매우 기쁩니다. 아마 여러분들도 그렇게 생각하실 겁니다. 저는 정말로 그렇다고 생각합니다. 그래서 이 흥분을 이기지 못하고 이렇게 오줌까지 싼 걸요."

두 번째 방법에 청중들이 웃음을 터뜨렸습니다. 그리고 저는 더 이상 그 부분에 대해 신경 쓰지 않을 수 있었습니다. 물론 강연도 성공적으로 마칠 수 있었지요.

자신에 찬 사람들은 실패하거나 당황스런 일에 처했을 때에도 자신을 지킵니다. 아마 여러분이 자신의 실패나 약점에 대해서 말한다면 다른 사람들은 오히려 여러분을 공격하지 않을 것입니다. 중요한 것은 여러분의 마인드입니다. 정직하게 미숙한 점을 '오픈'하면 타인 또한 함께 '오픈 마인드'를 갖게 마련입니다. 그러나 자신의 능력에 끊임없이 의문을 가진다면 여러분의 매력은 사라질 것이고, 이후 11장에 등장하는 좀비가 될지도 모릅니다. 자신의 단점에 웃음을 보일 수 있는 여유를 갖는다면 여러분은 존경받게 될 것입니다.

자신감을 키우는 좋은 방법 중 하나는 자신을 새로운 상황에 두고 그곳에서 뭔가를 배우는 것입니다. 햇볕이 들지 않는 지하실에만 숨어 있다가 언젠가 부모님이 여러분을 세상 밖으로 쫓아내면 여러분은 더 쉽게 다칠 겁니다. 그러나 스스로가 지하실에서 걸어 나와 세상과 대면한다면 여러분은 더 강한 사람이 될 것입니다. 스스로에 대한 의심도 괜찮습니다. 자신감이란 부족함을 깨닫는 데서 생기는 것이니까요.

영웅은 '영웅의 신조'를 지킨다

악당으로 가득 찬 세상. 당신이 벌떡 일어나 "한판 붙자! 덤벼봐!" 하고 소리칩니다. 하지만 그걸로는 부족합니다. 당신이 누구이고 무엇 때문에 일어섰는지, 또 무엇을 하려는지 알기에는 부족하다는 말입니다. 영웅이 되겠다거나 세계를 지배하겠다는 말만으로는 아무것도 할 수 없습니다. 중요한 것은 말이 아닙니다. 실제로 맞서 싸우기 위해서는 지금부터가 중요합니다. 영웅은 비열하고 치사한 싸움은 하지 않습니다. 영웅에게는 신조가 있습니다. 무척이나 간단합니다. 딱 두 가지만 기억하면 되거든요.

> **영웅의 신조**
>
> 1. 아무도 당신의 세계를 지배할 권리가 없다.
> 2. 당신 역시 다른 사람의 세계를 지배할 권리가 없다.

첫째, 아무도 당신의 세계를 지배할 권리가 없습니다.

당신의 세계를 지배하려는 존재를 우리는 악당이라고 부릅니다. 스스로 항복해서 당신의 세계를 지배하게 할 수도 있습니다. 물론 항복은 겁쟁이나 약자, 보통 사람, 귀차니스트들이나 하는 일입니다. 그런데 우리는 그런 사람이 아니잖아요. 그래서 우리는 다른 사람이 우리의 세계를 지배하거나 우리 인생을 조종하게 놔둘 수가 없습니다.

그런데 여기에 한 가지 문제가 있습니다. 내 인생은 내가 결정하는 것이니 나는 무엇이든 해도 되는 걸까요? 그렇지 않습니다. 우리에게는 지켜야 할 규칙이 있습니다. 특히 법은 반드시 지켜야 합니다. 그렇다고 무조건 하라는 대로 따라하라는 것은 아닙니다. 영웅은 깊이 생각하고 목표를 설정한 후 스스로 결정을 내리고 그것을 실행하는 존재입니다. 중요한 건 당신의 세계를 지배하려는 악당들의 계획을 알아차리고 그들과 맞서 싸우는 겁니다.

둘째, 당신은 다른 사람의 세계를 지배할 권리가 없습니다.

우리가 자신의 미래를 위해 악당들과 맞서 싸운다면 다른 사람들도 똑같이 싸울 수 있음을 인정해야 합니다. 다른 사람을 통제하려고 하는 영웅은 없습니다. 다른 사람의 삶을 통제하려는 사람이 바로 악당입니다. 만약 다른 사람의 세계를 지배하려고 한다면 그건 또 다른 사람이 당신을 지배해도 괜찮다는 뜻이 됩니다. 이건 악순환입니다. 〈스타워즈〉의 제다이 마스터가 한 말이 떠오릅니다.

"어둠의 길에 일단 발을 들여놓으면 그것은 영원히 너의 운명을 지배할 것이다."

그러니 우리는 절대 어둠의 길에 발을 들이지 말아야겠습니다. 그리고 자신의 세계를 지배하는 건 우리와 세계 사이의 문제가 아닙니다. 경쟁이 아니라는 말입니다. 자신의 세계를 지배하고 구축하기 위해 타인을 구속해서는 안 됩니다. 나의 세계를 지배한다는 건 스스로의 길을 열어 다른 사람에게 위협받지 않고 다른 사람을 위협하지도 않는다는 것이니까요.

영웅의 규칙을 지키기는 쉽지 않습니다. 용기가 필요하지요. 자신의 세계를 지배하는 건 결코 간단한 일이 아닙니다. 세상을 단지 바라보는 것과 그 세상에서 살아가는 것은 완전히 다른 차원의 이야기입니다. 영웅의 삶을 살기 위해서는 엄청난 노력이 필요하고, 훼방꾼도 만나게 될 것입니다.

이제 본격적으로 악당을 만나볼 시간입니다.

2부

악당을 물리치는 방법

5장

적을 알라!

적을 알고 자신을 안다

기원전 6세기 중국에 손자라는 뛰어난 군사전략가가 있었습니다. 손자의 《손자병법》에는 스파이 전술에서 군대의 운용까지 전쟁의 모든 기술이 총망라되어 있습니다. 《손자병법》은 역사상 가장 영향력 있는 책들 중 하나입니다. 나폴레옹에서 마오쩌둥 그리고 현대의 CEO들까지 수많은 리더들이 이책에서 감흥을 얻었습니다.

그런데 한 가지 문제는 《손자병법》이 불행히도 '영웅의 신조'를 어기는 데 초점을 맞추고 있다는 것입니다. 그래서 강력히 추천할 수는 없습니다. 하지만 우리는 여기에서 또 무언가를 배울 수 있습니다.

첫 번째는 세계의 지배가 장애를 극복하는 데에서 시작한다는 겁니다. 장애는 두 가지로 나뉩니다. 먼저 추상적인 장애가 있습니다. 이들은 사람이 아닙니다. 과거의 나쁜 기억이나 수능 점수 같은 것들이지요. 다른 종류의 장애는 사람으로 위장하여 다가옵니다. 여러분을 불신하거나 인생의 목표에 방해가 되는 세력들이 여기에 속합니다. 장애는 일종의 악당이라고 할 수 있습니다.

어떤 장애와 반대에 부딪혀도 여러분이 명심해야 할 것들이 있습니다. 바로《손자병법》의 기본명제들입니다. 손자는 적과 자신과의 관계를 다음과 같이 분류했습니다.

적을 알고 나를 알면 백 번을 싸워도 결코 위태롭지 않다.

적은 모르고 나만 알면 승률은 반이다.

적도, 자신도 모르면 백전백패이다.

손자는 정말 천재입니다. 그런데 우리는 여기에서 무엇을 얻어야 할까요? 앞서 4장에서 자신감, 자기 신뢰, 영웅의 중요성에 대해 이야기했습니다. 그렇다면 손자의 이야기가 우리의 영웅 이야기와 어떻게 이어질까요? 만약 자신을 모른다면 적은 우리를 위험에 빠뜨리고 결국엔 무너뜨릴 것입니다. 자신감 하나만으로 성공을 장담할 수는 없습니다. 성공할 수도 있고 실패할 수도 있는 것입니다. 그러나 자신과 자신의 한계를 아는 것은 물론 상대를 알고 그들이 어떤 방식으로 공격할지를 안다면 우리는 승리 할 수 있습니다.

괴물은 침대 밑에 숨어 있다

침대 밑에 괴물이 없다고요? 그럴 수도 있습니다. 하지만 집이나 학교, 동아리, 친구, 텔레비전 프로그램, 인터넷, 심지어 여러분 머릿속에도 악당은 숨어 있을 수 있습니다. 악당은 현실이기 때문입니다. 우리를 잡으려는 악당은 곳곳에 숨어 있습니다.

우리는 이미 악당이 무엇인지에 대해 알고 있습니다. 그런데 또 한 가지 알아야 할 것이 있습니다. 그건 악당이 고정된 하나의 형태가 아니라는 점입니다. 생각 속에서나 상황 속에서 또는 사람 속에서도 악당은 나타날 수 있습니다. 그들은 은밀하지만 적극적이고 매우 악의적입니다. 하지만 걱정할 필요는 없습니다. 우리에게는 그들을 찾아낼 아주 쉬운 방법이 있습니다.

악당들에게는 공통점이 있습니다. 악당은 우리에게서 무언가를 빼앗으려 합니다. 우리를 갈기갈기 찢어버리고 주도권을 장악하려 합니다. 어떤 경우에는 의미 있는 일을 하지 못하도록 주의력을 분산시키려고도 합니다. 이것이 모든 악당의 공통점입니다.

먼저 우리는 악당의 에너지원이 무엇인지 알아야 합니다. '구글'이나 '지식인'에게 물어보겠다는 생각은 마세요. 그렇게 간단하지가 않습니다. 악당이 그런 행동을 하는 이유를 알아야 합니다.

모든 악당들에게는 지금의 그들을 있게 한 배경이 있습니다. 어디에서 자랐으며, 부모님은 누구이고, 어떤 경험을 했고, 그들이 어떻게 세계를 바라보는지에 대한 비하인드스토리가 있는 것이지요. 따라서 상대에 대해 더 많이 알게 될수록 우리는 영웅의 신조를 보다 쉽게 지킬 수 있게 될 것입니다. 그 이유는 두 가지입니다. 첫째, 악당을 이해하면 그들로부터 우리 자신을 더 잘 방어할 수 있습니다. 그럼으로써 그들이 세계를 지배하는 것을 막을 수 있습니다. 둘째, 우리가 타인을 지배하는 것이 옳지 않다는 것을 다시 한번 깨닫게 됩니다.

악당을 통해 우리는 또 다른 두 가지를 알 수 있습니다. 첫째, 우리의 내면에는 모두 악당이 존재한다. 둘째, 악당에게도 조금이나마 선한 면이 있다. 사실 우리도 어떤 면에서는 악당처럼 행동할 때가 있습니다. 다른 사람의 감정을 상하게 할 때가 있고 도움을 필요로 하는 친구를 외면하는 경우도 있습니다. 사람들이 길을 가다 맨홀에 빠지는 동영상을 보면서 웃기도 하잖아요. 때로는 이기적인 행동으로 연인은 물론 인자하신 할머니나 친구에게 상처를 입히기도 합니다. 그러나 악당 같은 행동에 좋은 의도가 숨어 있는 경우도 있습니다. 이런 경우에 대한 설명은 이후에 나옵니다.

결론적으로 우리도 가끔은 우리가 믿고 사랑하는 사람에게 이해할 수 없는 말과 행동을 할 때가 있습니다. 그러나 우리는 악의 구렁텅이에 빠진 악당을 구해낼 수 있는 사람이기도 합니다. 그 악당은 '뒷담화'를 하는 친구가 될 수도 있고, 범죄자가 될 수도 있습니다.

예를 하나 들어보겠습니다. 〈스타워즈〉에 등장하는 다스 베이더는 99퍼센트 악당이라고 할 수 있지요. 영화 역사상 가장 사악한 힘을 가진 파괴적 인물입니다. 그러나 그의 아들인 루크 스카이워커는 그에게도 선한 면이 있다고 믿습니다. 어둠의 세력으로부터 다스 베이더를 구해낼 수 있다고 믿는 거죠. 그리고 최후의 순간, 다스 베이더는 황제를 살해하고 루크를 구합니다. 착한 행동을 한 것입니다. 그가 처음부터 나쁜 사람이었던 것은 아닙니다. 그는 좋은 사람이었습니다. 그러나 그는 다른 악당이 그의 세계를 지배하게 내버려두었습니다. 그로 인해 나쁜 무리인 황제를 따르게 되었고 계속해서 나쁜 결정을 하게 되었지요. 그는 악의를 가지고 나쁜 행동을 했습니다. 그러나 마지막 순간 그는 다른 결정을 했습니다. 그것은 다스 베이더를 포함한 우리 모두에게 희망이 있다는 증거입니다.

우리는 다른 사람의 입장이 되어 그들의 관점에서 세상을 바라보아야 합니다. 그렇게 한다면 우리는 승리 이상의 것을 얻을 수 있습니다. 악인도 바뀔 수 있습니다.

어떤 면에서 영웅과 악당은 백지장 차이입니다. 영웅과 악당에게는 모두 특별한 능력이 있습니다. 다른 점이 있다면 영웅은 자신의 능력을 다른 사람을 위해 쓰고, 악당은 자신의 이기적 욕망을 충족시키는 데 사용한다는 것입니다.

당신의 삶과 일곱 악당들

대부분의 악당들은 일곱 가지 중 하나에 속합니다. '귀신', '닌자', '해적', '로봇', '뱀파이어', '좀비' 그리고 '강아지' 중 하나입니다. 맞습니다. 강아지도 악당입니다.

일곱 악당의 특징

귀신 : 우리에게 두려움을 가져다줌으로써 우리가 영웅이 되는 것을 방해한다.

닌자 : 무해한 것처럼 보이지만 사실 우리를 이용하려는 모략을 꾸미고 있다.

해적 : 말 그대로, 나쁘다. 자신들의 이익을 위해 우리를 이용한다.

로봇 : 가끔 좋은 의도를 가질 때도 있지만, 그들만의 프로그래밍으로 우리 두뇌를 세뇌하여 제어하려 든다.

뱀파이어 : 절대 멋진 존재가 아니다. 그들은 우리를 유혹해 진짜 나로부터 멀어지게 만들어 파멸의 길로 이끈다.

좀비 : 우리를 비관적이고 부정적으로 만든다.

강아지 : 그렇다. 강아지는 귀엽다. 하지만 장기적인 관점에서 바라볼 필요가 있다. 우리가 주의하지 않으면 강아지는 방심한 사이에 우리를 기습할지도 모른다.

자신의 세계를 지배하기 위해서는 우리 앞을 가로막고 있는 이 일곱 악당들을 극복하는 방법을 배워야만 합니다. 준비되었나요?

6장

귀신을 물리치는 법

귀신은 아마 우리가 마주칠 악당 중 가장 위험한 종류일 것입니다. 특히 우리 머릿속에 존재하기 때문에 식별하기가 어렵습니다. 귀신은 다른 악당들과 팀플레이를 하기 때문에 우리가 귀신을 극복한다면 다른 악당들의 힘도 약해질 것입니다.

귀신의 위장술

커다란 어둠의 망토를 쓰고 빛나는 눈을 희번덕거리는 것만이 귀신은 아닙니다. 그렇다고 영화 〈식스센스〉에서 아역배우 미샤 바튼이 연기한 것과 같은 존재도 아닙니다. 귀신은 고통스럽고 아픈 기억입니다. 과거의 실수, 마음을 다치게 하

– 귀신 프로필 –

○ **종류** : 귀신

○ **변신 및 위장술** : 고통스러운 기억, 나쁜 실수, 거짓말

○ **속성** : 우리의 현재와 미래를 망치기 위해 과거의 경험을 사용한다.

○ **무기** : 공포 유발, 의심 유발, 고통스러운 기억 재생, 행동 제어, 마비

○ **대처법** : 피하지 말고 맞선다.

는 말입니다. 여러분이 새로운 것을 시도하거나 목표를 향해 나아가려는 순간, 마음 저편에서 사악한 목소리가 들려올 겁니다.

"너는 아직 충분하지 않아."

"지난번처럼 또 실패할 거야."

바로 귀신의 속삭임입니다.

어떤 면에서 귀신은 우리가 아는 것보다 더 사악합니다. 그들은 실수를 잊지 않게 하고 놓친 기회를 후회하게 만듭니다. 때로 그들은 여러분을 떠나버린 전 애인이 남긴 상처이고, 아직 멀었다며 여러분의 기를 꺾는 선생님의 말이며, 여러분의 외모를 조롱하는 급우가 남긴 상처입니다. 여러분을 무시하는 부모님이나 선생님도 귀신일 수 있습니다.

귀신의 속성

귀신은 여러분이 인생의 쓰라림에 고통스러워하며 겁에 질려 있을 때 나타납니다. 여러분이 멈칫하고 머뭇거릴 때, 우물쭈물하고 있을 때, 그때 귀신이 나타나 여러분을 꼬드길 것입니다.

그러나 저는 이제 귀신들의 거짓말을 아무렇지도 않게 무시할 수 있게 되었습니다. 한때는 저도 그들의 꼬임에 넘어갔었습니다. 저는 그때 이야기도 솔직하게 여러분에게 털어놓으려 합니다. 저는 과거에 연연하지 않고 현재 주어진 제 인

악당을
물리치는
방법

생을 사랑하기 때문입니다.

그러나 귀신은 아직도 수시로 나타나 저를 아프게 합니다. 예를 들면, 연휴 기간에 그렇습니다. 가족들과 맛있는 명절 음식을 먹으며 즐거운 시간을 보낼 때 귀신들이 제게 다가와 말하지요.

"조시, 이 바보야! 넌 친부모님도 없잖아. 네가 재수 없는 놈이어서 부모님도 떠나신 거야. 이 세상에서 넌 혼자야."

이렇게 속삭이면서 제 외로움에 부채질을 합니다. 한동안 이런 망상들이 저를 흔들어놓았습니다. 귀신들은 매일 나타나 혼자 있는 저의 외로움을 부추겼습니다. 그러나 더욱 참을 수 없는 건, 귀신이 절대 떠나지 않는 것이었습니다. 가끔은 여러분을 혼자 놔두기도 하겠지만 그렇다고 그들이 떠난 것은 아닙니다. 그들은 여러분의 마음 깊은 곳에 존재하며 거짓말을 속삭입니다. 그들은 또한 다른 사람들의 입을 통해서 우리를 혼란스럽게 하기도 합니다.

"넌 바보야. 예쁘지 않아. 아무것도 할 수 없을 거야."

이렇게 말이죠.

귀신의 무기

귀신은 언제나 우리의 외로움이 극도에 달해 있는 최악의 순간에 나타납니다. 또 여러분이 앞으로 나아가려 할 때, 세계 지배를 위해 무엇인가 적극적인 행동을 취하려고 할 때 나타납니다.

그런데 이건 무척이나 당연한 일입니다. 여러분이 흥청망청 먹고 마시고 놀 때 귀신이 왜 나타나겠어요? 여러분이 머저리 같은 놈이랑 데이트를 하건 말건 귀신은 신경 쓰지 않는다고요. 왜냐하면 귀신은 여러분이 나쁜 결정을 하면 할수록 좋아하기 때문입니다. 귀신은 그 누구보다도 여러분의 약점을 잘 알고 있기 때문에 다른 악당들보다 여러분을 더 잘 속일 수 있습니다.

귀신을 극복하는 방법

귀신을 물리치는 방법은 간단합니다. 귀신이 없다고 생각하면 됩니다. 겁내지 않고 귀신에 맞서면 귀신은 더 이상 여러분을 쫓아오지 않을 것입니다. 중요한 것은 지금 바로 이 순간, 귀신을 물리쳐야 한다는 점입니다. 그렇지 않으면 여러분이 가장 방심하고 있을 그때를 틈타 여러분을 집어삼키고 말 것입니다.

귀신이 위험한 가장 큰 이유는 그들이 사라지지 않고 늘 여러분의 머릿속을 배회하기 때문입니다. 때로는 그들의 거짓말이 설득력 있게 다가올 수도 있습니다. 귀신은 여러분을 현재의 편안하고 안락한 삶에 안주하도록 유혹할 것입니다. 새로운 시도를 위한 위험을 감수할 필요가 있느냐고 꼬드길 것입니다.

그들을 막을 수 있는 사람은 우리 자신뿐입니다. 귀신은 진실에 꼼짝 못합니다. 여러분이 진실을 가지고 있다면 귀신이 야말로 얼마든지 통제 가능한 악당입니다. 그들이 하는 말은 모두 거짓이라는 것을 기억해야 합니다. 그럼 얼마든지 그들을 이길 수 있습니다.

다행인 것은 그들의 행동을 예측할 수 있다는 점입니다. 따라서 우리는 미리 그들의 도발에 대비해야 합니다. 준비된 상태에서 일격에 귀신을 쓰러뜨려야 합니다. 이를 위해서는 귀신들의 행동 패턴을 숙지해야 합니다. 그들은 창의력도 떨어지고 했던 일을 그대로 반복하는 머저리에 불과하다는 것을 잊지 마세요.

귀신 구출하기

귀신은 뉘우칠 줄 모르는 악당입니다. 악랄한 무리에 속해 있는 귀신을 구출해내기는 쉽지 않습니다. 그들은 절대로 좋은 쪽으로 우리를 돕지 않아요. 그들은 우리들이 세상을 지배하는 것을 막으려 할 것입니다.

여러분을 짓밟고 무너뜨리려 했던 귀신들의 거짓 속삭임을 역이용해보는 것은 어떨까요? 그들의 교활함을 다른 사람을 돕는 데 사용해보는 것입니다. 그렇게만 된다면 귀신은 여러분의 조력자가 될 수도 있을 거예요. 그럼, 귀신을 어떻게 속일 수 있을까요?

일반적으로 귀신은 우리가 심각하게 의기소침해 있거나 새롭게 무엇인가를 시도하거나 도전하려 할 때에 공격해올 것입니다. 그때가 바로 역습의 순간입니다. 일어나세요! 그리고 그 머저리 같은 것들에 대항하세요. 그들이 내뱉는 거짓말을 물고 늘어져 그들이 틀렸다는 것을 증명해 보이세요. 귀신의 거짓말이 심해지고 끈질겨질수록 그것은 여러분이 잘하고 있다는 것을 말해줍니다.

여러분이 누군가를 위해 용기를 발휘할 때, 귀신은 "주제에, 웃기고 자빠졌네!" 하고 소리를 지를 것입니다. 정말 괜찮은 남자를 만날 때에도 "저런 남자는 너한테 안 어울려. 구린 남자나 찾아보라고." 하고 말할 것입니다. 꿈을 위해 전진할 때에는 "네 능력으로 그걸 하겠다고? 웃기지 마." 하며 사기를 꺾을 것입니다.

바로 그겁니다. 우리는 귀신을 역이용할 수 있습니다. 귀신이 말하는 것과 정반대로 생각하고 믿고 행동하면 되는 것입니다.

7장

닌자를 물리치는 법

닌자는 어디에나 있습니다. 친구로 위장해 있기도 하고 그림자 속에 숨어 있기도 하죠. 우리의 주의가 산만해진 순간에 '휘리릭' 표창을 날려 우리에게 치명상을 입힐지도 모릅니다. 닌자를 무장해제 시키고 싶다면 우리는 먼저 닌자가 누구인지를 정확히 알아야 합니다.

닌자의 위장술

닌자의 특기는 변장, 은밀한 거래, 속임수입니다. 닌자는 두 가지 유형으로 나뉘는데, 첫 번째는 기업형 닌자입니다. 그들은 탐욕스러운 기업처럼 여러분에게 거짓 광고를 일삼습

- 닌자 프로필 -

○ **종류** : 닌자

○ **변신 및 위장술** : 거짓 광고, 편파적인 미디어 매체, 탐욕스러운 기업, 야비한 친구

○ **속성** : 악랄한 의도를 숨기고 겉으로는 다정히 행동하여 우리의 신뢰를 얻어낸다.

○ **무기** : 거짓, 유인 상술, 사기, 협잡, 권모술수, 뒤통수치기, 침투

○ **대처법** : 진실을 폭로한다.

니다. 더 나은 삶과 멋진 근육, 더 맛있고 싼 음식을 약속하지만 사실 그들의 관심은 물건을 파는 것뿐입니다. 또한 그들은 여러분을 빚의 구렁텅이로 내몹니다. 공짜로 돈을 빌려준다고 하지만 그건 여러분을 빚쟁이로 만들려는 속셈입니다.

기업형 닌자가 치명적인 이유는 너무 거대하고 영악해서 마치 투명인간처럼 식별할 수 없기 때문입니다. 그들은 우리가 느끼지 못하는 사이에 이미 우리 삶 깊숙한 곳에 침투해 있습니다.

두 번째는 친구형 닌자입니다. 이들은 친구를 가장한 적이라고 할 수 있습니다. 평소에는 믿음직한 친구의 모습을 하고 있지만 결정적인 순간, 우리의 등에 칼을 꽂을 것입니다. 특히 이들의 특기는 여러분의 기를 죽이는 것입니다.

"어이, 가방 좋은데. 그런데 어쩌지. 내 건 명품인데……."

이런 식으로 자랑질을 하며 우리의 기를 죽이려 할 겁니다. 이는 해적과도 비슷합니다. 해적에 대해서는 다음 장에서 다룰 것입니다.

닌자의 속성

닌자는 교활하여 겉으로는 우리 편인 체할 겁니다. 그래서 처음 언뜻 보았을 때에는 아무 문제없는 사람처럼 보입니다. 그러다 그들이 공격을 시작할 때쯤, 우리는 그들에게 뒤통수를 맞았다는 사실을 알게 됩니다.

더 나쁜 것은 닌자들이 일반적으로 어떤 방면의 전문가라는 데 있습니다. 언뜻 보면 근사해 보일 수도 있죠. 그러나 그들의 목표는 다른 사람의 삶에 몰래 숨어 있다가 결정적인 순간, 그의 인생을 망쳐버리는 것입니다. 닌자는 명예를 중시하지 않아요. 그들에게 정정당당은 없습니다. 그림자 속에 몸을 웅크리고 숨어 있다가 우리가 약해질 그 순간을 기다릴 것입니다. 그리고 아무것도 모르는 우리가 도움을 청하기 위해 등을 돌릴 때 이제 그림자 속에서 기어 나와 본모습을 보일 것입니다.

닌자의 무기

닌자는 우리 편이 아닙니다. 그들은 우리의 자존심과 자신감은 물론 기분까지 짓밟아놓는 존재입니다.

닌자는 먼저, 여러분의 편인 척하면서 신뢰를 얻습니다. 여러분의 신뢰가 닌자의 무기입니다. 그리고 "난 늘 여러분의 마음속에 있어요." 하고 달콤한 말을 속삭입니다.

한 예로 겨드랑이 냄새 제거 용품인 '악스 바디 스프레이'의 광고를 들 수 있습니다. 광고는 여러분이 남자이고 악스의 제품을 사용하면 멋진 여자들이 여러분을 쫓아올 것이라고 이야기합니다. 정말 그렇게만 된다면 얼마나 멋진 일이겠습니까? 그러나 현실은 그렇지 않답니다.

악스의 관심은 오직 여러분의 돈이에요. 때로는 여러분을 불안하게 하는 귀신이란 존재를 없애주겠다고 할 수도 있습니다. 하지만 악스의 관심은 귀신을 없애주고 '여친'을 만들어주는 게 아닙니다. 그런 말을 통해 악스의 제품을 사게 만드는 것, 그것이 악스의 최종 목표인 것입니다.

신용카드 회사도 마찬가지입니다. 그들은 지금 당장 여러분이 원하는 것을 사게 해줍니다. 뭐 딱히 위험해 보이지 않지요. 그러나 얼마 지나지 않아 2,000만 원 넘게 빚을 진 빚쟁이가 되어 있는 자신의 모습을 발견하게 될 수도 있습니다. 이것이 닌자의 전형적인 수법입니다. 처음에는 온갖 사탕발림으로 여러분의 돈을 쓰게 만들고, 나중에는 나 몰라라 합니다. 우리는 독이 든 사과를 삼킨 후에야 그 사과에 독이 들었다는 것을 알게 됩니다.

닌자의 또 다른 모습은 악의적인 친구입니다. 새로운 여자친구가 처음에는 친절하고 따뜻해 보일 것입니다. 그러나 나중에는 이것저것 사달라고 요구하며 다른 곳에 내 험담을 하고 다닐지도 모릅니다. 또 어떤 경우에는 친구가 내 여친을 꼬드겨 여러분의 가슴을 찢어놓을 수도 있습니다. 그들이 바로 여러분의 친구를 가장하며 다가오는 닌자들입니다.

닌자를 극복하는 방법

닌자에게도 약점은 있습니다. 닌자는 공공장소에서는 그들의 기술과 무기를 절대 사용하지 못합니다. 닌자의 위력은 어둠 속에서만 발휘됩니다. 어둠 속에서 기회를 엿보는 것은 그들이 우리보다 강하지 않기 때문입니다. 때문에 그들은 우리가 방심하고 무장해제되어 있을 때를 노립니다.

때로 닌자는 화끈한 '뒷담화'로 나와 친구 사이를 이간질하기도 합니다. 그렇게 해서 우리를 외톨이로 만들지도 모릅니다. 만약 누군가에게서 "나는 당신을 죽을 만큼 사랑하지만, 그렇지만⋯⋯." 하는 말을 듣게 되었다면 그는 친구를 가장한 닌자일 확률이 높습니다. 친구를 가장한 닌자들은 이런 표현을 자주 씁니다.

"그녀는 진짜 멋지지만⋯⋯.", "나쁜 놈처럼 굴려는 것은 아니지만⋯⋯.", "그녀에게 내가 말했다고는 하지 마세요. 그렇지만⋯⋯."

하지만 우리가 닌자를 감지하고 그들의 계략을 눈치채면 닌자는 힘을 잃게 될 겁니다. 닌자는 어둠을 필요로 하고 우리들은 빛을 필요로 합니다. 따라서 어떠한 상황에서 변수를 고려하고 합리적인 판단을 내릴 수 있는 연습을 해야 합니다. 이것은 일종의 생각 훈련입니다. 생각을 통해 정확한 변수와 위치를 깨달으면 닌자는 표적을 놓칠 것입니다.

특히 기업형 닌자와 함께하고 있을 때에는 그들이 구사하는 전략을 파악해야 합니다. 기업들은 물건 팔기에만 혈안이되어 있습니다. 우리를 꼬드겨 그들의 욕심을 채우는 것이 그들의 목표입니다. 그러므로 우리는 그들이 우리에게 필요한

악당을
물리치는
방법

지를 판단해야 합니다. 그들이 우리에게 주는 것이 우리가 원하는 것인지를 냉정하게 판단할 필요가 있습니다. 그들의 설득력 있어 보이는 메시지에 넘어가 그들에게 우리의 인생을 넘겨주면 안 됩니다. 그것은 마치 토요일 새벽 1시의 유혹적인 야식과 같습니다. 그간 힘들게 노력했던 다이어트가 수포로 돌아갈 것을 알기 때문에 우리는 야식의 유혹에 넘어가지 않을 수 있는 겁니다.

기업형 닌자보다 더 교활한 존재는 친구형 닌자입니다. 대부분 그들의 공격을 알아챘을 때에는 이미 늦은 것입니다. 하지만 우리가 닌자들의 계략을 감지했다면 그것과 맞서 싸워야 합니다. 친구를 가장한 닌자가 우리에게 해를 가하거나 뭔가 원치 않는 일을 시키면 당장 그들과의 관계를 끊어야 합니다. 그들이 원하는 것은 우리가 악당이 되는 것입니다. 자신의 존재가 발각되고 우리가 그들과 맞서 싸우려 하면 닌자는 물러설 것입니다. 닌자는 결코 '오픈'된 공간에서 싸우지 않습니다.

닌자 구출하기

악당들에게도 조금의 선한 면은 있게 마련입니다. 그러나 불행하게도 기업형 닌자들의 관심은 오직 돈뿐입니다. 그런데 그런 그들도 사람들이 자신을 좋아해주기를 바랍니다. 사람들이 자신을 좋아해주지 않으면 돈을 벌 수 없기 때문입니다. 그래서 만약 닌자들이 기업을 장악하고 사람들을 이용하려고만 든다면 그들에게 경고를 보내야 합니다. 그들의 신뢰가 땅에 떨어졌음을 알리고 사람들에게 그들의 악덕 행위를 전파하겠다는 메시지를 보내는 것입니다. 우리의 뜻에 동의하는 사람들이 많아지면 기업형 닌자들도 좋은 행동을 할 수 있습니다.

미국의 아이스크림 브랜드 '벤&제리'의 예를 봅시다. 소비자들은 자신들이 좋아하는 아이스크림이 맛없다는 걸 알게 되었습니다. 그래서 자신들이 원하는 아이스크림의 재료와 맛을 구체적으로 요구했고, 그 결과 '청키 몽키' 아이스크림이 탄생하게 되었습니다.

그렇다면 친구형 닌자는 어떻게 구할 수 있을까요? 사실 친구형 닌자도 악당의 지배를 받는 것이라고 할 수 있습니다. 친구형 닌자를 구하기는 쉽지 않습니다. 하지만 방법이 있습니다. 우리가 무사(武士)가 되는 것입니다. 닌자는 무사를 동경합니다. 명예를 중시하는 무사는 결코 속임수를 쓰지 않습니다. 친구형 닌자가 여러분에게 나쁘게 행동한 이유도 사실은 여러분에게 질투를 느꼈기 때문일 것입니다. 따라서 여러분이 먼저 친구형 닌자에게 다가가 그들을 따뜻하게 대하고 존중해주면 그들의 계략은 무용지물이 될 것입니다. 그들에게 망신을 주기보다 영웅이 되는 법을 가르쳐봅시다. 그런 아량이 있다면 우리 모두는 승리할 수 있습니다.

8장

해적을 물리치는 법

긴 칼을 찬 애꾸눈이 고래고래 고함을 쳐야만 해적인 것은 아
닙니다. 해적의 대다수는 흉측하지만 일부는 꽤 매력적인 모
습이기도 합니다. 그러나 해적들은 어디에든 파괴의 흔적을
남겨놓습니다.

해적의 위장술

　해적은 뻔뻔한 얼간이들입니다. 자신의 목적 달성을 위해
비열하게 우리를 이용하는 닌자와 달리 해적은 그렇게 용의
주도하지 않습니다. 해적은 여러 형태로 나타나지만 똑같은
것을 원합니다. 바로 우리의 '책임'입니다. 테러리스트, 전쟁

– 해적 프로필 –

○ **종류** : 해적

○ **변신 및 위장술** : 괴롭힘, 사이코 남자 친구, 범죄자, 친구인 척하는 적

○ **속성** : 이익을 위해 우리를 이용하고 원하는 것을 얻는다.

○ **무기** : 공갈 협박, 강요, 착취, 악용, 파괴, 절도

○ **대처법** : 멀리 떨어져서 피한다.

광, 당신을 잠자리로 유인하는 남자 친구, 자신들이 원하는 것을 위해 우리를 약탈하는 도둑이 바로 해적입니다.

해적의 속성

해적은 그들 자신만을 위합니다. 다른 사람을 위협하는 것도 모두 자신의 이익을 위해서입니다. 그들에게 우리는 목적 달성을 위한 도구이거나 없애야 할 장애물에 불과합니다. 그들은 우리의 인생을 마음대로 조정하여 절벽으로 항해하게 할 것입니다.

해적의 무기

해적은 자신들이 원하는 걸 얻기 위해 거짓말과 사기는 물론 약탈도 서슴지 않습니다. 때로 일이 잘 풀리지 않을 경우, 폭력을 사용하기도 합니다. 협박, 학대, 약탈, 강간, 살인을 일삼는 그들은 악당들 중 가장 파괴적이라고 할 수 있습니다. 이들은 여러분을 통제하기 위해 괴롭히거나 신체적인 위해를 가할 수도 있습니다. 해적은 백만 가지가 넘는 방법으로 우리의 삶을 엉망으로 만들 수 있습니다.

해적을 극복하는 방법

해적을 극복할 수 있는 좋은 방법이 하나 있습니다. 그들 가까이에 가지 않는 것입니다. 해적은 결코 분별하기 어려운 존재가 아닙니다. 자신의 감을 믿어야 할 때도 있습니다. 끊임없이 농담을 던지고 성인군자인 양 행동하면서 타인을 자기 마음대로 조종하려는 사람은 백발백중 해적입니다.

때로 해적의 야성이 매력적으로 보일 수도 있습니다. 상류 사회의 생활이나 파티, 그리고 약탈을 일삼는 삶에 매력을 느낄 수 있습니다. 그러나 해적들은 우리를 이용하기 위해 진실한 친구처럼 구는 것뿐입니다. 우리가 영웅의 길을 선택하고 자신의 세계를 지배하려고 하는 순간, 해적은 미쳐버릴 것입니다. 하지만 우리가 해적의 규칙에 따라 행동하면 해적은 우리와 함께하려 할 것입니다. 심지어 해적과의 관계가 재미있게 느껴질 수도 있습니다. 하지만 여러분이 스스로의 길을 걸으려 하는 순간, 해적과의 관계는 달라집니다. 우리가 해적과 같은 악당이 되려 하지 않는다는 걸 알게 되는 순간, 해적은 우리를 헌신짝처럼 버릴 것입니다.

해적은 싸움을 일으키거나 쓰레기 같은 이야기를 떠벌립니다. 2005년에 저는 국립입양협회로부터 대변인이 되어달라는 부탁을 받았습니다. 저 자신이 입양아 출신이기에 저는 그것을 무척이나 영광스럽게 생각했습니다. 저는 청소년들에게 제 이야기를 들려줄 날을 손꼽아 기다렸습니다. 제가 받은 고마움과 혜택을 조금이라도 나누고 싶은 마음이었습니다. 그런데 오클라호마의 사회복지사 한 사람이 이 소식을 듣고 저에 대해 이런 얘기를 했다는 것입니다.

"아, 조시 쉽! 나 그 사람 알아. 그 멍청이 같은 놈, 아직도 그러고 다니는 거야? 도대체 왜 사람들이 그에게 그런 일을 부탁했는지 이해가 안 돼. 개념 탑재가 안 된 거지."

이런 불쾌한 일에 어떻게 대처해야 할까요? 인터넷에 그 사람의 이름과 아이디를 공개해서 비난을 받게 할까요? 솔직히 그러고 싶은 마음도 있었습니다. 그런데 가만히 생각해보니 그건 해적들이 원하는 것이었습니다. 바로 '싸움' 말입니다. 그들은 우리의 관심을 끄는 척하며 주의를 분산시킵니다. 그들의 목표는 우리를 그들처럼 저질로 만드는 겁니다. 진흙탕 싸움을 만들어 자신들을 과시하고 우리의 평판까지 바닥으로 떨어뜨리려 하는 것입니다.

해적들에게는 대응할 가치가 없습니다. '하이킥'이나 강편치를 날리고 똑같이 나쁜 소문을 내고 싶은 마음도 들겠지만 그건 좋은 방법이 아닙니다. 나중에는 우리 자신 역시 쓰레기 같다는 기분이 들지 모릅니다. 우리도 해적과 같은 인간으로 전락하고 마는 것입니다. 그것이 해적의 노림수입니다. 진흙탕 속에서 승자도 없이 계속 뒹구는 것 말입니다.

최상의 선택은 그들에게 무관심해지는 것입니다. 우리에게는 우리를 망치려는 10퍼센트가 아니라 지지하는 90퍼센트가 있습니다. 우리가 집중해야 할 사람들은 그 90퍼센트입니다. 그렇다면 결론은 분명해집니다. 우리는 우리의 과거를 궁금해하는 사람이 아니라 우리가 미래에 어떤 사람이 될지에 관심을 갖는 사람과 만나야 합니다.

해적 구출하기

　자신만을 생각하는 이기주의자에게 우리가 해줄 것은 그리 많지 않습니다. 그렇다고 해서 해적들이 구제불능이란 뜻은 아닙니다. 일부 해적들은 나이가 들어감에 따라 자신들의 행동을 후회하고 고치려 하기도 합니다.

　하지만 그들이 해적질을 하는 동안에는 그들 근처에 가면 안 됩니다. 이는 이성적이거나 논리적으로 설명되는 것이 아닙니다. 해적들이 여러분에게 하는 일이란 상처를 주는 것뿐입니다. 따라서 여러분이 할 수 있는 일은 최대한 그들로부터 멀리 떨어지는 것입니다. 친구들에게도 그렇게 조언해주길 바랍니다. 그래도 그들이 정직한 시민이 되기를 바라는 마음은 간직하기로 해요.

9장

로봇을 물리치는 법

사실 로봇이 항상 나쁜 것은 아닙니다. 어떤 면에서 로봇은 우리가 가장 관심을 가지는 존재이기도 합니다. 〈터미네이터〉 1편에서 사라 코너를 죽이는 임무를 맡았던 아널드 슈워제네거가 2편과 3편에서는 그녀의 아들을 보호하는 임무를 맡았던 것을 생각해보세요. 로봇은 프로그램화된 대로 움직입니다. 이는 우리가 잘 프로그램화하기만 하면 로봇을 우리의 충성스러운 조수로 만들 수도 있다는 것을 의미합니다.

그러나 동시에 로봇은 우리의 가장 강력한 적이 될 수도 있습니다. 그들은 강하지만 오직 계산된 대로만 행동합니다. 판단 능력이 없는 로봇일 뿐이지요. 그래서 우리를 돕지 않도

- 로봇 프로필 -

○ **종류** : 로봇

○ **변신 및 위장술** : 위압적 부모, 강압적 교사, 닫힌 마음을 가진 상담사, 속
   좁은 관리자

○ **속성** : 본인과 타인을 미리 설정해놓은 기대 수준에 맞추고 무조건적으로
   따르도록 강요한다.

○ **무기** : 지배, 압력, 복종, 대리 만족, 대리 조종

○ **대처법** : 스스로의 확고한 계획을 가진다.

록 프로그램화된 로봇은 우리를 구속할 것입니다. 터미네이터가 이를 잘 보여주지요.

로봇은 자신의 세계를 지배하려는 우리가 반드시 만나게 될 존재입니다. 학교도 때로는 하나의 커다란 로봇 공장처럼 보일 수 있습니다. 새로운 모델을 계속 찍어내는 로봇 학교 말입니다. 로봇 학교를 졸업한 사람들은 효율성을 극대화하기 위해 큐브처럼 구획된 로봇 명령 센터, 즉 사무실로 출근하게 될 것입니다.

로봇의 위장술

로봇은 어디에나 있습니다. 집이나 학교, 직장은 물론 전자 제품 매장에도 있고, 윌 스미스의 액션 영화에 출연하기도 합니다. 로봇은 좋은 의미를 가지고 있지만 때로는 잘못된 어른, 부모, 교사, 코치로 나타나기도 하지요.

로봇의 속성

〈터미네이터〉를 보았다면 로봇에 대해 어느 정도 감이 있을 거예요. 강력한 그들은 강철같이 냉혹합니다. 불평도 타협도 없이 오직 임무만을 수행하지요. 완수해야 할 미션이 있으면 어떤 일이라도 해냅니다. 게다가 일도 잘합니다. 그렇지 않다면 쓸모없는 존재가 되어 쓰레기 더미로 던져질 테니까요.

다시 말하지만 로봇의 특성은 프로그램화된 대로만 일하

는 것입니다. 로봇은 옳다고 배운 것만을 행합니다. 만약 청소 로봇이 있다면 그 로봇은 청소만 합니다. 그렇게 프로그램화되어 있으니까요. 그런데 문제는 청소 로봇이 우리에게도 청소를 강요한다는 데 있습니다. 청소 로봇에게는 청소가 가장 중요하기 때문에 누구나 청소만 해야 한다고 생각하는 것입니다.

부모님도 때로는 로봇처럼 굴 수 있습니다. 부모님은 여러분이 의사나 변호사가 되어야 한다고 믿습니다. 그런 직업을 갖는 것만이 성공한 삶이라고 생각하기 때문입니다. 잘못된 것만은 아니지만 이런 생각도 일종의 프로그램입니다. 그러나 우리에게는 우리가 원하는 것이 있을 수 있습니다. "나는 의사가 되고 싶지 않아요!" 하고 말해도 부모님은 이해하지 못할 수 있습니다. 그렇게 프로그램화되어 있기 때문에 다른 프로그램이나 다른 생각을 이해하지 못하는 것입니다.

로봇의 무기

그렇다면 희망은 없는 것일까요? 그렇지 않습니다. 희망은 분명 있습니다. 대부분의 로봇은 우리의 세상을 지배하도록 프로그램화되어 있습니다. 그리고 그들은 그들이 행동하고 생각하는 것을 유일한 최고의 프로그램이라고 믿습니다. 때문에 다른 사람들이 다른 프로그램과 경로를 선택하면 크게 걱정합니다. 자신들의 프로그램과 같은 방향으로 움직이게 하려고 하지요. 때로는 우리도 그럴 때가 있습니다. 악의적이지 않다 해도 이건 위험합니다.

로봇은 우리가 그들과 같은 프로그램을 가질 때까지 우리를 세뇌할 것입니다. 오전 9시부터 저녁 6시까지 일을 하는 프로그램, 그렇게 해서 월급을 받는 프로그램, 그 월급으로 자동차를 사는 프로그램도 그중 하나입니다.

로봇에게는 이런 것들이 당연합니다. 그러나 저는 여러분이 로봇이 되고 싶어 하지 않을 것이라고 믿습니다. 왜냐하면 로봇은 결코 자신의 세계를 지배할 수 없습니다. 로봇에게는 선택의 여지가 없습니다. 그것이 문화적 편견이든 부모에게서 받은 것이든 로봇은 프로그램에 의해서만 움직입니다. 우리도 일단 프로그램화되면 꿈과 목표를 잊을 것입니다. 프로그램대로 움직이는 인생은 진정한 삶이라 할 수 없습니다.

로봇을 극복하는 방법

로봇이 우리를 프로그램화하지 못하게 하는 방법은 무엇일까요? 이와 손톱으로 물고 뜯고 싸우는 것일까요? 흥미롭기는 하지만 로봇은 정말 강하기 때문에 공격하면 안 됩니다. 로봇에게 적으로 인식되면 우리는 큰 어려움에 처하게 될 것입니다.

다행히 방법은 있습니다. 그리 어려운 것도 아닙니다. 로봇의 작동 방법을 아는 것이 중요합니다. 로봇의 가장 큰 약점은 바로 프로그램입니다. 만약 로봇의 프로그램이 우리를 파괴하는 것이 아니라 우리를 돕는 것이라면 이야기는 완전히 달라지겠지요. 로봇은 자신의 강력한 힘을 우리를 위해 사용할 것입니다.

열일곱 살 때, 동기부여 연설가가 되고 싶다고 하자 저는 이런 말을 들었습니다.

"너는 집도 없이 떠돌아다니게 될 거야. 그건 직업도 아니야. 노숙자가 되어 씻지도 못하고 벌벌 떨게 될 거야."

"농담하지 마. 성적을 끌어올릴 동기부여도 못 시키는 놈이 뭘 한다고? 동기부여는 얼어 죽을……."

그들은 잔인했습니다. 가장 잔인한 말은 경력을 관리해주는 로봇에게서 들었습니다.

"음, 조시, 멋지네."

그녀는 예의 바르게 말했습니다. 하지만 실제 의미는 '이런 멍청이 같으니라고'였을 것입니다.

"멋지네. 다 좋은데, 너에겐 두 번째 계획이 있어야 할 것 같다."

이 말의 뜻은 '좋아. 그런데 너, 실패할 거야. 알아둬.'였습니다.

이런 난관을 어떻게 뚫고 나갈까요? 여러분이 할 수 없을 것이라고 생각하는 사람을 어떻게 상대해야 할까요?

저는 이렇게 했습니다. 이것이 전통적이거나 일반적인 방

악당을
물리치는
방법

77

법은 아닙니다. 그들은 제가 그들의 일반적인 통념이나 성공에 대한 기준에 다다르지 못할 거라고 말했습니다. 그때 저는 반대로 그들이 저에게 가진 불신과 저평가를 제 성장의 밑거름으로 이용했습니다. '반드시 본때를 보여주고야 말겠어.'라고 혼자 되뇌고는 이렇게 외쳤죠.

"언젠가 그 말을 취소할 날이 올 거야. 당신들이 나에게 한 짓을 후회할 날이 반드시 올 것이다. 우하하하."

자신에게 맞는 방법을 찾는 것이 중요합니다. 사람마다 방법은 다릅니다. 핵심은 로봇을 방해자로 만들지 않는 것입니다. 로봇에게 조종당하지 않으려면 자신의 확고한 계획이 있어야 합니다. 물론 로봇과 논쟁할 때 소리를 지르거나 눈물을 흘리거나 투덜거리는 것도 하나의 방법이 될 수 있습니다. 로봇도 때로는 불합리하기 때문입니다. 그러나 두 가지 측면에서 감정적인 대응은 좋지 않습니다. 첫째, 일반적으로 로봇은 감정을 이해하지 못합니다. 둘째, 로봇은 실제로 매우 합리적입니다. 우리는 우리의 선택, 기호, 삶의 목표에 대한 논리를 로봇들의 언어로 이해시켜야 합니다.

여러분이 감정적으로 상담 로봇과 대화를 한다고 생각해 보세요.

상담 로봇 2000 : 어느 대학에 가고 싶습니까?

여러분 : 일반 대학에 가고 싶지는 않아요. 사진을 좋아하니까

사진 전문학교에 가고 싶어요.

상담 로봇 2000 : 좋습니다. 그런데 일반 대학에 가서 사진 수업을 듣는 방법도 있어요. 수학과 과학 성적이 낮군요. 좋은 대학에 가려면 그 두 과목의 성적을 올릴 필요가 있어요. 그러면 당신은 정말 성격 좋고 사교적인 학생이 될 수 있을 것입니다.

여러분 : 수학과 과학은 머저리 같은 과목들이에요. 대학은 과대 포장되어 있을 뿐, 아무것도 아니라고요. 설교 다 끝났나요?

상담 로봇 2000 : (깊은 슬픔에 잠긴 눈으로) 뭐라고? 넌 관심을 가져야 한단다. 이것이 인생에서 얼마나 중요한지를 어떻게 모를 수가 있니?

다음은 뻔합니다. 여러분은 논쟁을 벌일 것이고 상담 로봇과의 관계도 엉망이 되고 말 것입니다. 이 시점부터 대화는 여러분이 상담 로봇의 프로그래밍을 받아들이느냐 마느냐의 싸움으로 변하게 됩니다. 그러나 그것은 여러분의 잘못이 아닙니다. 단지 여러분이 로봇이 이해할 수 없는 언어로 설명했을 뿐입니다. 이번에는 다르게 말해보겠습니다.

상담 로봇 2000 : 어느 대학에 가고 싶습니까?

여러분 : 일반 대학에 가고 싶지는 않아요. 사진을 좋아하니까 사진 전문학교에 가고 싶어요.

상담 로봇 2000 : 좋습니다. 그런데 일반 대학에 가서 사진 수

악당을
물리치는
방법

79

업을 듣는 방법도 있어요. 수학과 과학 성적이 낮군요. 좋은 대학에 가려면 그 두 과목의 성적을 올릴 필요가 있어요. 그러면 당신은 정말 성격 좋고 사교적인 학생이 될 수 있을 것입니다.

여러분 : 저는 고등학교 때 가장 좋았던 과목을 고려해서 사진 쪽으로 진로를 결정한 거예요. 어차피 수학이나 과학으로 진로를 발전시킬 계획이 없었기 때문에 제가 가장 잘하는 분야가 제 적성에도 맞는지를 먼저 보고 싶어요. 제 계획은 우선 사진 산업과 사업에 대한 전반을 배울 수 있는 1년제 사진학교에 등록하기 위해 돈을 모으는 것입니다. 그런데 만약 제가 그것을 좋아하지 않는다는 결론을 내리게 되면 저는 1년이라는 시간을 허비한 셈이 되겠지요. 하지만 그 시간을 통해서 제 최고의 관심사가 무엇인지를 깨닫는 계기가 될 수도 있을 것이라고 생각합니다.

상담 로봇 2000 : (로봇은 종종 자신이 현명하다고 생각하기 때문에 가만히 웃고는 있겠지만 사실 똑똑한 경우는 거의 없다.) 그래. 하지만 네가 사진 사업을 잘 해내려면 수학과 과학을 잘해야 할 거야.

여러분 : 예. 맞아요. 그런데 제가 뛰어난 사진사가 아니라면, 수학과 과학을 기반으로 한 사진 사업은 아무 소용이 없을 것입니다. 엄청난 양의 교과서, 물리학은 제가 사진을 잘 찍는 데 전혀 도움이 되지 않아요. 제가 사진 분야에서 충분한 경험을 쌓고 이 직업을 끝까지 이어가야 하겠다는 결심이 서면 성공적

인 사업을 실행하는 데 필요한 수학적 지식을 쌓을 겁니다.

상담 로봇 2000 : (여러분의 명확한 생각에 혼란스러워하며) 그럼 너의 다른 계획은 뭐니? (그들은 여러분이 그들보다 현명하거나 논리적인 이유를 제공하는 경우에 이런 식의 질문을 던진다.)

여러분 : 다른 계획이란 실패를 두려워하거나 성공할 수 없다고 생각하는 사람들을 위한 것이라고 생각합니다. 저는 힘들다고 제 목표를 포기하지 않습니다. 사진은 제가 하고 싶은 분야이고, 사진작가로 성공할 때까지 열심히 할 겁니다. 최소한 저를 더욱 흥분하게 만드는 뭔가를 찾을 때까지는 계속할 겁니다.

로봇은 감정에 잘 반응하지 않습니다. 그들이 존중하는 것은 프로그램뿐입니다. 다른 사람에게도 프로그램이 있다면 그것을 존중할 것입니다. 따라서 여러분이 할 일은 스스로의 프로그램을 고안해내는 것입니다. 여러분 자신이 누구인지, 원하는 것이 무엇인지. 그리고 '왜'라는 질문에 합리적으로 답할 수 있어야 합니다. 이는 어려운 일이 아닙니다.

상담 로봇 2000과의 대화에서 보듯 먼저 사진학교에 관한 계획을 작성해야 합니다. 로봇은 계획을 사랑하니까요. 로봇은 미리 짠 계획에 따라 움직이는 것을 좋아합니다. 그래서 처음의 대화에서는 상담 로봇에게 밀린 것입니다.

스스로의 프로그램이 없으면 로봇을 상대하기 어렵습니다. 자신만의 무기가 없다면 누구를 상대하더라도 고전을 면

하기 어렵지요. 어떻게 보면 우리 모두는 각자의 프로그램으로 프로그램화된 로봇입니다. 그러나 로봇을 여러분 편으로 만들기만 하면 로봇의 강력한 도움을 받을 수 있게 됩니다. 상담 로봇 2000의 경우처럼 로봇이 여러분의 프로그램을 이해한다면 그 다음은 일사천리죠. 상담 로봇 2000에게는 일을 하는 데 필요한 도구 및 조언이 늘 준비되어 있습니다. 여러분은 천군만마를 얻은 것이나 다름없습니다. 중요한 것은 로봇이 어떻게 생각하는지를 이해하는 것입니다.

로봇 구출하기

로봇은 사회의 중요 부분을 구성하고 있습니다. 사회의 필수품이라고도 할 수 있습니다. 피하거나 없앨 수 없는 것이 로봇이기에 우리는 로봇을 우리 편으로 만드는 법을 배워야 합니다. 로봇을 잘만 이용하면 우리는 로봇을 피할 필요가 없습니다. 사실 로봇은 우리의 세계를 지배해야 한다고 프로그램화되어 있을 뿐, 그 행동이 잘못되었는지도 모릅니다. 오히려 그것이 상대에게 이익을 가져다줄 거라고 생각합니다.

만약 주위에 로봇같이 남을 컨트롤하거나 지배하는 것을 좋아하는 친구, 부모님, 선생님이 있다면 이런 방법을 쓰는 건 어떨까요? 그들의 프로그램을 업데이트 시키는 것입니다. 로봇은 로봇 이외의 종족은 이해하지 못하기 때문에 자신들과 달리 행동하면 화를 냅니다. 그러나 다른 사람과의 차이를 이해하고 존중하는 로봇을 만날 가능성이 아주 없는 것은 아닙니다. 다만, 다른 사람을 이해하고 그들의 의견을 경청하는 것이 왜 이익인지를 아주 이성적이고 논리적으로 설명해주어야 합니다. 여기에서 중요한 것은 논리입니다. 로봇을 여러분 편으로 만들려면 여러분의 계획을 명확하고 합리적으로 설명할 수 있어야 합니다. 그렇게만 된다면 로봇은 여러분을 지적이고 합리적인 사람으로 인식할 것입니다. 로봇이 일단 여러분 편이 된다면 여러분에게는 든든한 후원자가 생긴 것입니다.

10장

뱀파이어를 물리치는 법

영화 〈트와일라이트〉 시리즈는 뱀파이어에 대한 개념을 바꾸어놓았습니다. 그전까지 뱀파이어는 10대들에게 전혀 매력적이지 않았습니다. 엄청나게 강하고 죽지도 않으면서 밤에 피를 빨아먹는 징그러운 흡혈귀에 불과했지요. 최소한 〈트와일라이트〉의 주인공 에드워드가 나타나기 전까지 말입니다.

뱀파이어의 위장술

뱀파이어는 어쩌면 여러분이 꿈꾸던 존재일지도 모릅니다. 뱀파이어는 귀신과 달리 우리 내면에 있지 않습니다. 그들은 마약이나 알코올 같은 존재입니다. 슈퍼모델, 스포츠 스

- 뱀파이어 프로필 -

○ **종류** : 뱀파이어

○ **변신 및 위장술** : 순수하지 못한 연예인, 여러 가지 중독, 부정적 영향력

○ **속성** : 여러분을 유혹해서 정체성을 훔친다.

○ **무기** : 유혹, 공수표 날리기

○ **대처법** : 자신감을 갖는다.

타, 섹시한 여배우, 아이돌도 뱀파이어 종류에 속한다고 할 수 있습니다. 그들 중 일부는 진짜 스타 같습니다. 그러나 어떤 경우에는 전혀 유명하지 않거나 인기 없는 사람일 수도 있습니다. 정말 평범한 사람들 중에도 뱀파이어가 있습니다.

뱀파이어의 속성

뱀파이어는 최고의 인기를 구가하고, 신비한 매력과 마력을 품고 있으며 매혹적이기까지 합니다. 그들은 모든 것을 갖추었지요. 어떤 때에는 우리보다 더 나아 보이기도 합니다. 멋진 차를 몰고 명품을 걸치며 귀엽고 섹시한 남자 친구와 고급스러운 휴양지에서 휴가를 보내는 럭셔리한 삶을 사니까요. 우리는 그것들을 시기하고 질투하기도 합니다. 당신은 지금 가진 것에 만족하지 못하고 더 좋고 멋진 것을 동경하고 있을 것입니다.

마약과 술도 마찬가지입니다. 처음에는 강력하게 여러분을 끌어당깁니다. 술과 약물로 인해 전혀 다른 느낌을 가지게 될지도 모릅니다. 뱀파이어는 이렇게 우리를 이용하기 위해 잠재된 욕망에 불을 지피고 불안을 자극할 것입니다.

뱀파이어의 무기

뱀파이어들은 우리가 그들과 같아지기를 바랍니다. 아니면 우리가 그들에게 의지하지 않고는 배기지 못하도록 우리에게서 독립심과 자주성을 없애버리려 할 것입니다. 일단 뱀파이어의 아름다움과 매력에 빠지고 나면 모든 것이 변하기 시작합니다. 처음의 변화는 새로 산 셔츠처럼 미미할지도 모릅니다. 하지만 6개월이 흐른 뒤에는 자신이 누구인지도 모르게 될 것입니다. 무엇이 되려고 했는지조차 잊게 됩니다.

뱀파이어가 우리에게 유명세와 인기를 약속할 수도 있습니다. 그러나 그 전에 알아야 할 사실이 있습니다. 그 비용은 모두 우리 자신의 몫입니다.

물건에 집착하고 소비하는 것도 마찬가지입니다. 여러분은 자신이 변했다고 느끼지만 사실 그 변화는 진정한 변화가 아닙니다. 그저 뱀파이어에게 속은 것에 불과합니다. 뱀파이어의 송곳니가 나도 모르게 나를 통제하고 있을 것입니다.

'이제 나는 저 가방만, 저 신발만 있으면 돼. 그럼 만족해.' 당치도 않은 소리입니다. 우리 자신도 그것이 거짓임을 알고 있습니다. 그리고 무슨 일이 벌어지고 있는지도 알고 있습니다. 자신이 원하는 것을 얻게 된다면, 몇 주 동안은 좋을 거예요. 그러나 깨닫게 되겠죠. 그것이 하나의 물건에 불과하다는 것을요. 그것은 단지 아이패드 같은 전자기기이고 로고가 그려진 땀복이며 그저 다른 사람과의 차이이자 직장에 불과할 뿐입니다.

또다시 고백을 해야겠군요. 예전에 저는 도박에 빠진 적이 있습니다. 온라인 게임이 그 시작이었는데 머지않아 제가 진짜 돈으로 게임을 하고 있었습니다. 100달러로 시작한 것이 곧 1,000달러가 되었고, 어느새 저는 10,000달러가 걸린 게임을 하고 있었습니다.

저는 저를 완전히 갉아먹고 있었습니다. 심지어 잠자리에 들면서도 도박에서 어떻게 손동작을 했어야 했는지를 생각했습니다. 저는 중독자가 되었습니다. 엄청난 돈을 잃고 연애를 비롯한 사람들과의 관계를 망칠 때까지, 결국 바닥을 칠 때까지 저는 몰랐습니다.

저를 깨운 것은 스스로에 대한 물음이었습니다. '내가 지금 무슨 짓을 하고 있는 거지?' 스스로에게 물으며 저는 깨어났습니다. '내가 내 인생을 이렇게 보내고 싶었던 것일까?' 게임이 저를 등신, 머저리, 한심스러운 인간으로 만들어버렸습니다.

그렇다면 제가 처음부터 그런 사람이었을까요? 아닙니다. 그러나 뱀파이어가 우리를 공격했을 때 스스로를 다잡지 못하면 이런 행동을 하게 됩니다. 부끄럽지만 제가 이런 이야기를 하는 건, 지금 여러분 중 누군가도 뱀파이어에게 조종당하고 있을지 모르기 때문입니다.

뱀파이어를 극복하는 방법

뱀파이어에게서 벗어나는 유일한 방법은 맞서 싸우는 것뿐입니다. 그 존재를 드러내고 누군가에게 말하세요.

하기 싫다고요? 그건 당신이 노예가 되어도 좋다고 말하는 것과 같습니다. 부끄럽다고요? 상관없습니다. 그건 뱀파이어가 여러분을 소유하고 통제하고 있기 때문입니다.

"내일 누군가에게 말할게요."

그건 새빨간 거짓말입니다.

스스로 이 일을 헤쳐나갈 수 있다고요? 그게 정말일까요? 그렇지 않습니다.

사실 저도 완전히 무너졌었습니다. 저는 엉망진창이었고 말 그대로 눈물을 뚝뚝 흘리고 있었습니다. 자존심은 땅에 떨어졌고 입에는 욕이 배어 있었습니다. 그리고 정말 누군가에게 말하기도 싫었습니다. 다행히 저는 뱀파이어의 꼬리를 싹둑 잘라버려야겠다고 결심했습니다.

물리기 전에 조심하는 것이 최선이지만 뱀파이어에게 벗어나기 위해서는 누군가의 도움을 받아야 합니다. 우리가 허락하지 않는 한 뱀파이어는 우리를 해칠 수 없습니다. 그들은 매력적이고 설득력 있는 모습으로 우리를 유혹하기 위해 모든 에너지를 쏟아부을 것입니다. 그래서 우리를 자신의 무리로 이끌려 할 것입니다. 그래서 시베리아의 어느 농장에서 자란 밍크부츠가 여러분에게 어울린다고 말할지도 모릅니다. 아니면 고대 부족을 상징하는 문신을 권할지도 모릅니다. 책을 읽는 것보다 나가 노는 것이 좋다고 말할 수도 있습니다. 가슴골이 보일수록 섹시하다고 말할 수도 있겠지요. 주말에

는 약을 하고 술은 토할 때까지 마시는 것이 제맛이라고 할지
도 모릅니다. 이런 악마의 속삭임에서 벗어나기는 힘듭니다.
그러나 방법은 있습니다. 의심을 하는 겁니다. 그리고 무시하
는 것입니다.

뱀파이어에게 목을 내줄지 말지, 미래를 결정하는 건 자신
의 선택입니다. 이제 필요한 것은 마늘이나 십자가가 아닙니
다. 여러분이 현재의 모습과 가진 것에 만족한다면 뱀파이어
의 유혹은 무용지물이 될 것입니다.

뱀파이어 구출하기

중독을 이기기는 쉽지 않습니다. 때문에 먼저 피해야 합니
다. 그러나 인간 뱀파이어는 모든 악당들 중 가장 순수한 편
에 속합니다. 이들 중 몇몇은 정말 일반 사람들입니다. 그리
고 엄청나게 매력적이고 아름다우며 성공 가도를 질주 중인
사람도 있습니다. 여기에서 문제가 되는 것은 그들같이 되고
싶어 하는 집착입니다. 그 무리에서 벗어나는 가장 좋은 방법
은 우리가 자신을 되돌아보는 것입니다. 부러우면 지는 겁니
다. 자신의 상태에서 행복을 찾아야 합니다. 우리가 선한 의
도를 가지고 있으며 자신에 대한 준비가 되어 있다면 뱀파이
어의 잠재력을 가진 사람들이 오히려 우리의 친구나 동지가
될 것입니다.

예를 들면 〈트와일라이트〉에 등장하는 에드워드가 그렇습

니다. 그는 매력적인 동시에 모든 것을 파괴할 수 있는 잠재력을 지녔습니다. 그는 이미 뱀파이어였습니다. 그러나 스스로를 통제했습니다. 다른 사람들이 자기와 같은 존재가 되도록 하지 않았습니다. 일반 사람들을 멸시하지도 않았고 다른 사람에게 열등감을 불러일으키지도 않았습니다. 그리고 자신의 능력을 인간을 돕는 데 사용했습니다.

어떤 경우 인간 뱀파이어는 자신들에게 치명적인 매력이 있음을 압니다. 그리고 그것을 우리에게 사용하려 할 것입니다. 그리하여 우리가 그들과 똑같은 행동을 할 때에만 우리를 친구로 받아들일 것입니다. 이것만 기억하세요. 뱀파이어는 그저 뭔가 있는 척하는 존재일 뿐입니다. 그들이 멋져 보인다고 느낄 때, 저는 여러분에게 이런 조언을 하고 싶습니다.

"눈을 높여라."

세계 정복의 꿈을 가진 영웅은 최소한 그보다는 훨씬 나을 것이라고 저는 믿습니다. 중요한 것은 바로 자기 자신입니다. 우리는 우리이기에 행복한 것입니다. 진부하다고요? 그건 그것이 사실이기 때문에 진부해 보이는 것입니다. 사람들은 자신감 있고 자신을 알며 자신의 가치를 지키는 사람을 존경합니다. 옷이나 외모에 집착하고 다이어트에 목매는 사람들은 결코 행복할 수 없습니다. 우리는 그런 뱀파이어의 덫에 걸리지 않을 것입니다.

11장

좀비를 물리치는 법

우리가 알고 있는 좀비는 느리고 바보 같은 생김새로 B급 영화에 자주 출연하지요. 총에 맞아 반쯤 날아간 시체 모양을 하고 있기도 합니다.

좀비의 위장술

우리는 실제로도 좀비를 잘 압니다. 좀비들은 인생의 비참함을 늘어놓는 넋두리만 하는 존재이지요. 입가에 침을 질질 흘리거나 썩은 이빨에 누런 이를 드러내지 않아도 쉽게 알아볼 수 있습니다. 절대 웃지 않는 아이나 자신의 직업이 불만스러운 선생님, 모든 좋은 일에서 나쁜 점을 찾아내는 친구가

– 좀비 프로필 –

○ **종류** : 좀비

○ **변신 및 위장술** : 매사에 부정적인 사람, 만성 불평분자, 음모 이론가, 비
  관론자

○ **속성** : 언제나 최악의 상황에 초점을 맞추게 한다.

○ **무기** : 불평, 짜증, 잔소리, 험담

○ **대처법** : 감사하는 마음을 갖는다.

바로 좀비입니다. 칭찬이나 좋은 얘기라고는 할 줄 모르는 여자들도 포함되겠지요. 공포스러운 이야기를 하고 자기 삶의 끔찍함에 대해서 늘어놓는 사람들, 그들이 바로 좀비입니다.

좀비의 속성

좀비는 암울하고 비관적이고 부정적인 사람들입니다. 끈질기게 징징거리고 쉴 새 없이 신음하는 좀비의 일관성은 대단합니다.

"텔레비전에 재미있는 프로가 없어. 점심 맛은 개떡 같아. 이 영화는 완전 짜증 나. 친구들은 바보 같아."

좀비는 불평만 합니다.

혹시 이런 말을 들어보았나요? '불행은 친구를 원한다.' 이게 좀비의 명언입니다. 그들은 늘 그들의 짐을 대신 짊어줄 사람을 찾습니다. 좀비의 말을 듣는 사람들이 늘어날수록 부정적인 기운은 확산됩니다. 그리고 그것은 더 많은 영혼이 좀비에게 감염되었음을 의미합니다.

좀비의 무기

처음에는 좀비가 별것 아닌 것처럼 느껴질 수도 있습니다. 느릿느릿하고 멍청해 보이잖아요. 걷는 것도 이상한 좀비를 여러분은 쉽게 따돌릴 수 있습니다. 문제는 좀비가 하나가 아니라는 점입니다. 사방에서 벌떼처럼 달려들어 절대로 멈추지 않고 계속 따라오지요. 그리고 여러분은 곧 어두운 벽장에 갇히게 될지도 모릅니다. 좀비는 벽장 문을 긁으며 신음 소리를 낼 거예요.

그들은 우리의 마음을 사로잡을 수 없습니다. 그러나 문제는 좀비의 일관성에 있습니다. 처음에는 우리도 좀비에게 영향을 받지 않을 겁니다. 그러나 얼마 후 출처를 알 수 없는 비관과 실망, 그리고 짜증이 피어나기 시작합니다. 그것은 마치 중력처럼 자연스럽게 우리를 짓누릅니다. 그런 사실을 깨닫기도 전에 이미 좀비처럼 불평을 하고 있을지도 모릅니다. 더 심각한 일은 이제 우리 자신이 다른 이를 오염시키는 숙주가 된다는 것입니다. 여러분이 조심하지 않으면 좀비는 그들의 냉소와 불만으로 여러분을 무너뜨릴 것이고, 그들의 부정적인 생각은 여러분의 뇌를 갉아먹을 것입니다. 이제 현실을 직시해야 합니다.

좀비를 극복하는 방법

우리는 모두 상처 받지 않는 행복한 삶을 원합니다. 햇살 좋은 날, 꽃이 만발한 초원을 뛰노는 강아지가 살짝 햇살을 피하려고 몸을 비트는 그런 편안함을 원합니다. 하지만 현실은 그렇게 녹록치 않아요. 나쁜 일들은 우리에게도 일어날 수 있습니다.

아무도 고통과 함정에서 자유로울 수 없습니다. 그런데 좀

악당을
몰리치는
방법

비는 그것을 다르게 받아들입니다. 자신들만이 힘든 시기를 겪고 있는 유일한 존재라 생각하지요. 그들은 계속하여 "오, 슬프도다." 하면서 동정을 갈구합니다. 측은한 그들은 세계 정복이라는 명제를 잊은 존재들입니다.

얼마 전 캔자스에서 국방부에 체포될 뻔한 적이 있습니다. 공항에서 검색대마다 늘어선 엄청난 인파에 밀리고 치일 때였지요. 제 가방이 투시기를 통과하자 흰 장갑을 낀 남자가 제 가방을 다시 검사해도 좋은지를 물었습니다. 저는 허락했습니다. 싫다고 하면 특수부대에 끌려갈지도 모르니까요.

검색대에서는 계속해서 제 가방에 문제가 있다는 소리가 났습니다. 폭발물이 있다는 신호였습니다. 결국 요원들이 출동했고 그들은 제 가방에서 스폰지밥 인형 하나를 찾아냈습니다. 그게 끝입니다.

정말 재수 없는 날이었습니다. 엄청난 스트레스를 받을 수도 있는 상황이었지만 무시하기로 했습니다. 20여 분의 우여곡절을 거친 끝에 저는 마지막 남은 비행기 좌석에 앉을 수 있었습니다. 저는 제 옆 좌석의 남자에게 "오늘 기분 어떠세요?" 하고 물었습니다. 그런데 그 남자는 알아듣지도 못할 말을 계속하는 것이었습니다. 제가 그에게 괜찮은지 묻자 그는 두통이 있다고 말했습니다. 공항 검색대부터 옆자리의 남자까지, 황당한 일이 꼬리를 무는 날이었습니다.

무슨 말을 하고 싶으냐고요? 무슨 일이 일어났는지가 중요한 게 아니라 그것을 어떻게 받아들이는지가 중요하다고요.

어떤 태도를 취할지는 우리의 선택입니다. 물론 쉽지 않은 일입니다. 어쩌면 전 제 옆자리 남자에게 전혀 다른 반응을 보일 수도 있었습니다.

"그래요? 당신 하루가 재수 없었다고요. 내 얘기 한번 들어보실래요?"

저는 20분 동안 쉬지 않고 제가 겪은 황당한 일을 말했을 수도 있습니다. 그러나 그렇게 하지 않았습니다. 물론 끔찍한 일이 벌어졌을 때 "멋지네." 하고 말하는 것도 현실적은 아닙니다. 그러나 시간이 지나 다시 그 상황을 생각하면 분명히 긍정적인 부분을 발견해낼 수 있을 것입니다. 중요한 것은 그런 태도입니다.

좀비는 힘든 상황이 닥치면 쉽게 포기해버립니다. 그들의 내면은 이미 포기 상태입니다. 때문에 우리가 그들에 맞서도 그들은 크게 겁먹지 않습니다. 그들의 목표는 우리의 마음을 얻는 것이 아닙니다. 불평가인 그들이 바라는 것은 주변에 많은 사람들이 있는 것이고 관심을 얻는 것입니다.

그들은 자신들이 슬프고 외로우니까 여러분도 똑같이 느끼기를 바랍니다. 자신들이 세상을 보는 것처럼 여러분도 그렇게 세상을 보길 바랍니다. 만약 그게 뜻대로 되지 않는다면 좀비들은 포기할 것입니다. 불평불만을 포기한다는 것이 아니라 우리 주변에서 불평불만을 늘어놓는 것을 포기할 것이라는 말입니다.

사실 세상을 사는 동안에는 정말 끔찍하고 어려운 일이 일어나기도 합니다. 그런 일 때문에 상처를 받기도 하고요. 그래서 긍정적이기는 쉽지 않습니다. 그러나 긍정이라는 것은 충분히 시도할 만한 가치가 있습니다. 상황이 바뀌지는 않겠지만 최소한 여러분의 시각은 달라질 수 있습니다. 거기에서 여러분은 인생의 교훈을 배울 것입니다.

좀비 구출하기

몇몇 좀비들에게는 대화 상대가 필요합니다. 어쩌면 그들도 예전에는 다른 사람들처럼 행복하고 평화로웠는지 모릅니다. 그런데 갑자기 무슨 일이 벌어진 건지, 실성한 사람처럼 되었습니다.

그들을 상대할 때 가장 좋은 방법은 좀비가 늘어놓는 불평의 주제에서 벗어나는 것입니다. 화제를 다른 쪽으로 돌려보세요. 여러분이 감사하게 생각하는 일에 대해서 이야기하는 것도 좋습니다. 낙관주의 또한 전염성이 강합니다. 감사하는 마음도 잘 번지지요. 하품처럼 말입니다. 어쩌면 비관보다 낙관과 감사가 더 큰 효과가 있을 수도 있습니다. 좀비가 다운 모드로 들어가면 긍정적인 방향으로 대화를 유도하는 것도 방법입니다. 그저 바보같이 헛웃음만 웃지 말고 긍정적인 소재를 끌고 오는 것이죠. 만약 좀비가, 버스가 늦는다거나 사흘 연속 비가 내리는 것에 대해 불평한다면 조심스럽게 이런 이야기를 할 수도 있습니다.

"네 부모님이 최소한 에이즈에 걸려 돌아가시지 않고 너는 아프리카의 고아로 태어나지 않은 것만 해도 얼마나 다행이냐."

아니면 이런 해결 방법도 있습니다. 좀비가 숙제에 대해 불평하고 선생님이 싫어 죽겠다고 하면 그것에 대해서 좀비와 함께 생각해보는 것입니다. 이때는 여러분과 좀비가 인생 향상 프로젝트의 공동 참여자라고 생각해야 합니다. 그럼 인생에 감사하게 되고, 아픈 고양이처럼 징징 짜기보다 해결책을 찾는 데 주력하게 될 것입니다.

도저히 좀비를 악의 구렁텅이에서 구출할 수 없을 것 같다면 일단 혼자 내버려두는 것도 방법입니다. 특히 여러분을 절망으로 끌어들이려 한다면 일단 그 자리를 피하는 것이 좋습니다. 혹시라도 나중에 좀비가 행복한 인생을 살고자 한다면 그때 다시 친구가 되면 됩니다. 그때까지는 절망의 구렁텅이에 빠지는 우를 절대 범해서는 안 됩니다.

12장

강아지를 물리치는 법

그렇습니다. 강아지는 거부하기 힘든 매력을 지녔습니다. 강아지가 살랑살랑 꼬리를 치면 무척이나 귀엽고 사랑스럽습니다.

강아지의 위장술

강아지도 악마가 될 수 있습니다. 강아지들은 신발, 카펫 등 여러분이 원하지 않는 곳에 응가를 합니다. 좋아하는 물건을 물어뜯을 때도 있습니다. 또한 산책을 시켜주어야 하고 물을 갈아주어야 하며 끼니 때마다 밥을 주어야 합니다. 혼자 내버려두어서도 안 되니 장기간 휴가 가는 일은 엄두도 못 내

– 강아지 프로필 –

○ **종류** : 강아지

○ **변신 및 위장술** : 사랑스러운 여자 친구, 장난, 섹스

○ **속성** : 처음에는 재미있고 귀여운 모습으로 관심을 갖게 하지만 나중에
   는 엄청난 책임감으로 여러분을 압도할 것이다.

○ **무기** : 숨겨진 비용과 결과로 여러분의 눈 가리기, 책임감 떠넘기기, 시
   간 소비시키기.

○ **대처법** : 앞을 내다보며 생각한다.

지요. 그렇지만 강아지들이 일부러 그러는 것은 아닙니다. 그들은 그저 끊임없는 관심과 애정이 필요한 존재일 뿐입니다. 그리고 강아지가 자라서 개가 되면 관리하는 데 더 큰 책임이 따릅니다. 그런데 이상하게도 그런 생각을 하는 사람은 없는 듯합니다. 책임과 관심을 뒤로 한 채 사람들은 강아지의 초롱초롱한 눈망울만 생각합니다.

때로 강아지는 심각한 문제를 야기할 수도 있습니다. 그건 마치 직업도 없고 자아도 정립되지 않은 나이에 결혼을 전제로 연애를 하는 것과 같습니다. 과연 강아지는 어떤 존재일까요?

강아지의 속성

강아지에게는 나쁜 의도가 없습니다. 그냥 강아지일 뿐이지요. 이 말은 강아지에게는 잘못이 없다는 뜻입니다. 달콤한 컵케이크나 화창한 날처럼 강아지는 좋은 존재입니다. 그러나 여러분 인생에서 사랑스러운 장난 이상의 결과를 낳을 수도 있습니다. 장기간에 걸쳐 여러분을 옭아맬 것이기 때문입니다. 이것이 바로 여러분이 감수해야 할 부분입니다.

강아지의 무기

여자 친구가 있다고 가정해보겠습니다. 천 개의 태양보다 더 뜨거운 사이인 둘은 진짜 사랑에 빠져 있고 결혼을 원합니다. 그런데 커다란 문제가 있습니다. 사랑에 빠진 그들이 열일곱 살이라는 사실입니다. 감정은 진실하지만 그녀와 함께하기 위해서 무엇을 포기해야 하는지 그가 생각해보았을까요? 이기적이 되라는 말이 아닙니다. 한발 앞서 생각해보자는 것입니다.

여자 친구를 만족시켜줄 수 있는 것들을 그가 가지고 있을까요? 앞으로 그에게 친구, 취미, 밴드를 위한 시간이 주어질까요? 대학 진학 후에는 장거리 연애도 불사할 수 있을까요? 아니면 여자 친구와 가까이 있기 위해 더 좋은 대학에 진학할 기회를 포기할까요? 혹시 그것이 자기 삶의 목표에 위배되지는 않을까요? 더 많은 시간을 데이트에 쓰려고 꿈을 위해 쓰는 시간을 희생해야 할까요? 지금 서로에게 충실하다 해도 결혼하기까지의 오랜 시간을 감내할 수 있을까요? 결혼을 하면 그 이후 더 오랜 시간을 같이 지낼 텐데 말입니다.

질문은 이렇게 요약됩니다. '희생할 준비가 되어 있는가?', '결과를 담담히 받아들일 수 있는가?', '책임질 수 있는가?' 혹시 이런 질문을 한쪽으로 밀어두고 있지 않은가요?

만약 그렇다면 이제 한 번쯤 생각해볼 때가 왔습니다. 이제 강아지를 객관적으로 보아야 합니다. 비록 강아지의 잘못이 아니더라도 우리의 세계 정복에 강아지는 방해가 될 것입니다.

혹시 남자 친구와 함께 있고 싶은가요? 그래서 임신을 한다면, 정말 '맙소사'입니다. 10대 미혼모가 되어 남은 인생은

악당을
물리치는
방법

완전히 달라질 겁니다. 후회할 때가 되면 이미 늦어요. 당신은 강아지를 산 것입니다.

강아지는 순수한 의도를 가지고 있습니다. 그러나 앞으로 감내해야 할 부분은 생각하지 않고 귀엽고 예쁘다는 이유만으로 강아지를 가지려고 한다면 분명 후회하게 될 것입니다.

강아지를 극복하는 방법

강아지를 극복하는 방법은 간단합니다. 정확한 타이밍에 제대로 된 강아지를 선택하는 것입니다. 즉흥적인 결정이나 감정에 치우친다면 곧 강아지가 우리의 세계를 지배하고 말 것입니다. 스스로에게 물어보세요. '내가 개를 키울 준비가 되어 있는가?' 만약 아니라면 절대로 강아지를 사지 마세요.

저는 정말 찢어지게 가난했습니다. 그래서 커서는 절대로 돈 때문에 상처 받지 않겠다고 다짐했습니다. 재정적인 문제로 미래의 가족에게 스트레스나 불안을 안기고 싶지 않았습니다. 멋진 생각이라 여길지도 모르겠지만 사실은 그렇지 않았습니다. 돈이 제 강아지가 된 것입니다. 돈은 강아지 뱀파이어였습니다. 저는 제가 어느 정도의 돈이 있으면 행복하고 안정될 것이라 생각했습니다. 그리고 그만큼의 돈을 모았습니다. 그런데 또 다른 생각이 들었죠. '음, 좋아. 그런데 이 정도로는 충분치 않아. 얼마 더 있으면 진짜 행복하고 안정적이고 멋진 사람이 될 텐데.' 저는 또 그것을 이뤄냈습니다. 그런데 왜 여전히 기분이 별로였을까요? 왜냐하면 돈이 저를 행복하게 하지 않기 때문이었습니다. 물론 돈이 잘못된 것은 아닙니다. 문제는 돈을 관리하고 사용하는 것에는 엄청난 책임감이 따른다는 것입니다. 중요한 것은 어떻게 쓰느냐입니다.

강아지를 관리하는 것은 여러분의 몫입니다. 만일 여러분이 자신감 있고 강하고 앞으로 펼쳐질 상황에 대해 생각한다면 여러분은 애완동물 가게를 당당히 지나칠 수 있을 것입니다. 여기에서 강하다는 것은 욕망이 없다는 뜻이 아닙니다. 한 발짝 뒤에서 숨을 고르고 어떤 상황이 펼쳐질지 미래를 예측할 수 있는 그림을 그릴 수 있다는 의미입니다.

강아지 구출하기

강아지는 심술궂은 악마도 아니고 사회에 해악이 되는 존재도 아닙니다. 때문에 그냥 내버려두어도 상관없습니다. 다만 타이밍이 맞지 않을 때 강아지는 나쁜 존재로 변합니다. 또는 여러분이 책임을 지지 못하거나 새로운 상황에서 발생하는 결과에 제대로 대처하지 못했을 경우에도 문제가 생깁니다. 나중에는 준비가 되어 있을지도 모릅니다. 그때가 되기 전에는 여러분이나 강아지 모두에게 좋지 않습니다.

기억하세요. 어쩌면 여러분이 그토록 애지중지하는 강아지는 여러분이 없는 편이 더 나을 수도 있다는 사실을 말입니다. 최소한 지금은 말입니다. 가슴이 아플 수도 있지만 여러분이나 강아지 모두에게 당분간은 그 방법이 나을 수 있음을 명심하세요.

여러분이 정착을 하고 자신이 가고자 하는 길에 확신이 섰을 때, 그때가 바로 강아지를 기를 수 있는 때입니다. 그때까지는 머리를 들고 가슴을 열고 미소를 지으며 다음을 위해 나아가는 겁니다.

13장

혹시 악당은 바로 너?

혹시 자신이 영웅이 아니라는 의문이 들지도 모르겠습니다. '설마 내가 뱀파이어는 아닐까?' 아니면 '내가 강아지였잖아!' 하기도 하고 '아, 나의 삶이 사악한 계략으로 가득 차 있었던 것은 아닐까?' 하고 생각할지도 모릅니다. 하지만 여기에서 중요한 건 스스로 자신의 내면을 들여다보게 되었다는 점입니다.

걱정하지 마세요. 세상에 실수 안 하는 사람은 없습니다. 누구에게나 작은 악마 하나쯤은 있는 법이지요. 심지어 영웅도 마찬가지입니다. 사실 어떤 영웅은 어두운 과거를 가지고 있기도 합니다. 아이언맨이 되기 전에 토니 스타크는 무기거

악당을
물리치는
방법

107

래상이었어요. 하지만 아이언맨이 된 토니 스타크를 이기적인 해적이라고 부르지는 않습니다. 중요한 것은 실수를 두 번 하지 않는 것입니다. 자, 그럼 앞으로 어떻게 해야 할까요?

첫걸음, 과거를 인정한다

먼저 고백으로 시작하겠습니다. 맞습니다. 저는 악당이었습니다. 그런 제가 '반 악당 선언문'을 쓰고 있다니 정말 아이러니한 일입니다. 위선자라고 불러도 좋습니다. 제 인생은 실패였으니까요. 인정합니다. 언제나 영웅인 것은 아니었습니다. 제 실수를 솔직히 이야기하겠습니다.

조시 십의 실수 리스트

- 친구의 실수가 아니었는데, 오해로 인해 친한 친구와 절교했습니다.
- 저를 화나게 했다는 이유로 콘서트장에서 여자 친구와 헤어졌습니다.
- 사람들에게 상처 주는 말을 했습니다.
- 식당에서 돈을 내지 않고 나온 일이 있습니다.
- 게임을 하던 중 이웃에 피해를 준 적이 있습니다.
- 저를 보호하기 위해 거짓말로 위기를 모면한 적이 있습니다.
- 제 기분을 위해 다른 사람을 괴롭혔습니다.
- 눈앞에서는 축복했지만 속으로는 실패를 빌었습니다.

- 남들에 대해 '뒷담화'를 했습니다.

- 지키지 못할 약속을 했습니다.

- 텔레비전 출연을 위해 일부러 고생을 했습니다.

- 종교적 멘티인 아이가 낚시 가자는 것을 무시했습니다.

- 타인의 감정보다 돈을 우선시했습니다.

- 원하는 것을 얻기 위해 사람들을 속인 적이 있습니다.

- 지인들에게 못되게 굴었습니다.

- '감사하다'고 말하기에는 너무 잘났다고 생각했습니다. 사실 스
  무 살이 될 때까지 양부모님에게 진정으로 감사하다고 말한 적
  이 없었습니다.

저는 악당의 필요조건을 갖추고 있었습니다. 다시 말해 제
가 해적, 좀비, 닌자 그리고 뱀파이어였던 것입니다. 물론 이
걸 자랑스럽게 생각하지 않습니다. 그럼 어떻게 해야 할까
요? 이런 일이 전혀 없었던 것처럼 행동할까요? 〈맨인블랙〉
에서처럼 기억을 없애는 뇌파 장치로 기억을 없애버릴까요?
스스로에게 최면을 걸고 거짓말을 하게 되면 아무것도 변하
지 않습니다. 오히려 그건 스스로를 악당으로 만드는 길입니
다. 자기 합리화에 빠지게 되는 것이지요.

대신 저는 제가 저질렀던 비열한 짓들을 고백함으로써 앞
으로 그런 짓을 하지 않겠다는 다짐을 했습니다. 이제 여러분
에게 도전이 주어졌습니다. 여러분 스스로 자랑스럽지 않다

악당을
물리치는
방법

109

고 생각하는 행동들을 써보세요. 종이를 꺼내고 펜을 드세요. 하지만 절대 지워서는 안 됩니다.

스스로에게 정직해야 합니다. 지나간 일 중 잊고 싶은 것들이 있어도 인정하고 받아들여야 합니다. 영웅이 아니라 악당이었던 순간의 비열한 행동들까지 말입니다. 쉽지도 않고 하고 싶지도 않을 겁니다. 하지만 스스로를 냉철하게 바라볼 수 있는 용기를 가져야 합니다. 그리하여 이런 것들을 분명히 여러분의 가슴에서 떨쳐내야 하는 것입니다.

다음 단계로 나아가기 위한 첫걸음은 실수를 인정하는 것입니다. 비열한 행동들은 절대 여러분이 원하는 모습도 아니고 현재의 모습도 아닙니다. 그런 것들이 여러분을 규정하게 하지 마세요. 영웅이 되고 싶다면 영웅의 신조를 따르고 타인의 세계를 정복하려는 시도는 멈추는 겁니다.

실수에 대처하는 자세

악당이었던 사실을 스스로 인정하는 것만으로는 충분치 않습니다. 우리가 괴롭혔던 사람들을 만나 비겁한 행동에 대해 고백하고 그들에게 용서를 구해야 합니다. 모든 비열한 행동은 타인에게 상처를 입히고 타인의 삶을 강탈하는 행위입니다. 어쩌면 우리는 우리가 그들에게 얼마나 큰 상처와 고통을 주었는지 모를 수도 있습니다.

만약 여자 친구를 무시하고 속이며 바람을 피웠다면, 그건 스스로가 그녀의 존재 가치를 부정한 것이 됩니다. 그리고 그런 행동은 여자 친구에게 엄청난 상처와 고통을 주었겠지요. 만약 이 문제를 풀지 않는다면 그녀는 자신이 그 정도밖에 되지 않는 사람이라고 생각할지도 모릅니다. 다음의 남자 친구도 똑같을 것이라 생각할 수도 있습니다.

그래서 단지 멈추는 것만으로는 충분하지 않습니다. 피해자들에게 여러분의 잘못을 알려야 합니다. 그들은 그런 행동에 고마워하며 당신을 용서할 것입니다. 용서하지 않는다 해도, 그들이 좀비처럼 반응을 보이지 않았다고 해도, 분명한 것은 여러분이 옳은 일을 했다는 사실입니다. 그것이 바로 영웅의 모습입니다.

자신의 세계를 정복하는 방법

3부

14장

함께하는 사람들

이제 우리는 어떤 사람들이 악당인지 알게 되었습니다. 다행스럽게도 우리는 악당이 아니었습니다. 하지만 우리의 세계가 악당들에게 지배될 가능성은 여전히 높습니다. 비열하고 강력하고 파괴적인 그들은 도처에 널려 있고 자신들이 조종할 수 있는 사람들을 거느리고 있습니다. 우리의 사명은 그들과 맞서 싸우는 것입니다.

우리는 어둡고 무서운 바깥세상으로 나가 무적의 귀신, 속임수의 달인 닌자, 무자비한 해적, 프로그램화된 로봇, 잔인한 뱀파이어, 뇌를 갉아먹는 좀비, 작고 귀엽지만 위험한 강아지와 맨손으로 싸워야 합니다. 이 악당들에 혼자서 맞서기는 힘듭니다. 더구나 맨손으로는 도저히 불가능합니다. 그럼 어떻게 해야 할까요?

혼자서는 할 수 없는 세계 정복

변장을 한 악당들이 우글거리는 세계에서 우리는 언제 뒤통수를 맞을지 모릅니다. 그렇지만 혼자서 이 모든 싸움을 감당할 필요는 없습니다. 그런 시도조차 할 필요가 없어요. 영웅이라고 해도 타인의 세계를 지배할 권리는 없습니다. 기억하겠지만 그것은 '영웅의 신조' 두 번째에 해당합니다. 그러나 다른 사람들이 우리를 도울 수 있고, 우리도 그들을 도울 수 있습니다. 그러므로 영웅이 된다는 것은 단순히 악당이 되지 않거나 사람들을 방해하지 않는다는 것에만 국한되지 않습니다. 영웅에게는 팀플레이가 필요합니다.

동지, 친구, 멘토, 선생님, 자신감에 넘치는 사람들 등 같이 주연을 맡을 사람들이 필요합니다. 그들이 어떻게 불리는지는 상관없습니다. 그들과 우리가 한 팀이라는 것을 확인하는 것이 중요합니다. 동지들은 다양한 장소에 다양한 모습으로 나타나지만 한 가지 공통점을 갖습니다. 타인을 배려한다는 것이지요. 그들은 자신에게 다가온 악당을 물리치고 우리의 세계 정복을 도우려는 존재들입니다.

우리가 흔들릴 때 도와줄 사람도 필요합니다. 아무리 실수를 저지르지 않는 강심장에다가 야생동물의 민첩성을 가졌다 해도 절대 거만해서는 안 됩니다. 거만을 떠는 대신 우리가 할 일은 다른 사람을 돕는 것입니다. 도움을 받은 사람은 고마워할 것이고 우리는 그럼으로써 진정한 영웅에 다가서게 될 것입니다. 그리고 도움을 받은 사람들은 우리가 시련을 겪을 때 우리에게 힘이 되어줄 것입니다.

우리의 목표와 이상을 실현하기 위해서는 도움을 받아야 합니다. 요즘 자수성가라는 말은 그리스·로마 신화에나 나올 법한 단어가 되었습니다. 빌게이츠가 혼자서 마이크로소프트를 세웠나요? 마이클 조던이 엘에이(LA) 레이커스를 이기고 첫 우승을 할 때에도 그는 혼자가 아니었습니다. 누군가가 옆에 없었다면 천하의 알베르트 아인슈타인도 그저 멋진 머리모양을 한 똑똑한 사람 중 하나에 불과했을 것입니다.

'혼자서 모든 것을 해내야 한다.' 이런 말은 어리석을뿐더러 현실적이지도 않습니다. 어떤 일을 이루거나 배우는 최선의 방법은 멘토를 갖는 것입니다. 우리를 격려해줄 수 있는 사람, 인생의 쓴맛 단맛을 다 본 사람 말입니다. 멘토가 아니었다면 아마 제 삶 역시 그냥 껍데기에 불과했을 겁니다.

제게는 일주일에 40마일(약 64킬로미터)을 함께 뛰는 친구들이 있습니다. 그래요. 저는 마라토너입니다. 제 인생은 이제 더 이상 후줄근한 추리닝 같지 않습니다. 처음에 이들이 함께 달리자고 했을 때, 사실 전 늦잠이나 실컷 자고, 하루 종일 닌텐도 게임을 하면서 치토스나 먹고 싶은 마음이었습니다. 그러나 이 마라토너 친구들은 제가 더 나은 사람이 될 수 있도록 저를 도와주었습니다. 중요한 것은 몇 마일을 뛰었느냐가 아니었습니다. 마라톤이 즐겁고 도전적이며 정직하다는 것을 알게 되었고, 무엇보다 친구들과 소중한 대화를 나눌 수 있었습니다. 우리의 마라톤 동호회 팀 러닝 레볼루션 친구들은 저의 베스트 프렌드가 되었습니다. 이들 한 명, 한 명은 제게 좋은 친구가 되는 법, 가족을 가지는 법, 연애와 사업을 하는 법, 실망을 극복하는 법, 그리고 새벽 다섯 시의 세상이 어떤지를 알려준 은인들입니다.

제 아내 새라는 제게 신뢰하는 법을 가르쳐주었습니다. 또한 제 양부모님은 제가 지금 알고 있는 모두를 가르쳐주었습니다. 영국의 유명한 젊은 요리사 제이미 올리버는 일과 삶의 균형에 대해 가르쳐주었습니다. 프랭크 컨(IBM 글로벌 컨설팅 그룹 사장-역주)은 같은 이야기라도 더 맛깔나게 꾸미고 포장하는 법을 알려주었습니다. 커크는 나에게 친형 같은 존재가 되어주었고 '도트 앤드 크로스'의 친구들은 내가 어떤 일을 하기 전에 먼저 큰 그림을 볼 수 있도록 도와주었습니다.

이야기의 핵심은, 여러분에게도 이런 멘토가 필요하다는 것입니다. 그들은 여러분이 잘하고 싶어 하는 것을 잘하는 사람이고 여러분이 살고 싶어 하는 삶을 살아온 사람이며 여러분이 성취하고 싶은 일을 해낼 수 있도록 도와줄 사람들입니다.

자, 그러면 어떻게 이런 사람들과 가까워질 수 있을까요?

페이스북에서 고를까요? 아니면 전화? 그것도 아니면 '안녕하세요. 저는 누구입니다.' 하고 이메일을 보낼까요?

이렇게 해보는 겁니다.

우리는 멘토와 동지들에게 충실해야 합니다. 우리가 필요할 때 그들이 항상 거기에 있는 게 아닙니다. 반대로 우리가 그들을 위해서 그 자리에 있어야 합니다. 그러면 우리의 동지들이 도움 그 이상을 줄 것입니다. 사실 인간은 어리석은 행동을 하지 않기 위해서라도 다른 사람이 필요합니다.

1935년, 30세의 하워드 휴즈는 지구상에서 가장 돈 많고 유명한 사람 중의 하나였습니다. 거대한 영화사를 설립했고 섹시한 여배우들과 데이트를 즐겼지요. 지금으로 따지면 스티븐 스필버그와 브래드 피트의 중간쯤 됩니다. 때로 위험하고 이상한 행동을 하기도 했지만 그는 자신이 원하는 모든 것을 누리고 살았습니다. 초고속 비행을 하는가 하면 세계 일주도 했습니다.

그런데 시간이 지날수록 휴즈는 외톨이가 되었고 급기야 정신 질환을 앓기에 이르렀습니다. 진통제와 모르핀에 중독되어갔고 집사와 가정부들에게는 자신과 눈을 마주치지 못하도록 했습니다. 같은 영화를 150번이나 반복해서 볼 때도 있었고, 손톱과 머리카락을 1년에 한 번만 깎는 기행을 이어나갔습니다. 좋은 말년이 아니었지요.

부와 명성을 거머쥐었고 영화를 만들 수 있었으며 비행에 대한 열정이 있었고 수많은 여자를 사귀었지만 하워드 휴즈는 미친 은둔자로 기억됩니다. 그는 영웅이 아니었던 것입니다. 이런 말이 있습니다. '함께 살다 혼자 죽는다.' 세계 정복을 심각하게 고려한다면 친구들과 가까이 지내세요. 혼자 산다는 것은 그만큼 많은 위험을 혼자 감당해야 한다는 뜻이 됩니다.

15장

스스로 정체성을 확립하는 법

세계 정복에서 가장 어렵고 힘든 것이 정체성 확립입니다. 그래서 이 고비만 넘기면 다른 모든 것은 아주 쉽게 느껴질 수도 있습니다. 그러나 이것을 무시한다면 악당에게 승리를 넘겨주게 될 것입니다.

정체성 확립에서 마주칠 가능성이 높은 악당들

귀신　　　뱀파이어　　　닌자

정체성의 핵심은 당신이 어떤 사람이냐는 것이다

정체성은 우리가 믿고 있는 자신의 모습과 실제 모습 사이에 놓여 있습니다. 그것은 우리에게 자신감을 줄 수도 있고 우리에게서 자신감을 빼앗을 수도 있습니다.

우리는 늘 우리가 믿는 대로 행동합니다. 그런데 자신에 대해 쓸모없고 무능하다고 말한다면 그건 이미 귀신에게 정복된 것입니다. 귀신의 그런 거짓말을 믿게 되면 자기도 모르는 사이에 그 말처럼 행동하기 시작할 것입니다. 그건 스스로를 알기도 전에 자신을 망치는 어리석은 짓입니다. 닌자, 뱀파이어, 귀신들에게는 아주 굴러들어온 먹잇감과 같겠지요. 그들은 우리를 완전히 장악해서 나락으로 굴릴 것입니다. 그래서 지금 필요한 것은 고해성사입니다.

정체성은 제게도 민감한 문제입니다. 저의 10대는 비참했죠. 수많은 양부모님들 밑에서 학대받고 방치되었으며 온갖 상처를 경험했습니다. 하지만 저는 미래의 제 모습을 그리며 정체성을 확립하고 싶었습니다.

언젠가 제게 폭언을 퍼부었던 남자의 말을 아직도 기억합니다.

"조시, 이 싸가지 없는 자식. 너는 문제아이고 고아에 입양아일 뿐이야. 너는 그 이상도 그 이하도 아니야."

말 그대로였습니다. 그런데 그때 저는 불행히도 그 말이 저를 규정하도록 내버려두었습니다. 그 말들을 믿었고, 그 말의

자신의
세계를
정복하는
방법

121

수렁에 빠지고 말았습니다. 그렇다고 생각했기 때문에 제 행동도 생각한 대로 나타났습니다. 저는 문제아였고 늘 양부모님과 싸웠고 법을 어겼습니다. 심지어 스스로를 증오했고 자살을 심각하게 고려하기도 했습니다. 사실 입양아의 50퍼센트는 감옥에 가거나 죽거나 노숙자가 됩니다. 저도 그 방향으로 가고 있었던 것입니다.

그런데 생각지도 못한 순간이 제게 찾아왔습니다. 제 인생이 바닥을 치던 열여덟 살 때였지요. 저는 우울증에 빠져 스스로를 쓸모없다고 낙인찍었습니다. 카드를 긁고 돈을 쓰는 것이 유일한 낙이었습니다. 그러던 어느 날, 저는 결국 유치장에서 하루를 보내게 되었습니다. 너무 무서웠어요. 그런데 생각해보면 제 인생의 큰 변화는 커다란 고뇌에서 시작된 때가 많은 것 같습니다. 사람은 정말 힘든 일을 겪거나 큰 저항에 부딪히기 전까지 잘 변하지 않습니다. 커다란 사건은 유치장이 아니라 집에서 벌어졌습니다.

거실에서 양부모님이 제 눈을 바라보면서 말씀하셨습니다.

"조시, 너는 문제아가 아니야. 너는 오히려 기회를 만들 거야."

진실로, 진실로 저는 그 말씀으로 인해 다른 인생관을 가지게 되었습니다. 재미있는 건 어쩌면 양부모님은 같은 말씀을 전에도 수천 번은 했을 것이라는 사실입니다. 고백하건대, 아마 그때에는 제가 그 말에 귀 기울이지 않았을 것입니다. 그런데 그날 저는 그 말을 듣고, 그 말을 믿고, 그 말을 따를 준비가 되어 있었던 것입니다.

저는 양부모님이 포기하지 않고 계속 그런 말씀을 해준 것에 대해 감사합니다. 오늘의 저와 제가 이룬 이 모든 것들은 그날의 그 말에서 비롯되었습니다. 저는 세상에 도움을 주기 위해 노력하는 사람이 아니라 거리의 노숙자가 됐을 수도 있습니다.

저는 여러분이 변할 수 있음을 보여주는 살아 있는 증거입니다. 스스로에 대한 생각이 달라지면 모든 것을 다 바꿀 수 있습니다.

당신은 어떤 사람인가?

'Who are you?'(당신은 누구입니까?)는 세 단어로 이루어진 간단한 질문입니다. 간단하지만 쉽지는 않습니다. 우리의 정체성은 성격과 경험에 기초해서 형성되기 때문입니다. 나이가 어리면 경험도 적을 수밖에 없습니다. 스스로를 발견하는 것은 평생의 숙제입니다. 빨리 시작하면 할수록 좋겠지요.

고등학교 때, 별명이 '구린내'인 친구가 있었습니다. 과학 수업 시간에 저는 그 친구 옆자리에 앉게 되었습니다. 고약한 냄새 때문에 잦은 기침을 할 수밖에 없었습니다. 별명이 왜 구린내인지 확실히 알겠더라고요.

그런데 실험이 거의 끝나갈 무렵에는 그에게서 나는 냄새가 그다지 나쁘지 않다고 생각하게 되었습니다. 정말 신기했습니다. 처음 수업 시간의 반이 지나갈 때까지만 해도 구린내가 났거든요. 그리고 발견한 또 한 가지는, 그 친구가 시험지의 이름 쓰는 칸에 자신의 이름을 '구린내'라고 쓴 것이었습니다. 그때는 그게 그저 재미있다고 생각했습니다. 그러나 지금 생각해보면 안타깝고 슬픈 일입니다. 그 친구는 다른 사람이 자신을 그렇게 규정하도록 내버려둔 것이니까요. 더욱 안타까운 것은 그 '구린내'가 사실이 아니라 만들어진 것이라는 점입니다.

우리 스스로가 자신이 어떤 사람인지 알아내지 못하면 다른 사람이 우리를 규정하고 말 것입니다. 그들의 말을 너무 오래 들어 그들의 규정에 익숙해지면 자신도 그 말을 믿게 됩니다. 지금 이야기한 친구처럼 자신의 이름을 '구린내'라고 쓰게 될지도 모릅니다.

조시의 멋진 팁

여러분 스스로가 자신이 누구인지를 알아내지 못하면 악당들이 알려주게 될 거야. 결코 그들이 여러분의 세계를 지배하게 내버려둬서는 안 되지.

악당이 우리를 규정하게 해서는 안 됩니다. 그건 정말 바보 같은 짓입니다. 규정은 스스로가 해야 할 결정입니다. 중 · 고등학교 시절, 저는 제가 어떤 사람인지 전혀 알지 못했습니다. 저는 비만아였고 학교생활에 적응하지 못하는 외톨이였어요. 그렇지만 많은 사람들은 제가 재미있는 사람이고 관심 받기를 좋아한다고 생각했습니다. 저는 혼란스러웠습니다. 제 말이 무슨 말인지 알 거예요. 친한 친구와 함께 있으면 재미있고 명랑하고 활발하지만 학교에 가면 외로워지는 상황이요.

우리는 이런 감정에 익숙합니다. 어떤 사람들은 부담스럽지만 새로운 상황에서 능력을 발휘해 성공하고 또 어떤 사람들은 자신에게 익숙한 상황과 사람들 속에서 능력을 발휘합니다. 우리는 저마다 능력을 발휘하는 상황과 장소가 다릅니다. 중요한 것은 그 조건을 알아내는 겁니다. 자아를 발견하는 여행을 떠나기 전에 몇 가지 기본적인 질문을 던지겠습니다.

첫째, 당신을 특별한 존재로 만드는 것은 무엇인가?

당신의 친구 중에는 연속으로 열다섯 번이나 재채기를 하거나 수업 시간에 지루함을 참기 위해 볼펜을 돌리는 친구가 있을 것입니다. 우리는 이런 행동을 '버릇'이라고 부릅니다. 이런 버릇들이 우리 모두를 각기 다른 사람으로 만들어줍니다. 버릇에는 패턴이 있습니다. 이런 것들은 재미있을 뿐 해롭지는 않습니다. 그런데 때로는 창피하거나 처리하기 힘든 때가 있기도 합니다. 예를 들면 소개팅에서 폭탄을 만났다든지, 일이 계획한 대로 풀리지 않는다든지, 스트레스를 받으면 질식할 것만 같은 경우가 있습니다. 중요한 것은 자신의 패턴을 파악하는 것입니다. 보통 나쁜 습관들에는 귀신이나 뱀파이어 또는 닌자가 숨어 있기 때문입니다. 이러한 패턴을 인식하고 그 원인을 알기 전까지는 똑같은 행동을 반복하게 될 것입니다.

여기에서 뱀파이어에게 경고를 하나 해야겠습니다. '다름'과 '독특함'이 늘 좋아 보이는 것은 아닙니다. 아무도 이상해 보이고 싶어 하지 않습니다. 그렇지만 우리는 거절당하는 것을 두려워합니다. 그것도 뱀파이어 때문이지만 말입니다. 그렇기 때문에 다른 사람을 모방하고 비슷한 행동을 함으로써 그룹에 끼고 싶어 합니다. 예를 들면, 누가 어떠한 행동을 했을 때 멋있어 보였다면, 여러분도 그렇게 행동함으로써 다른 사람들에게 멋져 보일 거라고 생각합니다. 그리고 그럼으로써 그룹에서 소속감을 느끼게 되고 그것이 여러분의 정체성이라고 생각할지 모릅니다. 그러나 그것은 여러분의 정체성이 아닙니다. 뱀파이어에게 인정받기 위해서 그들이 생각하는 것을 말하고 행동한 것뿐이지요.

롤모델을 가지는 것은 좋습니다. 문제는 단지 다른 친구들이나 어떤 그룹에 끼고 싶어서 따라한다는 데 있습니다. 그렇게 해서 어떤 그룹에 속할 수 있게 된다면, 그들은 뱀파이어일 것입니다. 그리고 그들은 우리의 생각처럼 그렇게 '쿨'하지 않습니다.

둘째, 당신은 무엇을 사랑하는가?

무엇이 당신을 흥분시키고 행복하게 하나요? 그냥 막 날아오르고 싶고, 허공에 주먹을 날리며 '예스'라고 말하고 싶은 때 말입니다.

그때 무엇이 그런 상황을 만드는지에 대해 주의를 기울여야 합니다. 왜냐하면 그것들이 바로 여러분이 사랑하는 것들이기 때문입니다. 물론 일부는 시간이 지남에 따라 달라질 수도 있습니다. 하지만 대부분은 그렇지 않습니다. 여러분을 흥분하게 만드는 것들의 목록을 만들어보세요. 이건 여러분이 좋아하지 않는 것들에도 똑같이 적용됩니다. 여러분을 화나고 짜증 나게 만드는 것들의 목록도 만들어보는 겁니다. 싫어하는 것들의 목록에는 숙제나 몇 가지 채소가 포함될 수도 있겠지요. 그럼 좀비처럼 굴지 말고 그런 것들은 극복하는 겁니다.

여러분이 사랑하는 것이 무엇인지 알게 되고 그것에 따라 인생을 설계한다면 여러분은 무한한 행복을 얻을 것입니다.

셋째, 당신은 무엇을 잘하는가?

여러분이 강하다는 느낌을 받을 때와 그렇지 않을 때를 아는 것은 무척 중요합니다. 그룹의 리더가 되어달라는 요청을 받는다면, 여러분은 기꺼이 받아들이는 스타일인가요? 아니면 뒤로 빼는 스타일인가요? 여러분을 차별화하는 데에는 뭔가가 필요합니다. 뭔가 잘하는 게 있다면, 그것이 세계 최고가 아니더라도 여러분은 최소한 다른 사람보다 몇 발자국 앞서 있는 것입니다.

친구나 가족과는 또 뭐가 다를까요? 그들이 갖지 못한 어떤 재능을 가지고 있나요? 답을 찾을 수 있는 한 가지 방법은 친구와 가족에게 직접 물어보는 겁니다. 실제로 여러분이 알지 못하는 부분을 친구와 가족이 알고 있을 수 있습니다.

여러분의 어머니는 여러분이 최고라고 생각할 것입니다. 하지만 어머니 품에서만 살 것이 아니라면 다른 사람들의 이야기에도 귀를 기울여야 합니다. 여러분 자신이 무엇을 가장 잘하고 어디에서 성취감을 느끼는지 알게 될 겁니다. 마음의 소리에 귀를 기울이고 그것을 따라가보세요. 반대로 그 일을 생각하기만 하면 좌절하고 울고 싶은 마음이 든다면, 그건 과감히 버리는 겁니다. 제 경우에는 수학이 그랬습니다. 중요한 것은 자기가 잘하는 것에 집중하는 것입니다.

당신은 어떠한가?

우리는 모두 세상에 하고 싶은 말이 있습니다. 하지만 그 말은 모두 같지 않습니다. 이야기를 전달하는 방법은 연설이나 책이나 예술 작품이나 상관없습니다. 그것은 따뜻한 가슴일 수 있고 차를 정비하는 기술일 수 있고 다른 사람을 리드하는 능력일 수 있으며 정의와 정직함이 될 수도 있습니다. 중요한 것은 우리에게는 베풀 수 있는 무언가가 있다는 사실입니다.

문제는 대다수의 사람들이 이것을 모른다는 겁니다. 일반적으로 사람들은 지루한 일상을 살다 저세상으로 갑니다. 그렇다고 여러분들이 정치가나 권력자, 국가 대표 운동선수, 아이돌 가수가 되어야 한다는 말은 아닙니다. 우리는 스스로 자립할 수 있는 사람이 될 수 있고 그렇게 함으로써 세계를 정복하는 영웅이 될 수 있습니다. 자신이 사랑하고 잘하는 일을 할 때 우리는 다른 사람과 구별되는 뛰어난 사람이 됩니다. 그리고 그것이 우리를 특별하게 만들 것입니다. 여러분이 잘되면 그것은 또 다른 사람에게 희망의 메시지가 됩니다. 물론 흔들리고 넘어질 때도 있겠지만, 결코 포기하면 안 됩니다.

돈과 권력, 명성이 대단하다는 것은 저도 인정합니다. 그런 것들을 통해서 다른 사람들을 도울 수도 있습니다. 하지만 그것이 결정적인 것은 아닙니다. 우리가 전하려고 하는 메시지는 겉으로 보이는 물질보다 더 큰 가치를 가지고 있습니다.

데이비드 존슨은 클리블랜드 오하이오에서 네 명의 아이들 중 셋째로 태어났습니다. 두 명의 형과 여동생이 한 명 있었지요. 데이비드의 집은 무척 가난했습니다. 데이비드가 두 살이 되던 어느 날, 아버지는 피자를 사러 나가서 돌아오지 않았습니다. 상황은 더욱 악화되었고 어머니는 밤낮을 가리지 않고 일을 해야 했습니다. 데이비드와 형제들도 나가서 돈을 벌어야 했지요. 그런데 데이비드의 형들은 대마초와 마약 판매에 손을 댔습니다. 장사는 잘됐지만 결국 큰형은 마약 소탕 작전 중에 총에 맞아 죽고, 작은형은 마약중독자가 되었습니다. 데이비드는 어머니에게 자신은 형들과 다른 삶을 살겠다고 말했습니다. 마약상이 되는 대신 이웃의 목사를 찾아가 상담을 받고 학교생활도 열심히 했습니다. 그러자 숫자에 강했던 데이비드의 잠재력을 선생님들도 인정하기 시작했지요. 그러나 대학은 다른 나라 이야기였습니다. 어머니의 수입으로는 집세와 생활비 정도밖에 낼 수 없었습니다. 데이비드의 사정을 안타깝게 생각한 선생님은 데이비드가 장학금을 신청하도록 도와주었고, 데이비드는 미시간 대학에 입학하였습니다. 대학 4년 내내 데이비드는 풀타임 아르바이트를 했습니다. 힘든 상황에서도 과에서 7등으로 졸업했고, 〈포춘〉지가 선정한 500대 기업에 취직하여 승진을 거듭한 끝에 CFO(최고재무책임자)가 되었습니다. 그는 수십 억 원을 벌었고, 14대의 차량을 보유했으며 식기는 은제품만을 사용했습니다. 그의 집은 마치 동화 속에 나오는 집 같았습니다. 데이비드는 상상할 수 없을 정도로 성공했고 멋진 삶을 살았습니다. 그리고 그가 정상에 도달했을 때, 이야기는 끝이 납니다. 그런데 여기에 또 다른 데이비드의 이야기가 있습니다.

그는 수십 억 원을 벌었습니다. 아내와 아이들과 함께 어렸을 적 자신이 살던 동네로 이사를 왔습니다. 그리고 그는 어린 시절의 친구들과 목사와 함께 아버지 없이 자란 아이들을 위한 재단을 설립했습니다. 어려운 이웃에 돈을 빌려주기도 했습니다. 데이비드가 그 동네에서 처음 시작한 사업은 빵을 만드는 것이었습니다. 다음은 바비큐, 이발소 등으로 사업을 확대했습니다. 데이비드의 사업 덕분에 지역경제는 호황을 맞았습니다. 그는 검소한 집에 커다란 식당과 호텔 같은 주방을 만들었습니다. 그리고 일주일에 네 번은 이웃을 초대해 가족들과 함께 손수 저녁을 준비하여 대접했습니다. 재단 임원진부터 클리블랜드의 정치가, 제과점 주인에 이르기까지, 모든 사람들이 그의 저녁 식사에 초대되었습니다. 그들은 모두 같은 테이블에 앉아 음식을 즐겼습니다.

두 명의 데이비드 중에 어떤 데이비드의 이야기가 감동적인가요? 두 번째 데이비드의 이야기에는 동화 속의 집이 나오지 않습니다. 아무도 데이비드에게 그가 살았던 클리블랜드로 돌아가라고 하지 않았습니다. 두 번째 데이비드는 부자들이 많은 파리나 뉴욕에 살 수도 있었을 겁니다. 그러나 그는 자신이 어떻게 자랐는지를 잊지 않았습니다. 그와 비슷한 상황에 처해 있는 아이들을 돕고 싶었습니다. 그들이 자신의 형들처럼 마약쟁이가 되게 내버려둘 수 없었던 것입니다. '찢어지게 가난했던 소년이 성공한 비즈니스맨이 되어 고향 클리블랜드에 돌아오다'라는 신문 기사가 멋져 보이기도 했겠지만 데이비드는 혼자만 성공한 사람으로 남고 싶지 않았던 것입니다. 다른 사람들도 자신과 같이 얼마든지 성공할 수 있다는 것을 보여주고, 그들을 돕고 싶었던 겁니다.

여러분은 어떤가요? 이 세상을 좀 더 나은 곳으로 만들기 위해서 무엇을 할 수 있을까요? 만약 여러분이 그런 일을 하는 데 모자라다고 느낀다면 그것은 귀신의 속삭임 때문입니다. 그들의 소리에 귀를 막고, 얼씬도 못하게 그들을 쫓아버려야 합니다. 우리에게는 환상적인 승자의 이야기가 기다리고 있습니다.

조시의 세계정복 제안

책 날개의 나에 대한 짤막한 소개는 출판사에서 작가를 소개하기 위해 만든 부분으로, 가장 핵심적인 내용이 정리되어 있다. 여러분도 자신을 소개해 보도록 하자. 길게 써도 되지만, 다섯 문장이면 충분할 것이다.

16장

부모님을 상대하는 법

우리는 어머니의 뱃속에서 나왔습니다. 그때 아버지가 옆을 지키고 있었을 것입니다. 우리가 두 살이 될 때까지 응가 한 엉덩이를 닦아주고 거기에 분을 발라준 사람도 그분들입니다. 부모님은 우리가 무엇을 먹고 나면 등을 토닥여 트림을 시켜주었고 목욕도 시켜주었습니다. 먹여주고 입혀주고 재워준 부모님의 유전자를 우리는 가지고 있습니다.

그분들은 우리에게 세상의 빛을 보여주었습니다. 그분들에게 더 이상 무엇을 바랄 수 있을까요? 우리의 기저귀는 그냥 갈아진 게 아닙니다. 우리가 직접 사냥을 해서 먹을 걸 챙긴 것도 아닙니다. 스스로 균형 잡힌 식단을 짠 것도 아니지요.

이 모든 것을 그분들은 우리에게 베풀었습니다. 그리고 이 일들은 우리가 아이를 갖게 되면 해야 할 일들이기도 합니다.

부모님이 뭘 바라고 그런 일을 하신 것도 아닙니다. 그러니 많이도 아니고 조금의 존경이라도 표현하는 건 전혀 문제가 될 리 없겠지요. 심지어 그분들이 뭔가 일을 망쳤을 때에도 말입니다. 그분들도 가끔 일을 망칠 때가 있습니다.

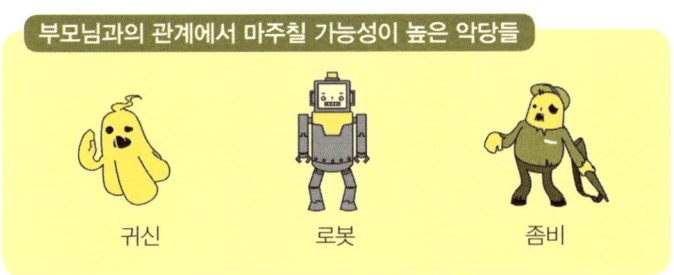

부모님과의 관계에서 마주칠 가능성이 높은 악당들

귀신   로봇   좀비

초등학교 6학년쯤 되면 우리는 부모님도 완벽하지 않다는 걸 알게 됩니다. 그때가 위험하지요. 우리는 현실을 받아들여야 합니다. 물론 상당히 훌륭한 부모님도 있지만 아무도 완벽하지는 않습니다.

저의 생물학적 부모님은 제가 태어난 후 5분도 저와 함께하지 않았습니다. 울고 있는 저를 병원에 홀로 남겨두고 짐을 싸서 떠났지요. 이런 이야기를 하는 건 자신이 최악이라고 생각할 사람들 때문입니다. 저는 열두 분의 양부모 손을 거쳐 자랐습니다. 좀비처럼 굴려는 게 아닙니다. 그냥 몇 가지 다른 관점을 보여주고 싶을 뿐입니다. 왜냐하면 여러 부모님의 유형을 알고 있기 때문입니다.

부모님은 다른 어떤 외부 요소보다 우리의 성격을 형성하고 결정하는 데 큰 영향을 미칩니다. 인정하고 싶지 않을 수도 있지만, 우리는 우리가 생각하는 것보다 더 많이 부모님과 비슷할지도 모릅니다.

부모님의 숙명

저는 최근에 부모가 되었습니다. 그리고 많은 것을 알게 되었습니다. 제 아들은 아직 어려서 목에 문신을 한다거나 무기를 숨긴다거나 하는 것에 대해서는 걱정할 필요가 없습니다. 그러나 일단 부모가 되면 왜 부모님들이 그렇게 하셨는지를 이해하게 됩니다. 그중 몇 가지는 꽤 놀랄 만한 것들입니다.

첫째, 부모님들은 여러분이 최고가 되기를 원합니다. 그리고 여러분들이 자신의 아기를 갖기 전까지는 알 수 없는 많은 사랑을 줍니다. 사실 저도 부모가 되기 전까지는 이해도 안되고 말도 안 된다고 생각했던 것들입니다. 그런데 갑자기 아내의 몸속에 생명체가 생겼습니다. 저는 그 녀석이 자라고 있음을 느꼈습니다. 가끔 톡톡 치면 그 녀석이 응답을 하듯 배를 톡톡 치기도 했지요.

그리고 몇 달 뒤 런던 알렉산더가 태어났습니다. 그 녀석이 세상에 나온 겁니다. 녀석은 작은 공처럼 꼼지락거렸습니다.

저와 아내를 바라보았고, 우리가 말을 건넸을 때 이미 녀석은 우리가 자신의 부모라는 걸 알고 있었습니다.

아내가 임신했을 때, 저는 아버지가 된다는 것이 얼마나 멋진 일인지를 알게 되었습니다. 많은 생각을 했고 책도 읽었습니다. 아버지가 아들에게 얼마나 중요한지, 아들이 아버지를 배트맨처럼 존경하게 하는 방법도 연구했습니다. 처음에는 그런 책들에 감동하였습니다. 그런데 나중에 아들이 나이가 들었을 때 어떤 생각을 하게 될지 궁금했습니다. 그러자 어쩔 수 없이 저지르는 실수들이 있다는 것을 알게 되었습니다. 그리고 어쩌면 그 실수들이 제 아들을 돌이킬 수 없을 정도로 망칠 수 있다는 생각도 들었습니다.

무엇보다 가장 가슴 아프고 힘들었던 건 그 아이가 10대가 되었을 때를 상상하는 일이었습니다. 물론 저보다는 나은 10대가 되겠지만, 만약 저의 100분 1만큼이라도 나빠질 수 있다고 상상하니 저는 고통의 강에 빠질 수밖에 없었습니다.

모든 부모들은 자신의 아이들에게 최고가 되기를 원합니다. 말로 표현할 수 없는 무조건적인 사랑을 쏟으며, 아이들이 건강하고 행복하기를 바랄 것이고, 꿈을 좇아 성공적이고 훌륭한 사람이 되기를 원합니다. 또한 부모들은 아이들이 자신들을 늘 사랑하고 존경해주기를 원합니다. 그리고 아이들이 원하는 사람이 되는 것을 돕고 싶어 할 것입니다.

여러분 대부분은 부모님에게 고마워할 것이 많다는 것을

알 것입니다. 최악의 경우라도 몇몇 가지는 고마워할 수 있겠지요. 저는 저를 낳아준 친부모님을 만난 적이 없습니다. 양부모님에게 큰 은혜를 입었지요. 그분들은 모든 일이 엉망일 때에도 저를 믿고 기다리며 제가 좋은 방향으로 나아갈 수 있도록 분에 넘치는 사랑을 주었습니다. 우리에게는 우리를 믿고 우리가 가진 잠재력을 봐줄 어른이 필요합니다. 과거의 잘못과 실수를 딛고 일어날 수 있도록 해주는 사람 말입니다.

완벽한 부모는 세상에 없다

우리가 태어나기 전 부모님도 인간이었습니다. 그때는 그들도 참을성이 없고 무모하고 현명하지도 않았을 겁니다. 아마 다혈질이고 이기적이었을지도 모릅니다. 우리처럼 실수도 많이 저질렀을 것입니다.

우리가 태어나고 나서도 크게 다르지 않았을 거예요. 달라진 점은 우리에게 엄청난 양의 사랑을 쏟아부었다는 것이겠지요. 그리고 어떻게 사랑을 표현할까, 어떻게 도와줄까를 생각했을 것입니다.

부모님도 시간을 통해 이런 것들을 배웠겠지만 결코 쉽지 않았을 겁니다. 이 말은 수많은 실수와 엄청난 고통과 갈등을 겪으면서 배웠다는 이야기입니다. 고통과 갈등은 삶의 일부입니다. 저는 제 아들도 고난을 겪게 될 것이라는 걸 압니다. 그러나 제가 저지른 실수를 아이가 똑같이 반복하지 않기를 바랍니다. 제가 겪은 상황을 아들이 피할 수 있다면 저는 목숨도 내놓을 수 있습니다. 아마 여러분의 부모님도 똑같을 겁니다. 이건 모든 부모님의 마음이니까요.

이런 사실을 아는 것만으로도 여러분은 부모님과의 관계에서 도움을 얻을 수 있습니다. 여러분이 부모님을 악당처럼 대하면, 부모님 곁을 떠나기 전이나 떠나서나 여러분의 삶은 비참할 것입니다. 통금, 외출 금지, 악다구니가 연속되는 전쟁이 반복되겠지요. 그러나 부모님의 입장에서 그분들을 동지로 대한다면 우리는 여태껏 받아본 적 없는 최고의 지지와 우군을 갖게 될 것입니다.

그런데 부모님의 입장에서 생각한다는 것도 쉬운 일이 아닙니다. 때로는 그분들의 관점 자체가 말이 안 되는 경우도 있습니다. 저는 아버지와 함께 운전 연습을 했다는 한 소녀로부터 편지를 받았습니다.

소녀에 의하면 아버지는 공간이 충분하지 않은 곳에서 유턴을 하도록 하고, 시속 30마일(약 48킬로미터)로 다닐 수 있는 도로에서 20마일(약 32킬로미터) 이상으로는 달리지 못하게 했습니다. 그러면서 그 소녀는 편지에 '우리 아버지는 뉴욕에서 운전할 때 무엇을 지켜야 하는지 잘 모르는 것 같아요'라고 덧붙였습니다.

제가 소녀에게 뭐라고 했을까요? 한번 아버지의 입장이 되어보자고 했습니다. 아버지에게 끔찍한 교통사고를 당한 경험이 있을 수 있습니다. 그래서 다른 사람이 운전하는 걸 못 미더워할 수도 있지요.

소녀의 아버지가 가진 두려움이 이성적이라고 말하려는 것이 아닙니다. 문제는 두려움이 아니라 그녀의 아버지가 걱정을 하고 있다는 사실입니다. 운전을 배운다는 것은 인생의 중요한 순간입니다. 어쩌면 아버지는 처음으로 딸이 운전대를 잡은 그 순간을 기억할지도 모릅니다. 그리고 차들이 엄청난 속도로 달리고 있는 좁은 골목을 떠올릴 수도 있지요. 그런 생각을 한다면 어떻게 걱정이 안 되겠습니까.

만일 소녀가 아버지의 이런 생각을 이해하고 있었다면 의사소통이 훨씬 잘 이루어졌을 것입니다. 아버지가 무엇을 느끼고, 그 순간이 아버지와 딸에게 얼마나 중요하며, 아버지가 그 상황을 쉽게 받아들이지 못한다는 것을 깨달을 수 있었을 것입니다. 만약 아버지가 젊었을 때 교통사고를 당했다면 소녀는 자신이 그런 실수를 저지르지 않을 것이라고 말할 수도 있었겠지요. 그러면 아마 아버지는 주차장을 전전하기보다는 운전을 더 잘하는 방법을 가르쳐주지 않았을까요?

부모님을 돕는 것이 결국 자신을 돕는 것이다

부모님과 잘 지내는 좋은 방법이 하나 있습니다. 그것은 대화를 하는 겁니다. 물론 대화라고 해서 여러분의 삶에서 일어나는 일들을 꼬치꼬치 얘기하라는 건 아닙니다. 그러나 반대로 아무 말도 하지 않는다면 여러분의 인생은 생각보다 훨씬 힘들어질 것입니다.

그러나 훌륭한 사람이 되기 위해서는 그런 갈등 상황을 겪는 것도 필요합니다. 모든 힘든 것을 제가 막아준다면 제 아들은 장애를 극복하지 못하는 것은 물론 그 어떤 것도 배울 수 없게 될 것입니다. '힘든 일이 생기면 아버지가 나를 구해주겠지.' 하고 생각할 테니 말입니다. 부모들은 때로 아이들에게 인생이 힘들고 때로는 스스로가 모든 것을 극복해야 한다는 것을 알려줄 필요가 있습니다.

그리고 또 한 가지, 자신의 목표에 대해 솔직해야 합니다. 부모님께 목표를 말씀드리세요. 어떤 사람이 되고 싶은데 부모님께서 도와줄 수 있는지 물어보세요. 그렇지만 여기에는 두 가지 선택지가 있습니다.

선택 1 : 부모님과 솔직하게 대화합니다.

그분들이 늘 옳은 것은 아니지만 여러분의 말에 따라 생각을 바꿀 수 있습니다. 그분들을 존경해야 합니다.

결과 : 부모님은 여러분에게 최고의 조력자가 될 것입니다. 부모님은 여러분을 위해 늘 최고의 것을 해주고 싶다는 마음을 가지고 있습니다. 부모님들이 저지른 실수를 여러분이 반복하지 않기를 바랍니다. 부모님은 여러분이 성공하고 행복하기만을 바랍니다. 대화를 통해 부모님은 사랑을 표현하는 법과 여러분을 도울 수 있는 방법을 더 잘 알게 될 것입니다.

선택 2 : 어디에 있는지, 누구와 함께 있는지에 대해 부모님께 거짓말을 합니다.

그분들의 희망과 기대도 무시해버립니다. 여러분과 관련된 이야기를 할 때에는 눈알을 멀뚱멀뚱하면서 딴청을 피웁니다.

결과 : 집과 차 열쇠는 물론 경제권을 지닌 부모님이 여러분의 가장 큰 적이 될 테죠. 계속되는 부모님과의 싸움은 여러분의 삶을 악몽으로 바꿀 것입니다. 그리고 얼마 지나지 않아 여러분이 내린 결정에 대해서 부모님은 아무것도 믿지 않을 것입니다. 결국 여러분은 그분들에게 솔직해질 수밖에 없게 됩니다. 고민 상담 프로그램 〈닥터 필〉에 나온 내용처럼 여러분은 편의점에서 아르바이트하는 남자와 불륜 관계에 있다는 것을 울면서 고백하게 될지도 모르죠. 결국 여러분은 문제아들의 캠프에 보내지고, 거기에서도 약간의 정신분열증세가 있는 전직 해병에게 걸려 침대 정리부터 온갖 일을 하게 될 것입니다.

어떤 선택이 이익이 될지는 분명합니다. 물론 그건 여러분 자신에게 달려 있습니다.

결국 깨닫게 되는 것들

어젯밤 절친한 친구의 아버지가 심장마비로 돌아가셨다는 소식을 들었습니다. 비록 두 번밖에 뵙지 못했지만 꼭 오랜 친구 같은 분이었습니다. 그분은 청소년 캠프를 이끌며 아버지가 없는 아이들의 멘토가 되어주었지요. 이제 그분은 떠났습니다. 이렇게나 빨리 말입니다. 아저씨는 제가 만난 가장 겸손한 분들 중 한 분이었고, 자신의 딸을 포함한 많은 사람에게 커다란 의미가 되어주었습니다.

하지만 그건 중요하지 않습니다. 저는 사람들이 왜 사랑하는 존재에 대한 표현에 인색한지 모르겠습니다. 한 가지 분명한 건, 사랑하는 사람이 떠나면 꼭 그때서야 후회를 한다는 사실입니다. 그때가 되면 하고 싶은 말도, 하고 싶은 일도 할 수 없습니다.

이런 말을 하는 이유는 간단합니다. 여러분은 지금 가족과 불화를 겪고 있을 수도 있습니다. 부모님이 여러분을 돌게 만들거나 절망시킬 수도 있습니다. 그런 여러분에게 제가 바라는 것은 그런 것들이 여러분을 망치도록 하지 말라는 것입니다.

저는 친부모님을 한 번도 만난 적이 없습니다. 솔직히 말해서 그들을 용서하고 잊고 가슴에 묻는 데 엄청나게 오랜 시간이 걸렸습니다. 여러분 중 몇몇은 아마 비슷한 상황일 수도 있겠지요. 여러분이 어렸을 때 부모님이 떠났거나 돌아가셔서 한 번도 그분들을 만난 적이 없을 수도 있습니다. 힘든 일임을 압니다. 그러나 저는 정말 이렇게 말하고 싶습니다.

　"여러분이 잃어버린 것들이 현재 가지고 있는 것을 사랑하는 데 장애가 되도록 내버려두지 마세요."

17장

좋은 친구를 만드는 법,
나쁜 친구를 피하는 법

어떤 것도 혼자서 이룰 수는 없습니다. 빌게이츠, 르브론 제임스, 버락 오바마, 구글 창업자도 다른 사람의 도움이 없었다면 아무것도 할 수 없었을 것입니다. 세계 정복에는 많은 친구들이 필요합니다. 비슷한 나이의 또래에서부터 방향을 제시해주는 멘토에 이르기까지, 우리는 이들을 동지라고 부릅니다.

우리는 환경, 교육, 가족을 비롯한 동네와 도시의 관계 속에서 만들어집니다. 우리를 둘러싼 모든 것들이 오늘의 우리를 형성합니다. 그런데 이것이 우리를 모두 같은 형태로 만드는 것은 아닙니다.

가족을 제외하면 어떤 존재도 친구 이상의 영향을 끼치기 힘듭니다. 친구는 우리가 세상을 보는 관점을 정립하는 데 도움을 줍니다. 물론 친구 사이에서는 우정이 중요하지요. 하지만 친구는 우리의 목표를 달성하는 데 있어서도 중요합니다. 친구가 지옥에 가면 나도 지옥에 갈 가능성이 높거든요. 친구가 우리에게 솔직하다면 우리는 자신의 실수에서 무언가를 배울 수 있게 됩니다.

조시의 멋진 팁

여러분의 친구 = 여러분의 미래
그러니 신중히 고르길.

가족은 선택할 수 없지만 친구는 선택할 수 있습니다. 때문에 친구를 사귀는 건 인생에서 가장 중요한 선택 사항 중 하나가 됩니다.

어디에서부터라도 시작은 해야 한다

친구를 만드는 첫 번째는, 먼저 친구를 사귀는 것이죠. 잘 생각해보면 친구를 사귀는 과정이 정말 길고 무섭다는 걸 알게 됩니다. 한번 생각해보세요. 가장 친한 친구를 어떻게 만났는지 기억하나요? 그때 일이 자세하게 떠오르나요? 그 애매한 관계에서 친구라는 존재가 된 그 시점을 기억하나요?

물론 아닐 것입니다. 제가 친구에 대해 가진 기억들은 모두 단편적인 조각입니다. 오랜 기간에 걸쳐 나누어 생긴 것이지, 절대 한 가지 일로 이루어진 것이 아닙니다. 그런데 어떻게 보면 그것이 친구에 대한 좋은 일들 중 하나라고 할 수 있습니다. 절대 하나의 계기로 친구가 되지 않는다는 것 말입니다.

비틀즈의 폴 매카트니가 존 레논에 대해 인터뷰하는 걸 들은 적이 있습니다. 그들이 처음 만났을 때 폴은 15세, 존은 17세였다고 하더군요. 폴의 기억에 따르면 그는 존을 별로 좋아하지 않았답니다. 존에게서 맥주 냄새가 났대요. 폴은 그 기억을 떠올리며 싫은 표정을 지었습니다. 물론 거기에서 끝났다면 존과 폴은 록의 역사상 가장 유명한 밴드를 결성할 수 없었을 것입니다.

놀랄지 모르겠지만, 친구를 사귀는 데에는 다른 사람들이 필요합니다. 그들을 여러 곳에서 만날 수 있지요. 학급, 스포츠 팀, 이웃, 캠프, 교회 등에서요. 반면, 감옥이나 정신병원, 테러 캠프 등은 친구를 찾기에 적당하지 않은 장소입니다. 악당들과 친구가 되는 일은 없길 바랍니다.

친구를 사귀는 데 가장 중요한 것은 다가갈 수 있느냐 하는 것입니다. 어떤 동호회에 갔는데 팔짱을 끼고 구석에 앉아 냉소적으로 100미터 앞을 바라보는 사람에게는 다가가기 힘들겠지요. 또 사람들을 툭툭 치고 다니는 행동도 사람들을 다가오지 못하게 합니다. 친구를 만나려면 적어도 미소를 머금

닌자   귀신   좀비

뱀파이어   강아지

고 눈을 맞출 준비는 해야 합니다. 다른 사람에게 "안녕하세요." 하고 자신을 소개하고 악수를 해야 합니다. 좀 더 적극적인 방법으로는 예의 바르게 "만나서 반갑습니다." 하고 말하면서 돌아다니는 것입니다.

아무것도 하지 않을 것이라면 최소한 다른 사람의 이름에라도 주의를 기울여야 합니다. 데일 카네기는《인간관계론》이라는 책에서 사람의 이름을 불러주는 것은 언어로 표현되는 것 중 가장 달콤하고 중요한 소리라고 말했습니다. 저는 이름을 기억하는 데 있어서는 꽝이었습니다. 그래서 나름 방법을 고안했습니다.

여러분은 어떻게 하고 있는가?

이름에 대한 이야기가 끝났다면, 이제는 질문을 할 차례입니다. 누군가가 여러분에 대해 알고 싶어 한다는 것은 좋은 일입니다. 진심에서 우러나온 관심과 질문은 대화로 발전될 수 있습니다. 저는 일반적으로 어디 출신인지, 어느 학교에 다니는지, 어느 업계에서 일하는지를 묻는 것으로 질문을 시작합니다. 이러한 질문들은 그 다음의 질문거리를 만들지요. 이제, 대답을 듣습니다. 집중해야 합니다. 왜냐하면 다음 질문의 단초를 찾아야 하기 때문입니다.

이렇게 대화가 시작됩니다. 어쩌면 그가 음악가나 사진작가, 혹은 작가 또는 배우라는 걸 알게 될지도 모릅니다. 그런 사실을 알게 되면 바로 그것에 대해 이야기를 시작할 수 있습니다. 만약 그것이 안 되면 또 다른 질문을 하면 됩니다.

"취미는 뭐예요?"

"대학에 갈 계획인가요?"

"인생의 목표는 뭐지요?"

질문은 꼬리에 꼬리를 물고, 결국 공통 관심사를 찾게 될 것입니다. 열정을 가지고 이야기할 수 있는 주제를 발견하게 되면 거기에서부터 대화는 시작됩니다. 어느 시점이 되면 상대가 우리에게 질문할 것입니다. 이때 주의할 점은 자신에 대해 너무 많은 이야기를 하지 말라는 것입니다. 경청은 친구를 사귀는 데 있어서 가장 중요한 요소 중 하나입니다. 누군가 우리를 이해하기 전에 우리가 먼저 이해하려고 애쓰는 것이 중요합니다.

자신의
세계를
정복하는
방법

149

경청을 하면 또 다른 이점이 있습니다. 사람들은 말하기를 좋아합니다. 그리고 다른 사람들이 들어주는 것을 좋아합니다. 여러분이 그들의 말을 들어주고 있다는 것만으로도 그들은 정말 좋아할 것입니다. 어떤 때에는 다른 건 아무것도 할 필요 없이 앉아서 고개만 끄덕여도 괜찮습니다. 여러분이 경청하는 사람이라는 걸 알게 된다면 그 사람은 여러분을 지구 끝까지라도 따라갈 테니까요. 이상하게 들릴지 모르지만 이건 사실입니다. 경청은 여러분의 가장 귀중한 비밀 병기가 될 수 있습니다. 그리고 이건 누구나 할 수 있는 일입니다.

예상치도 못한 장소에서 친구 찾기

물론 느낌이 오지 않는 때도 있습니다. 다른 사람들과 공통된 화제가 없을 수도 있습니다. 그런데 저는 아주 흥미로운 사실 하나를 발견했습니다. 전혀 친해질 것 같지 않은 사람과 친구가 되기도 한다는 것입니다. 전혀 다른 사람들이 서로에게 매력을 느끼는 것처럼 말입니다.

한 번 만에 친구가 되는 경우도 있지만 몇 번의 좋은 대화 후에 서로 연락하며 지내는 사이가 될 수도 있습니다. 그리고 소셜네트워킹, 그러니까 페이스북 같은 곳에서 그 사람을 다시 찾을 수도 있지요. 특히 그 사람이 친구의 친구라면 가능성은 더욱 높아집니다.

여러분은 제가 어떻게 제 '베스트 프렌드'를 찾았는지 상상도 못할 겁니다. 저는 이 친구를 다섯 살 때 알았습니다. 제 인생에서 누구보다 긴 여정을 함께한 셈입니다. 우리가 어떻게 만났느냐고요? 저는 유치원 때 갱단에 속해 있었습니다. 이미 말했지만 저는 '갱스터'였어요. 그 친구가 저를 때려눕혀 잔디에 얼굴을 깔아뭉개버렸습니다. 저는 천식이 발작해 병원에 실려갔지요.

이것이 우리의 첫 만남입니다. 하지만 지금 우리는 베스트 프렌드입니다. 물론 누군가를 때려눕혀 천식을 일으킨 다음 친구가 되라는 것이 아닙니다. 제가 말하고 싶은 건, 기대치가 낮을 때 친구를 만날 수 있다는 사실입니다.

누군가와 같이 영화를 볼 수도 있고 낯선 사람과 함께 웃을 수도 있습니다. 그러나 친구는 우리가 힘들고 곤경에 처했을 때, 우리를 위해 그곳에 있는 사람입니다. 그건 아무에게나가 아니라 극소수의 사람에게만 허락됩니다. 그것이 바로 친구입니다.

직장이나 학교에서 만나는 친구들도 있습니다. 그러나 우리가 가장 기대를 하지 않을 때 만나는 친구가 우리의 가장 가까운 동지가 되기도 합니다.

낯선 사람이 주는 사탕은 절대로 받지 않는다

지금까지 사람을 어떻게 만나는지, 대화를 어떻게 이끌어 나가는지에 대해서 이야기했습니다. 그렇다고 아무나하고

자신의
세계를
정복하는
방법

친구가 되면 안 되겠지요. 처음에는 다정하고 친절해 보이던 사람이 악당으로 돌변하는 경우도 많습니다. 악당들이 처음부터 "내가 악당이야." 하고 말하는 건 아니니까요. 심지어 해적들은 어떻게 무방비 상태의 친구를 찾고 그들을 무장해제 시키는지 잘 알고 있습니다. 그들의 유일한 관심사는 우리에게서 무엇을 뽑아낼 것이냐 하는 것뿐입니다. 그들은 우리의 뒤통수를 후려치고 주머니를 털 수도 있습니다. 닌자도 마찬가지입니다. 강아지들은 우리의 주의를 분산시키고 시간을 빼앗을 것입니다. 좀비는 우리를 실망시킬 것이고, 뱀파이어는 자신의 매력을 이용하여 우리가 정체성을 잃게 만든 다음 우리를 노예로 만들어버릴 것입니다.

악당은 불안정한 사람을 좋아합니다. 불안정한 사람은 친구를 몹시 가지고 싶어 하기 때문입니다. 그럼 자신도 모르는 사이에 악명 높은 무리의 일원이 되고 맙니다. 여러분은 영웅입니다. 아무도 여러분의 세계를 정복할 권리 따윈 없습니다.

친구는 우리의 미래이다

앞으로 몇 년 후에 여러분이 어떤 사람이 되어 있을지 궁금하다고요? 그럼 여러분의 친구를 살펴보면 됩니다. 만약 그 친구들이 자신의 세계를 정복하는 데 열심이고 목표를 이루려고 애쓰고 있다면 여러분도 그렇게 될 수 있습니다. 그런데 만약 친구들이 학교를 그만두고 폭력이나 오락에만 빠져 있다면, 아마 여러분도 그렇게 되고 말 겁니다. 좋든 싫든 친구는 우리에게 엄청난 영향을 미치는 존재입니다.

얼마 전에 텔레비전 프로그램에서 저에게 한 소녀의 멘토가 되어달라고 부탁했습니다. 소녀의 이름은 도미니크였습니다. 양부모 밑에서 자랐지만 양어머니와의 관계가 아주 좋았습니다. 그런데 올해 양어머니가 돌아가시자 도미니크는 어둠의 세계에 빠져 비행 청소년이 되었습니다. 이미 학교에서 몇 번이나 정학을 당한 상태였고 보호시설에 들어가서도 몇 번이나 쫓겨났습니다. 그녀는 자주 취해 있었고 싸움에 휘말렸습니다.

입양이라는 말이 나를 움직였습니다. 피츠버그의 호텔에 도착해서 짐을 풀려고 하는데, 피디에게서 '짐 풀지 마세요. 나쁜 소식입니다.' 하고 문자가 왔어요. 나중에 들어보니, 도미니크는 당시 보호시설에 있었는데, 모범적인 행동을 보여서 하루 일찍 나오게 되었답니다. 그런데 나오자마자 친구들이 그녀를 데리고 간 것입니다. 또 술에 취해서 싸움에 휘말렸고 다시 보호시설로 가게 되었습니다. 악순환의 연속이었습니다. 그래서 촬영을 할 수 없게 되었지요.

처음 그 소식을 듣고 멍했습니다. 그리고 슬펐습니다. 다음엔 화가 났고 마지막에는 걱정이 되었지요. '어떻게 친구 같지도 않은 것들이 출소한 첫날 다시 취하게 할 수 있단 말이지? 정말인가? 사실인가? 정말로? 너는 그걸 좋은 생각이라

고 받아들였어?'

우리 대부분은 자신의 무언가를 바꾸고 싶어 합니다. 그러나 우리가 하는 일들은 너무 단순하고 쉬운 일에만 한정되어 있습니다. 그것이 편하고 쉽기 때문입니다. 우리는 훨씬 적은 노력이 드는 것만 생각합니다.

때로 우리는 더 나은 자신을 만들기 위해 옛 친구들, 옛 습관들, 옛 패턴들과 잠시 거리를 두어야만 합니다. 우리가 옛 친구들의 압력을 이겨낼 수 있다고 생각한다면 그것은 오산입니다. 시간이 지나면 지날수록 그들에게 빠져들기만 할 거예요.

도미니크는 자신의 삶을 바꾸고 세계를 정복하는 길에서 멀어졌습니다. 친구를 가장한 해적이나 닌자 때문에 황금 같은 기회를 놓치게 되었습니다. 그들이 도미니크를 망쳤습니다. 그런데 그들이 그렇게 하도록 만든 것은 다름 아닌 도미니크 자신입니다.

좋은 친구는 영원히

다른 사람에게 대우받고 싶다면 그만큼 친구를 대우해주어야 합니다. 믿고 따르는 것도 중요합니다. 그리고 그들이 여러분을 가끔 실망시키더라도 떠나면 안 됩니다. 사실 우리 모두는 가끔 흔들리지만 친절과 용서를 보여주어야 합니다. 믿을 만하게 행동하고, 정직한 것도 중요합니다. 이렇게 하면 좋은 점이 있습니다. 우리도 친구에게서 같은 것을 기대할 수 있습니다. 자신의 단점을 '오픈'하면 친구들은 우리의 정직함과 자신을 신뢰한다는 사실에 대해 고마워할 겁니다. 그럼 우정도 급속도로 깊어지겠지요. 그렇다고 너무 서두를 필요는 없습니다. 어떤 사람들은 다른 사람들보다 조용하고 내성적입니다. 그런 사람들은 마음의 문을 여는 데 시간이 걸리게 마련입니다.

좋은 친구는 강력한 동지가 되겠지만 나쁜 친구는 가능한 방법을 모두 동원해 우리를 나쁜 길로 인도할 것입니다. 물론 친구에게 '노'(No)라고 말하기는 힘듭니다. 특히 오랜 친구라면 더욱 그렇지요. 그러나 친구가 나쁜 행동을 시킨다면 잠시 거리를 두거나 친구 관계를 재정립해야 합니다. 그리고 친구들이 악당처럼 행동하기 시작하면, 그들을 떠나야 합니다.

말이 아니라 행동이 중요합니다. 친구는 항상 거기에 있어주겠다고 말할지도 모릅니다. 비밀을 반드시 지킬 것이며 친구를 위해 용암 속으로 뛰어들 수도 있다고 말할 것입니다. 그런데 만약 철석같이 지키겠다던 비밀이 여러 사람에게 알려졌다면, 그 친구는 친구가 아니라 넌자입니다. 여러분이 생각하는 것처럼 여러분과 가깝거나 가치 있는 친구가 아니에요.

다른 사람을 얻는 가장 쉬운 방법은 그들을 친절히 대하는 것입니다. 여러분에게 친절하지 않은 사람에게도 이 방법은 유용합니다. 그들이 여러분에게 무례할지라도 여러분이 친절하게 응답하면, 결국 그들은 포기하거나 여러분의 친구가 될 것입니다. 이건 이기적이기로 악명 높은 코비 브라이언트도 알고 있는 사실입니다. 그는 자기 혼자서 농구를 하는 것이 아니라 주변에 다른 선수들이 있어야 한다는 것을 알게 된 이후에야 NBA 챔피언십에서 우승할 수 있었습니다.

자신이 모든 것을 다 알 수 없음을 인정한다

어른들은 많이 알게 될수록 모르는 것이 더 많아진다고 이야기합니다. 여기에 중요한 교훈이 있습니다. 우리는 자신의 한계를 인정하고 자신이 알지 못한다는 것을 알게 될 때 다른 사람의 도움을 청합니다. 그런 행동이 우리를 덜 거만하게 하고 우리를 더 좋아하게 만듭니다. 그런 면에서 경청은 훌륭한 기술입니다. 그리고 우리는 타인의 지혜를 배움으로써 같은 실수를 반복하지 않을 수 있습니다.

실수를 한다는 건 하나의 과정입니다. 만약 우리가 다른 사람의 경험을 알고 있다면 실수를 줄일 수 있을 것입니다. 실수를 하더라도 그 실수들이 더 큰 재앙을 몰고 오지 않도록 할 수 있습니다. 다른 사람의 경험에서 배운 교훈은 우리의 정신을 더욱 강하게 만들어줄 것입니다.

가장 소중한 친구는 우리가 잘못했을 때 그것을 기꺼이 지적해줄 수 있는 사람들입니다. 그들은 우리가 악당이나 바보같이 행동할 때 우리와 맞설 만큼 충분히 강한 영웅들입니다.

우리는 갈등에서 더 많은 것을 배울 수 있습니다. 우리가 선을 넘는 행동을 했을 때 그것에 대해 기꺼이 말해줄 용기가 있는 동지는 100명의 예스맨보다 낫습니다.

진정한 친구는 심판만 하지 않습니다. 그들은 우리에게 잘못된 것을 보여주기 위해 노력합니다. 심지어 우리 자신이 파놓은 함정에 빠졌을 때에도 거기에서 빠져나올 수 있도록 도와줍니다. 또 우리가 맞닥뜨리게 될 어떠한 장애물도 극복할 수 있는 용기를 줍니다. 진정한 친구는 우리와 대결하려 하지 않습니다. 진정한 친구는 인생이라는 긴 여행을 함께하는 존재입니다.

18장

데이트 잘하는 법

인기 있는 사람이 되고 싶은가요? 그럼 어떻게 해야 할까요? 그 시작은 지금까지 연애에 대해 들은 이야기를 모두 잊는 것입니다.

사실 데이트는 적도의 전쟁터 같습니다. 사방에 지뢰가 깔려 있고 독벌레와 독사가 우글거리지요. 그런데 그곳은 아름다운 데다 상상 이상의 것을 경험할 수 있는 곳이기도 합니다.

연인 관계는 이처럼 최고와 최악을 넘나듭니다. 사랑은 우리에게 친절, 공감, 사랑, 타인에 대한 배려 등을 가르쳐줍니다. 그러나 그 이면에는 질투, 분노, 부러움 등이 자리하고 있습니다.

연애에서 가장 일반적인 형태의 악당들

해적

강아지

귀신

화성에서 온 남자, 금성에서 온 여자를 굳이 말하지 않더라도 여자와 남자의 연애에 대한 생각은 서로 완전히 다릅니다.

퀸카들은 나쁜 남자하고만 데이트한다

나쁜 남자의 기질을 타고난 남자는 힘과 자신감을 과시합니다. 해적들은 최고의 여자도 종종 전리품 정도로밖에 여기지 않습니다. 그리고 가장 사치스러운 것들을 통해 여자들을 쟁취하려고 합니다. 말 그대로, 여자를 유혹하고 약탈한 후에 사라지는 겁니다. 최고의 여자들이 이렇게 엉망이 됩니다.

물론 여러분은 재미있고 똑똑하고 썰렁한 농담에도 웃어 주는 여자와 데이트하고 싶겠지요. 그런데 좀 더 솔직해진다면 사실 섹시한 여자와 데이트하고 싶은 것 아닌가요? 이런 부분에 너무 민감해하지 않아도 좋아요. 그게 정상이니까.

그런데 문제는 여자가 남자와 같은 방식으로 움직이지 않는다는 겁니다. 여자들은 겉모습을 중요하게 생각합니다. 여러분이 품위 있는 향기를 내뿜고 멋진 신발을 신고 있길 바랍

자신의
세계를
정복하는
방법

159

니다. 가장 중요한 건 여자들이 자신감 있고 자신을 아는 남자를 원한다는 겁니다. 거기에 자신을 웃게 하는 남자라면 금상첨화겠지요. 그러나 솔직히 말해서 이것이 필요충분조건은 아닙니다. 반면에 남자들은 한 자리 숫자의 SAT 점수나 주위를 얼어붙게 만드는 유머 감각을 지녔더라도 얼굴만 예쁘면 그만이라고 생각합니다. 그러나 여자들은 아닙니다. 그럼 먼저 남자 이야기부터 해보겠습니다.

남자여! 당신은 어떤 여자도 쟁취할 수 있다

'여러분은 어떤 여자도 쟁취할 수 있다.' 아주 중요한 이야기입니다.

조시의 멋진 팁

이상적인 여자 친구 또는 남자 친구가 함께하고 싶어 하는 사람이 되어라. 완벽한 사람을 찾을 필요는 없다. 아무리 완벽해도 그 사람이 여러분을 거들떠보지 않는다면 말짱 꽝이다.

모든 여자들이 여러분을 좋아할 거라고 말하는 건 아닙니다. 그러나 여러분이 자신감에 차 있고 재미있는 데다 성격까지 좋다면 분명 킹카가 될 수 있습니다.

우리 고등학교에는 한 번도 데이트를 해보지 못한 친구가 있었습니다. 그 친구는 어떤 여자를 좋아했지만 거절을 두려워했습니다. 몇 년 후, 페이스북과 아는 친구들을 통해 그 친구는 자신이 좋아했던 세 여자들이 자신과 데이트할 마음이 있었다는 사실을 알게 되었습니다. 거절에 대한 두려움으로 세 여자를 놓친 것이지요.

멋진 선글라스를 쓴다고 해서 여자 친구를 쉽게 사귈 수 있는 건 아닙니다. 삼나무 향이 나는 바디 스프레이나 울버린 머스크 향수를 뿌린다고 여자 친구가 생기는 것도 아닙니다. 포르쉐를 가지고 있다 해도 마찬가지입니다. 명품 셔츠를 입고 머리에 힘을 주고 구릿빛 피부를 만들어도 달라지는 건 없습니다. 아주 가능성이 없는 건 아니지만 오랫동안 함께하고 싶은 여자를 만나기는 힘들 겁니다. 지금부터의 이야기가 여러분들에게 여자 친구를 만들어줄 것입니다.

자신감을 가진다

자기 확신에 가득 차 당당한 모습을 보이면 여자들은 여러분을 다시 한번 쳐다볼 겁니다. '저 남자에게는 다른 뭔가가 있는 것 같아.' 자기 확신과 잘난 체는 다릅니다. 자신감이란 자신이 얼마나 뛰어난 사람인지를 떠벌리는 것도 아니고 어린아이를 등에 태워 한 손으로 팔굽혀펴기를 하는 것도 아닙니다. 자신감은 강인한 품성을 지니고 자신이 누구인지를 정확히 아는 것입니다. 그건 또한 정체성에 관한 것이고 자신의 세계를 정복하는 영웅을 의미하기도 합니다. 때로 우리는 자

신에 대해 회의하지만 진정한 자신감은 그런 것들은 극복할
수 있게 해줍니다.

유쾌한 사람이 된다

유머 감각을 밖으로 나타내야 합니다. 재치 있는 사람이 되
는 겁니다. 여자가 여러분을 장난스럽게 괴롭히면 여러분도
장난을 걸어보세요. 그러나 장난이 절대로 못된 짓이거나 무
례해서는 안 됩니다. 여기에서도 중요한 건 '자신감'입니다.
다양한 주제에 대해 많이 알수록 여러분은 더 쉽게 여자들과
친해질 수 있습니다. 그보다 중요한 건 경청입니다. 질문을
하고 나면 대답에 더욱 주의를 기울여야 합니다. 마치 그 대
답이 여러분 자신보다 더 중요해 보일 정도로 귀를 기울여야
합니다. 그것이 영웅의 행동입니다. 자신보다 남을 우선순위
에 두는 것 말이지요.

호감 가는 모습을 보인다

싸구려 스킨 냄새를 풍기는 것도 실례이지만, 그렇다고 토
끼 가죽으로 만든 최고급 로퍼를 신을 필요도 없습니다. 최소
한 흉하지만 않으면 됩니다. 몸에 맞는 옷을 입고, 좋은 향기
를 내면 됩니다. 저는 겉모습만 따지는 사람은 아닙니다. 하
지만 대부분의 사람들은 누가 봐도 호감이 가는 사람을 좋아
합니다.

자신을 밖으로 던진다

여자 친구를 만들고 싶다면 위험부담을 감수해야 합니다. 두려워하지 마세요. 두려움은 우리의 정신과 자신감을 죽이는 존재입니다.

위험을 어떻게 분석하고 받아들일지는 자신에게 달려 있습니다. 여자는 관심 있는 남자에게 신호를 보내게 마련입니다. 여러분이 아직 어려 그 신호를 감지하지 못할 수도 있지만 어쨌든 그 신호는 분명히 존재합니다. 세 여자를 놓친 제 고등학교 동창 녀석은 그 신호를 감지하지 못한 것이지요. 세 여학생 중 한 명이 늘 자기 옆에 앉는다는 사실이나 웃으면서 자기 팔에 손을 살포시 얹었다는 사실을 제 친구는 전혀 몰랐던 겁니다.

여자가 여러분의 농담에 웃거나 여러분을 자주 쳐다보거나 신체적인 접촉을 시도하려고 한다면 그녀는 여러분에게 반한 겁니다. 또는 그녀가 머리를 자주 만지는 것도 그런 신호라고 할 수 있습니다.

가끔은 여러분이 먼저 손을 내밀어야 할 때도 있습니다. 다시 말하지만 자신감을 가져야 합니다. 주위를 맴돌거나 몰래 그녀를 쳐다보거나 대화할 때 한 가지 이슈에서만 맴돌지 마세요. 그럼 그녀는 떠나고 말 겁니다. 스토커가 아니라 진짜 남자가 되세요.

남자답게 행동한다

이 방법은 효과가 바로 나타나지 않을 수도 있습니다. 그러나 제가 얘기하는 정보 중 가장 중요한 것입니다.

약속을 하면 꼭 지켜야 합니다. 어딘가에 있겠다고 하면 반드시 그곳에 있어야 합니다. 여러분의 여자 친구나 여자 친구였으면 하는 사람이 믿을 수 있는 사람이 되어야 합니다. 찌질이는 되지 마세요. 그녀를 영광스럽게 대접하세요. 장기적인 관점에서 이 방법은 성공을 보장합니다.

모든 여자가 다 이해하지는 못한다

이런 방법들을 모두 사용했는데도 그녀가 여러분에게 반하지 않는다면 다른 전략을 써야 합니다. 모든 여자들이 건전한 연애관을 가진 것은 아닙니다. 그건 여러분의 노력 여하와는 상관없는 일입니다. 안타깝게도 몇몇 여자들은 나쁜 남자와 데이트하기를 바랍니다. 그들은 귀신들이나 상대해야 할 겁니다. 그냥 내버려두세요. 로맨틱 코미디에서 뭐라 했건 누군가를 억지로 좋아하게 할 수는 없습니다. 유감스럽게도 그런 여자는 전형적인 강아지 타입이에요. 아무리 세상에서 가장 귀엽고 재미있는 여자라고 하더라도 그들을 선택하면 여러분 인생이 피곤해질 겁니다. 호르몬이 요동치고 고통스럽더라도 떠나야 합니다. 여러분에게는 더 중요한 일들이 많아요. 그러니 이렇게 말하세요. "안녕, 강아지야!"

여자여! 말이 아닌 행동을 보아라

랜디 포시 교수님은 딸에게 다음의 조언을 남겼습니다.

"남자가 너에게 관심 있다고 하면, 그가 말하는 것은 한 귀로 듣고 한 귀로 흘려라. 대신 그가 하는 행동에만 주의를 기울여라."

이 조언을 따른다면 여러분은 절대 실수하지 않을 겁니다. 남자가 당신을 사랑한다고 100번을 말해도 그건 아무 소용 없습니다. 그렇게 말하고 양다리를 걸친다면 그게 무슨 소용입니까? 게다가 여러분을 쓰레기 취급한다면 그 말이 거짓임을 확실히 증명하는 것이 됩니다. 그가 여러분을 정신적으로나 육체적으로 학대한다면 그는 절대 여러분을 사랑하는 것이 아닙니다. 때로는 진실이 더 가혹한 법입니다.

물론 남자들도 실수를 하고, 용서받을 자격도 있습니다. 사실 남자들은 실수를 아주 많이 저지릅니다. 남자라는 족속은 덤벙거리고 우둔합니다. 게다가 여자들의 마음도 잘 읽지 못하지요. 이 모든 사실을 너그럽게 이해한다 해도 실수가 계속된다면, 그를 떠나야 합니다. 어느 누구도 그런 대접을 받을 이유는 없습니다. 하지만 귀신들은 여러분을 온갖 거짓말로 유혹하며 정신을 빼놓으려 할 겁니다. 거짓말을 하는 귀신과 여자들을 막 대하는 해적은 매장시켜야 합니다.

여러분이 뱀파이어나 강아지, 닌자와 데이트하고 있다면 알아채기가 쉽지 않을 수도 있습니다. 그때는 정신을 차리고 상황을 직시해야 합니다. 여러분이 믿고 존경할 만한 사람을 찾아 무슨 일이 일어나고 있는지 상의하는 것도 좋은 방법입니다. 만약 그 사람이 여러분 남자 친구의 장단점을 모두 듣고 난 후에 그를 떠나라고 한다면, 떠나십시오.

영웅을 기다린다

여자 친구를 두고 다른 사람과 바람을 피운다면 두 가지는 확실합니다. 하나는 앞으로도 딴 사람과 바람피울 확률이 높다는 겁니다. 지금은 잘해주겠지만 그는 쓰레기입니다. 도덕적 기준도 전혀 없는 놈팡이에다 무엇이 헌신이고 충실인지 모르는 악당입니다. 두 번째는, 지금 임자 있는 남자와 뭐하는 겁니까? 여자 친구가 있는 남자와 사귀고 있다면, 여러분이 바로 뒤통수나 때리는 닌자란 말입니다.

흥분해서 죄송합니다. 그러나 만약 여러분이 바람을 피우고 있다면 이쯤에서 멈추길 바랍니다. 그건 여러분 스스로에게 부끄러운 짓이고 다른 사람의 마음을 아프게 하는 동시에 영웅의 두 번째 신조를 어기는 것입니다.

조시의 멋진 팁

일반적인 생각과 달리 사랑에 빠진 사람들도 서로의 마음을 읽진 못한다. 생각, 감정, 그리고 기대에 대한 열린 대화가 무척 중요하다.

바람피우는 놈으로 다시 돌아가보겠습니다. 남자가 한번 바람을 피웠다면 다시 그럴 가능성이 높습니다. 행동이 말보다 우선한다는 것을 잊지 마세요. 그가 정말 괜찮은 남자로 증명되기 전까지는 그를 '진짜 멋진 남자'로 정의해서는 안 됩니다. 저는 여러분이 여러분에게 관심을 보인 첫 번째 남자에게 정착하는 일이 없길 바랍니다.

물론 여러분처럼 멋진 여자들도 때로 무관심을 걱정합니다. 더 예쁘고 쉬운 뱀파이어 여자들이 멋진 남자들을 다 차지해버릴 것 같은 느낌, 지금 당장 누군가라도 낚아채지 않으면 모두 빼앗겨 혼자 남겨질 것 같은 느낌, 평생 혼자가 될 것 같은 느낌이 들 수도 있습니다.

그러나 걱정할 필요 없어요. 앞서 남자들에게 말한 것처럼 결국 사람의 품성이 모든 걸 결정할 테니 말입니다. 데이트하는 것과 진실한 관계를 위해 인격과 품성을 닦는다는 건 완전히 다릅니다.

한 가지 재미있는 예를 들어볼까요. 여러분이 어떤 남자에게 관심이 있는데, 그 사람도 여러분에게 관심이 있는지는 모르는 상황입니다. 그럼 30일 동안 그를 여러분의 레이더에 올려놓고 기다려보세요. 학교에서 이야기도 걸어보고, 온라인에서 채팅도 해보고 페이스북 같은 데에다 메시지도 남겨보는 거예요. 그 남자를 아는 친구가 있으면 함께 어울릴 수 있는 방법도 찾아봅니다. 그런데 30일이 지나도록 그 남자가 아

자신의 세계를 정복하는 방법

167

무런 말도 없고 데이트 신청도 하지 않는다면, 그냥 잊으세요. 그 남자는 여러분에게 관심이 없거나 용기가 없는 거예요. 관심을 받지 못했다고 해서 부끄러워하거나 고통스러워할 필요는 없습니다. 남자에게 용기가 없어서라면 한참 시간이 지난 후에 다시 만나게 될지도 모릅니다. 그러나 지금 당장은 아닙니다. 여러분은 할 일 다 했으니 그냥 잊어버리면 됩니다.

그 사람을 만나기 위해서 자신을 그 남자에게 맞추려 하면 안 됩니다. 그건 닌자나 뱀파이어가 하는 짓입니다. 그렇게 되면 여러분은 해적의 손에 놀아날 수도 있습니다. 그의 호의를 얻는 것은 괜찮지만 현재 여러분의 모습 그대로를 좋아하는 남자만이 여러분과 함께 시간을 보낼 자격이 있습니다. 여러분이 대접받는 가장 좋은 방법은 여러분답게 행동하는 것입니다. 만약 남자들이 그렇게 하지 않는다면 그냥 잊고 떠나세요.

섹스

아름다운 아내와 결혼한 사람으로서 여러분에게 몇 가지를 알려주고 싶습니다. 인생에서 섹스보다 나은 것이 없다고 말하는 사람들은 중독자이거나 심각한 문제를 안고 있는 사람들입니다. 어쩌면 여러분은 "아니 조시, 그런 말을 하다니요?" 하고 말할지도 모르겠어요. 하지만 저는 왜 그렇게 사람들이 섹스를 비밀스러워하고 숨기는지 모르겠어요.

섹스 자체가 나쁜 것은 아닙니다. 그러나 한 가지 짚고 넘어가야 할 것은, 섹스는 삶의 한 부분이지 삶 자체가 아니라는 사실입니다. 많은 뱀파이어들은 섹스가 삶의 전체인 것처럼 속이려 듭니다.

제가 말하고 싶은 건 거시적인 관점에서 섹스가 과대 포장되어 있다는 것입니다. 섹스를 해야 진짜 남자라거나 안젤리나 졸리 급의 섹스 심벌이 되는 게 아닙니다.

제 생각에 섹스는 남자 중학생들의 가장 큰 관심사 중 하나입니다. 저도 그 시절에 섹스에 꽤 관심이 있었어요. 중학교 때, 저는 밴드부에 들어갔습니다. 밴드부에는 크리스티나라는, 저보다 한 살 위의 섹시한 여학생이 있었습니다. 곁눈으로 그 애를 훔쳐보곤 했지요.

크리스티나가 클라리넷을 연주할 때마다 가슴이 뛰었습니다. 제가 누구인지 말해주고 싶었습니다. 저를 떠난 친부모님 이야기, 저와 양부모님에 대해서, 그리고 할아버지의 죽음과 그 나이에 느끼는 인생의 허무까지 그 애에게 말하고 싶었습니다. 그 애가 제 운명이라고 생각했습니다. 그러나 사실은 '안녕'이라는 인사 이외에 실제 한 말은 없었습니다.

그런데 수업을 땡땡이친 어느 날, 또래 아이들과 체육관에 모여 섹스 이야기를 하게 되었습니다. 아시겠지만 그때는 한 번이라도 경험이 있다고 하면 왠지 우월해보이고, 그게 자랑스러울 때잖아요. 서로 자기는 섹스를 해보았다고 하더군요.

저도 그랬다고 했습니다. 그런데 아이들이 집요하게 상대가 누구였는지를 묻는 것이었습니다.

"누군데?"

"우리 밴드에 있는 여자애 있잖아."

크리스티나는 8학년이었고, 몸매가 꽤 섹시했습니다.

저는 거짓말임을 밝히지 못하고 계속해서 거짓말을 할 수밖에 없었습니다. 거짓말은 점점 자세하고 그럴듯해졌습니다. 그때는 그럼으로써 또래 집단에서 권위를 얻을 수 있다고 생각했습니다.

"금발 아니면 갈색?"

"갈색."

"이름이 뭐야?"

나는 그쯤에서 관두기로 했습니다.

"이름은 말 안 할 거야. 그 여자애가 우리 집에 왔고 우리는 사랑을 나눴어. 거기까지야."

그런데 녀석들 중 하나가 크리스티나를 유추해내고 말았습니다. 저보다 한 살 위의 갈색 머리에 섹시한 여학생은 크리스티나뿐이었거든요. 저는 더 자세한 거짓말을 했고 그날 우리는 모든 이야기를 비밀로 덮기로 하고 헤어졌습니다. 그러나 문제는 이틀 후에 일어났습니다. 위 학년 선배들이 우리 반에 나타난 것입니다.

"네가 조시 십이야?"

그들은 아주 불쾌하게 저를 쳐다보았습니다. 저는 그 선배들이 누군지도, 제게 왜 그러는지도 몰랐습니다.

"네, 그런데요."

"네가 크리스티나랑 잤다고 했냐?"

그중 '짱'이 그 애 이름을 말했을 때, 저는 완전히 얼음이 되었습니다.

"아, 아, 아니요."

그리고 얼굴로 주먹이 날아왔습니다.

"이 자식, 너 오늘 죽었어."

그는 손가락으로 가슴을 찌르며 속삭였습니다.

"크리스티나는 내 친구야. 걔는 정말 좋은 애야. 밴드부 끝나고 봐. 우리 눈에 띄면 넌 완전히 죽을 줄 알아. 도망갈 생각도 하지 마. 도망가도 죽을 줄 알아."

그들은 저를 밀어젖히고 기분 나쁜 눈빛을 남기며 사라졌습니다. 맞을 준비는 되어 있었지만, 전교생 앞에서 피 터지게 맞고 쪽팔릴 상황을 생각하니 참을 수가 없었습니다. 게다가 전교생에게 제가 왜 맞는지 설명해야 할 것이었고 또 그 꼴로 집에 돌아가면 할머니에게 거짓말까지 해야 했습니다. 딴 사람을 위해 맞아줬다고 둘러대겠지만 할머니는 분명 실망하겠지요. 어쩌면 그게 거짓말에 대한 대가일지도 모릅니다. 하지만 그들에게 그대로 당할 수는 없었습니다.

여러분, 제가 그 상황에서 어떻게 빠져나왔을까요? 크리스티나에게 가서 그들을 말려달라고 했을까요? 미쳤어요? 그 때쯤이면 모든 얘기를 들었을 테고 저를 증오하고 있을 텐데요. 그건 남자로서 도저히 할 수 있는 일이 아니었습니다.

남은 방법은 한 가지였습니다. 그 선배들 눈에 띄지 않는 것이지요. 저는 밴드부에 다시는 가지 않았습니다. 그리고 매일같이 수업 끝나는 종이 울릴 때를 기다렸다가 학교 후문의 남자 화장실로 숨어들었습니다. 먼저 사물함 근처에 몸을 숨겼다가, 10분쯤 후 아무도 없다고 느껴지면 문밖으로 냅다 뛰었습니다. 진짜 열심히 뛰었습니다. 심지어는 눈에 안 띄게 집에까지 갈 수 있도록 개구멍도 만들었습니다.

그래서 결국 그 선배들에게 맞는 일은 없었지만 엄청난 후회가 몰려왔습니다. 그 멍청한 거짓말 하나 때문에 한 학년이 완전 엉망이 되고 말았습니다.

저처럼 여자를 사귀어보았다고 거짓말을 하거나, 일시적인 기분을 위해서 여자 만나는 데 시간을 쏟거나, 무리에 끼고 싶어서 비슷한 옷을 차려입고 인기를 찾아다니는 일은 인생을 허비할 뿐입니다. 남는 건 실망뿐이지요. 결국 거짓말만 좇게 됩니다. 장담컨대, 그건 절대 사지도 않을 강아지와 노는 꼴이 될 것입니다.

섹스는 예쁜 강아지와 같습니다. 결국 섹스를 너무 가볍게 생각하지 말라는 얘기입니다. 그렇다고 백합처럼 순백의 꽃이 되라는 말은 또 아닙니다. 그렇지만 우리 대부분은 결과에 대해 충분히 생각하지 않고 섹스를 합니다. 결과가 무엇일까요? 섹스가 임신을 가져오고 임신을 하면 아기를 낳는다는 걸 알고 있나요? 설령 아이가 생기지 않았다고 해도 그런 행동은 마치 10억의 귀신을 낳는 것과 같습니다.

조시의 세계정복 제안

다른 사람을 기쁘게 해주겠다는 생각으로 섹스에 대한 여러분의 생각을 바꿀 필요는 없다. 그 남자 혹은 그 여자가 자신이 원하는 것을 해주지 않는다는 이유로 여러분과의 관계를 깨려 한다면, 일단 강펀치를 한 대 날리고 즉시 관계를 정리하자. 그들은 잿밥에만 눈이 먼 음험한 해적이나 닌자처럼 여러분을 속이려 들 것이다. 그런 관계는 정리해야 한다. 어쨌든 그 배는 침몰하게 되어 있다. 상대방 때문에 여러분의 믿음을 바꾼다면 고통만이 남게 될 것이다.

이미 알고 있을 것이라 생각하지만, 섹스를 하기로 했다면 보호 장치를 사용해야 합니다. 임신을 할 수도 있기 때문입니다. 게다가 성병은 생각보다 훨씬 심각합니다. 15~19세 대상의 한 조사에서 매년 41퍼센트에 해당하는 1,890만 명 정도가 성병에 걸린다고 밝혀졌습니다. 섬뜩한 일입니다. 성교육을 해주는 선생님이나 의사들이 임신이나 성병을 피할 수 있는 방법을 알려줍니다. 그러나 섹스를 하지 않는 것, 그것이 성병과 임신을 막는 가장 확실한 방법입니다.

173

포르노

지금 제게 10대 소년처럼 살라고 한다면 저는 못할 것 같습니다. 모든 10대는 흥분 호르몬의 분비로 억제되지 않는 성욕을 겪게 됩니다. 그게 바로 사춘기이고요. 요즘은 우리의 정신을 혼미하게 만드는 것들이 세상에 즐비합니다. 지금처럼 섹스와 관련된 이미지들이 광고와 연예계를 휩쓴 때도 없을 것입니다.

이제 포르노그래피를 이야기할 때가 되었습니다. 근데 포르노그래피라고 하니까 과학처럼 들리는군요. 지금껏 오늘날의 여러분처럼 섹스와 관련된 사진이나 비디오를 쉽게 접할 수 있는 시대는 없었습니다. 그런데 그건 전혀 축하할 일이 아닙니다.

여러분이 포르노그래피를 어떻게 생각하는지 모르겠지만, 포르노그래피는 섹스에 관한 잘못된 망상을 만들어냅니다. '사과와 오렌지는 비교할 수 없다'는 속담처럼 포르노그래피와 섹스도 단순히 비교할 수는 없습니다.

포르노는 소중하고 개인적인 행동을 대상화시키고 더럽힙니다. 남자와 여자, 그 자체를 대상화하고, 인간의 몸에 대해서도 왜곡된 메시지를 전합니다. 모든 여성이 농구공만 한 가슴을 가진 것은 아닙니다. 마찬가지로 모든 남자가 야구방망이만 한 거시기를 가진 것도 아니란 말입니다.

포르노의 심각성은 중독에 있습니다. 입안을 잠시 즐겁게 만드는 싸구려 불량 식품 같지요. 빨리 사라지는 반면 정신적, 물리적으로는 긴 영향을 남깁니다. 저도 그 유혹을 잘 압니다. 그러니 최선의 노력을 다해 피하라고 말해주고 싶습니다. 포르노는 해적을 위한 것입니다. 또한 자신에 대한 컨트롤이나 존경심이 전혀 없는, 슬프고 외로운 사람들을 위한 것입니다.

바다에는 다른 물고기들이 많다

모든 사랑이 성공할 수는 없습니다. 그게 삶의 진실입니다. 모든 관계는 노력과 변화를 필요로 하고 우리에게 더 나은 사람이 되라고 요구합니다. 작은 돌부리에 걸려 넘어진다거나 슬프다고 해도 포기할 수 없는 것이 있습니다.

그러나 '이 관계가 지속될 수 없겠구나.' 하고 느끼는 순간도 확실히 있습니다. 만약 그렇게 느껴진다면 바로 그때가 모든 것을 싹 잊고 떠날 시간입니다. 물론 쉬운 일은 아닙니다. 하지만 나중에 돌아보면 작은 상처로 큰 재앙을 막을 수 있었다는 걸 깨닫게 될 것입니다.

관계를 정리할 때에는 깔끔해야 합니다. 몇 주, 몇 달이 지나도록 끌지 마세요. 이유를 확실히 설명하고 상대방이 마음을 다치지 않도록 상처를 최소화하는 것도 중요합니다. 다시 함께할 가능성이 있다면 그렇다고 말하는 것도 방법입니다. 대신 다섯 살짜리 아이가 요요를 가지고 놀 듯 그렇게 사람마음을 가지고 놀아서는 안 됩니다.

자신의
세계를
정복하는
방법

그리고 이건 부탁입니다. 헤어질 때에는 제발 꼭 그 사람을 만나세요. 불가능하다면 전화라도 하세요. 절대 이메일이나 문자로 이별을 통보하지는 맙시다. 그건 생각 없고 무례하고, 상대를 무척 아프게 하는 일입니다. 비겁함의 극치입니다.

결별을 통보받은 경험이 있다면 그게 얼마나 힘들고 고통스러운지 알 것입니다. 상처에 소금이 뿌려지는 것처럼, 피라니아가 죽을 때까지 야금야금 뜯어먹히는 것처럼, 아주 아프고 고통스럽습니다. 어쩌면 자신을 누구에게도 사랑받을 수 없는 무가치한 인간이라고 생각할 수도 있습니다. 다시는 누구와도 데이트를 할 수 없을 것 같은 느낌을 받을 수도 있습니다. 수녀원에 들어갈 생각을 해볼 수도 있겠지요. 이별은 여러분이 겪을 고통 중 가장 아픈 경험이 될 수도 있습니다.

나쁜 이별을 겪은 후 가장 듣기 싫은 말은 "또 다른 사람이 올 거야." 하는 말일 겁니다. 식음을 전폐하고 일주일을 눈물로 보내고 있는데, 이런 말을 들으면 정말 억장이 무너지겠지요.

이별에 관한 속담

- 지구의 반은 남자(여자)이다.
- 연못에는 또 다른 개구리들이 있다.
- 브루클린에는 또 다른 재즈광들이 있다.
- 버스와 여자(남자)는 기다리면 온다.

사람들은 짜증 나게 이런 진부한 속담을 인용합니다. 그런데, 사실입니다. 이별을 겪는 도중에는 모든 것이 막막하고 생각도 하기 싫습니다. 누군가를 다시 만나 그 사람을 알아가고 인생을 공유하고 사랑에 빠지는 것 말입니다. 그러나 사랑은 마치 마법처럼 또 오게 마련입니다. 이렇게 가슴 아프게 끝나버리지 않는 사랑도 있습니다.

어리면 어릴수록 새로운 사람을 만날 가능성은 높아집니다. 제가 '고딩' 때 만난 첫 '여친'과의 이별도 지금 생각하면 우습게 느껴집니다. 아마 우리는 절대 성공적인 만남을 이어가지 못했을 것입니다. 그렇지만 그 경험으로 저는 시행착오를 덜 겪을 수 있었고 지금의 아내를 만날 때까지 많은 교훈을 얻을 수 있었던 것입니다.

결혼

제가 아는 사람 중에 30년 이상 결혼 생활을 유지한 커플이 있습니다. 그들은 고등학교 때 만났고, 그때 같은 동네에 살았어요. 부부는 세 명의 아이와 함께 아직도 그 동네에 살고 있습니다. 멋진 이야기이지요.

하지만 이런 이야기가 처음부터 끝까지 장밋빛인 것은 아닙니다. 어려움 없이 관계를 유지할 수는 없습니다. 10년, 20년, 30년을 살면서 갈등을 겪지 않는 커플은 없습니다.

좋은 관계를 유지하는 비결은 다음을 준비하고 받아들이

는 것입니다. 작은 갈등은 여러분과 파트너를 더 끈끈하게 맺어줄 것입니다. 바르고 정정당당하게 문제를 헤쳐나간다면 말입니다.

사실 갈등은 관계를 훌륭하게 만드는 비결 중 하나가 되기도 합니다. 결혼식 날, 제가 턱시도를 꺼냈을 때 친구가 이렇게 말했습니다.

"결혼은 네가 겪을 가장 힘든 일이 될 거야. 그런데 시간이 흐를수록, 네 자신을 돌아보며 네가 더 괜찮은 사람이 되어간다는 걸 알게 될 거야."

결혼을 하는 데 적당한 나이는 없습니다. 하지만 닥쳐올 힘든 일을 위해 자신을 아끼길 바랍니다. 여러분이 주례 앞에서 "네, 그렇게 하겠습니다." 하고 맹세할 때 그게 무슨 뜻인지 제대로 알려면 그래야 합니다. 제가 아마 고등학교 때 사귀었던 그 여자 친구와 결혼했다면 제 인생은 지금과 많이 다를 것입니다. 제 꿈을 위해 살지 못했을 거예요. 게다가 엄청나게 괜찮은 파트너이자 상상할 수 없는 행복을 가져다준 지금의 아내도 만나지 못했을 겁니다. 그 인생은 아마 엄청 힘들었을 거예요.

결혼은 말처럼 충분히 힘든 겁니다. 그러나 걱정하지 마세요. 결혼에는 또 그만한 가치가 있으니까요.

19장

학교를 정복하는 법

학교를 정복한다는 것이 킹카나 퀸카가 되는 것을 의미하는 것은 아닙니다. 그건 열심히 노력한다는 뜻입니다.

조시의 세계정복 제안

여러분이 원하는 것을 하려면 먼저 자신이 해야 할 것을 한다. 학교, 인생, 남자, 여자에 성공하고 싶다면 열심히 노력해야 하는 것이다. 그것은 마치 여러분의 부모님들이 사막에서도 살아남을 수 있도록 여러분을 강하게 키우는 것과 같다. 무자비하게 들린다면 심호흡 한 번으로 자신을 달래보자. 원하는 것을 얻기 위해 노력하는 것은 기분 좋은 일이다.

뱀파이어

로봇

좀비

다른 사람이 기대하는 삶을 살 필요는 없다

다음은 아주 단순한 방정식입니다.

(A+B+C)+D+E

정답은 무엇일까요? 정답을 알기 위해서는 A, B, C, D, E가 무엇인지 알아야 합니다. A는 고등학교, B는 대학교, C는 2.5명의 아이들 낳기, D는 교외에서 개 기르기, E는 좋아하지 않는 일터입니다. 그럼 위 방정식은 '고등학교와 대학을 졸업하고 2.5명의 아이들을 낳아 교외에서 개를 기르며 좋아하지 않는 일터에 다닌다'가 됩니다. 이 방정식의 해답은 무엇일까요? 답은 바로 '반드시 따를 필요가 없는 인생의 경로'입니다.

(A+B+C)+D+E=반드시 따를 필요가 없는 인생의 경로

다른 모든 사람이 그렇게 하고 있다고 해서 우리도 그렇게 할 필요는 없습니다. 대부분의 사람들은 자신의 세계를 지배

하는 영웅이 아닙니다. 따라서 그것은 우리가 따라야 할 모범 사례가 아닙니다. 여러분은 여러분이 되고 싶은 것이 되고, 하고 싶은 것을 할 수 있는 존재들입니다. 그런데 문제가 있습니다. 지금 현명한 결정을 내리지 않으면 여러분이 선택할 수 있는 옵션들이 점점 줄어들 거라는 사실입니다.

앞을 내다보면서 생각한다

우리의 미래가 암울하다고 말하는 것이 아닙니다. 오늘부터 시작하면 됩니다. 그런 의미에서 학교는 감옥보다 나은 곳입니다. 학교는 우리가 생각하는 것보다 더 많은 의미를 가지고 있습니다.

원래 교육이란 뭔가를 준비하는 일입니다. 어떤 것이 되었든 무엇을 원하는지를 곰곰이 생각해봅시다. 도마뱀 기르는 사람, 기구 파일럿, 잠수함 선장, 뇌 전문의, 사자 조련사, 문화인류학자, 외교관, 소프트웨어 개발자……. 무엇이든 좋습니다. 이제 어떻게 하면 그런 사람이 될 수 있는지 스스로에게 물어봅시다. 해리포터는 마법부 소속의 형사 집단인 오러가 되고 싶어 했지요.

그런데 그렇게 되려면 시험에서 어느 정도의 성적을 받아야 합니다. 그렇지 않으면 영원히 낙제생이 되고 말 겁니다. 이렇게 '헝그리 정신'으로 꿈의 직업에 접근해나가는 것입니다. 하지만 조심해야 할 존재들이 있습니다.

로봇을 조심하라

학교는 로봇 공장과 비슷합니다. 우리들은 정형화된 시험을 치러왔고, 시험에서 좋은 성적을 내기 위해 기계적으로 칸을 채우는 데에도 익숙해져 있습니다. 다른 로봇들과 비교해 등수가 매겨지는 데에도 익숙합니다. 또한 모든 수업은 성적을 냅니다. 각 과목마다 점수가 주어지지요. 이 점수들이 여러분들을 다음 단계로 올라가게 하는 티켓이 됩니다.

고등학교 최고의 로봇은 가장 전문화된 공장인 대학에 갑니다. 여러분에 관련된 자료가 대학에서 사회로 업로드되면 로봇 사회는 여러분이 어떻게 하면 생산적인 멤버가 될 수 있는지를 계산합니다. 가장 좋은 로봇 대학에 가면 최고의 점수를 받을 것이고, 다른 로봇들은 그 점수를 통해 여러분이 얼마나 잘 프로그램화되어 있는지를 평가하게 됩니다. 그러므로 대학에서는 벨트 컨베이어 위의 여러분에게 끊임없이 부속품을 끼워 넣고는 여러분이 성공적인 로봇이라는 증서를 발급할 것입니다.

그 다음 여러분은 세 번째 로봇 유니폼을 받게 됩니다. 셔츠와 타이, 여자의 경우에는 스커트가 되겠지요. 보스 로봇들은 면접 때, 가지고 간 종이 몇 장을 쭉 훑어보며 그것으로 여러분을 평가할 것입니다. 그리고 로봇스러운 질문을 던지겠지요. "5년 후에는 뭘 할 건가?", "여러분은 팀플레이어인가?", "비판도 잘 받아들이나?"

나중의 두 가지 질문은 "여러분은 우리 같은 로봇인가?", "우리가 시키는 건 뭐든지 다 할 수 있나?"와 같은 내용일 것입니다.

프로그램화된 대로 긍정적인 대답을 한다면 여러분은 직장을 얻게 됩니다. 그리고 언제 출근하여 무슨 일을 하게 될지 듣게 됩니다. 매일 아침 출근해서 컴퓨터를 켜고 열심히 일하겠지요. 여러분은 다른 로봇들이 여러분을 체크할 수 있도록 만들어진 좁은 방, 칸막이도 천장도 문도 없는 곳에서 일할 것입니다. 여러분은 일하도록 세팅되어 있습니다. 계속해서 일을 해야 합니다.

하지만 인생을 다른 방향으로 돌릴 수도 있습니다. 여러분이 좋아하는 어떤 일을 할 수도 있습니다. 다만 너무 늦으면 곤란합니다. 프로그램이 완전히 여러분을 정복해버릴 테니까요. 여러분은 스스로에게 변명을 늘어놓을 수도 있습니다. 내가 그곳에 있게 된 건 내 잘못이 아니라고 위안하면서 말입니다. '나는 그저 짜인 프로그램대로 따르는 것뿐이다.' 하고 말이지요.

그러다 프로그램 상의 고장이나 결함을 발견할 수도 있습니다. 일반적으로 그것을 '중년의 위기'라고 부릅니다. 대부분의 로봇은 그것을 따지지 않지만 중년의 위기는 열정과 인생의 의미로 극복해야 합니다. 그저 젊음을 느낀답시고 스포츠카를 사는 것으로는 해결되지 않습니다. 스포츠카를 산다

해도 곧 다시 돌아와 로봇의 일상을 반복하겠지요.

사실 로봇은 이 세계에 필요한 존재입니다. 생각 없이 극도로 멍청한 일을 할 사람이 필요한 것도 사실이에요. 그렇지 않으면 이 모든 데이터를 누가 입력할 것이며 조사ㆍ연구 결과를 계산하고 정리하는 작업은 누가 하겠습니까? 전화 응답과 출근 시간 체크, 돈 관리 같은 것들은 또 누가 하겠어요? 운이 좋으면 보너스를 좀 받아서 밝고 빛나는 로봇 액세서리를 살 수도 있겠지요.

그런데 로봇은 어느 날 갑자기 고장 날 가능성도 있습니다. 게다가 더 싸고 빠르게 업데이트된 모델로 대체될 수도 있습니다. 그럼 한쪽으로 치워져서 쓰레기장으로 가야 합니다. 운이 좋아서 몇 년 더 있게 된다고 해도 어차피 비슷한 처지입니다. 그리고 너무 오랜 시간을 로봇으로 살아왔기 때문에 다른 것을 할 수도 없을 겁니다.

우울한가요? 그렇다고 학교나 대학이 나쁘다는 건 아닙니다. 우리가 로봇이 될 운명을 타고났다는 것도 아닙니다. 세계 정복에 성공하기 위해서는 일정한 교육이 필요합니다. 중요한 것은 고등학교나 대학, 대학원에서 교육을 받을 때, 우리가 지녀야 할 것이 있다는 사실입니다. 이제 그게 무엇인지를 말하려 합니다.

목표를 위한 교육

자신이 하고 싶은 것을 하기 위해서는 많은 시간을 투자해야 합니다. 파일럿이 되고 싶다면 비행을 배워야 합니다. 회사를 운영하고 싶다면 비즈니스나 경영 기술을 배워야 하겠지요. 그렇지만 누군가 시킨다고 해서 그대로 하지는 마세요. 목표에 도달하는 가장 빠르고 합리적인 방법은 고생을 하는 것이니까요. 이건 일종의 장애물이라고 할 수 있습니다. 때로는 뛰어넘어야 할 장애물도 있어야 합니다. 그런 장애물 중 하나가 학교입니다.

교육은 우리를 도그쇼에 나간 개처럼 느끼게 할 수도 있습니다. 자연에서 개는 다람쥐를 쫓거나 나비를 따라 탁 트인 초원을 뛰어다니고 싶을 겁니다. 그런데 우리는 그러지 못하고 도그쇼에 참가한 개처럼 목줄에 묶여 있습니다. 사람의 옷을 입고 있다는 점에서 개와는 다르겠지만 터널을 통과하고 위아래로 뛰게 하는 주인이 있다는 것은 비슷합니다.

그러나 교육은 필요합니다. 학교에서 떡고물이나 얻어먹으려고 하는 말이 아닙니다. 사실이 그렇습니다. 세 가지 이유를 대보겠습니다.

첫 번째는 학위 때문입니다. 제 친구 민디는 학사학위를 받는 데 4년이 걸렸고, 물리요법에서 박사학위를 받는 데 3년이 걸렸습니다. 그리고 의대에서 또 4년을 보냈지요. 그렇게 해서 그녀는 총 세 장의 학위를 받았습니다. 민디가 받은 학위

증은 금도장에 사인까지 있어 환상적입니다. 열쇠를 금속으로 만드는 것처럼 학위 증서는 종이로 만들어집니다. 물론 이종이로는 문을 열 수 없습니다. 여러분이 똑똑하다는 것이나 도덕성, 신체적 강점, 심지어 유머 감각도 증명하지 못합니다. 이 증서들이 증명할 수 있는 것은 여러분이 열심히 일할 수 있다는 사실입니다. 그것이 바로 수많은 회사들이 대학 졸업장을 원하는 이유입니다. 대다수의 회사는 최소한 고등학교 졸업장이라도 원합니다. 학위는 여러분이 참을성이 있다는 것, 일을 끝낼 수 있다는 것, 흥미가 없는 분야에서도 열심히 일해볼 마음이 있다는 것을 보여줍니다. 어떤 괴로움이 있다 하더라도 꿈을 향해 정진할 마음의 준비가 되어 있음을 증명해주는 것이 학위 증서입니다.

두 번째는 뭔가를 실제로 배울 수 있을지도 모른다는 것입니다. 도그쇼에 참가한 개의 관점에서 우리는 교육의 두 가지 측면을 생각할 수 있습니다. 첫째는 교육을 감옥으로 보는 것입니다. 어떤 사회가 제대로 된 사회인지에 대해 끊임없이 우리를 세뇌하니까요. 그게 아니면 우리를 더 나은 인간으로 만들어줄 훈련의 장으로 생각할 수 있습니다. 드넓은 초원으로 나갔을 때, 우리가 배운 경험을 최대한 발휘할 수 있게 해주거든요.

세 번째는 두뇌에 좋기 때문입니다. 유용함을 떠나서 교육이 엄청난 양의 정보를 머리에 채우는 과정이라는 건 맞습니다. 그렇다면 그 과정이 우리를 똑똑하게 만들어줄 수도 있습니다. 단순히 지식이 증가하기 때문이 아닙니다. 어떤 일을 완수하기 위해서는 생각을 해야 하기 때문입니다. 미적분이나 신고전주의 예술에 대해 공부하는 것 말고 어느 정도 숙제만 해도 여러분의 뇌는 지금보다 더 잘 작동하게 될 것입니다.

조시의 세계정복 제안

결코 다른 사람들이 살 수 없는 20~30년을 살 수 있다면 여러분은 다른 사람들과 다른 2~3년을 살 용의가 있는가? 다시 말하면 여러분이 원하는 것을 위해 해야 할 일을 할 용의가 있느냐는 것이다. 이 질문에 '예스'라고 대답한다면 여러분은 앞으로의 인생을 위해 2~3년 동안 무엇을 할 수 있을까?

과대평가되었다 해도 분명 도움은 존재한다

그다지 흥미가 없는 부분에서도 우리는 관점에 대해 배울 수 있습니다. 그것은 관심 있는 몇 가지 주제를 이어 연결 고리를 찾는 것입니다. 20세기 초, 발칸반도의 외교적, 인종적 갈등이 어떻게 제1차 세계대전을 초래했는지, 이러한 역사가 프로그래밍이나 의학 등과 같은 분야에 영감을 줄 수도 있습니다. 광범위한 지식은 최소한 의사소통할 때 유용합니다.

저는 수학을 정말 싫어합니다. 계산을 하고 세금을 처리할 때 빼고는 거의 사용하지 않지요. 그런데 몇 년 전, 찰스 세이

프가 쓴 《위험한 생각의 일대기》라는 책을 읽었습니다. 그 책은 제로(0)라는 숫자에 대해서 이야기하고 있었습니다. 오래 전, 인간은 제로를 알지 못했다더군요. 사실 제로는 악으로도 여겨졌답니다. 제로가 있을 이유가 없었을지도 모릅니다. 누군가 땅이 얼마나 있느냐고 물으면, "나는 제로 땅을 가졌어요." 하고 대답하지는 않으니까요. 다행히 이 책에는 수학이 나오지 않습니다. 그런데 이 책은 숫자에 관한 책이었어요.

그 후, 저는 학교에서 수학을 좋아하는 사람들을 많이 만나게 되었습니다. 겉으로 보기에 우리에게는 공통 관심사가 없어 보였습니다. 그런데 제가 그 책 이야기를 시작하자 대화에 불꽃이 튀기 시작했습니다. 그 책이 제 관심 분야인 역사와 제가 싫어하는 분야인 수학을 연결시켜준 겁니다. 그리고 그것은 어쩌면 저와 영영 인연이 닿지 않았을 친구들을 연결시켜주었습니다.

필요한 그 무엇이 있다

어려운 수업에도 빠지지 않는 것이 좋습니다. 때로는 가장 어려운 수업이 가장 좋을 때가 있거든요. 제 친구 숀은 고등학교 졸업 성적이 2.6에 불과한 학생이었습니다. 하지만 SAT 성적은 우리들 중 최고였습니다.

고등학교 마지막 학년, 숀은 가장 어렵다고 알려진 영어 수업을 들었습니다. 선생님은 여름방학 때 에인 랜드의 《파운

틴헤드》를 포함, 네 권의 책을 읽는 숙제를 내주었습니다. 아는지 모르겠지만 《파운틴헤드》는 엄청난 분량의 책입니다. 게다가 건축에 관한 책이고 객관주의라고 알려진 철학적 개념에 초점을 맞추고 있습니다. 액션이나 애정도 없는, 진짜 읽기 힘든 책입니다.

당시 그 수업에서는 12편의 셰익스피어 희곡을 읽어야 했고, 한 주에 세 개의 에세이를 써야 했습니다. 물론 다른 책도 여러 권 함께 읽어야 했습니다. 그 수업은 숀이 들은 수업 중에 가장 어려운 것이었습니다. 학기 말에 30명의 영재 학생들 중 단 세 명만이 A를 받았어요. 고등학교 시절 평균 C를 받은 숀이 그 세 명 중 한 명이었습니다.

숀이 훗날 작가가 되기로 했을 때, 그는 그 영어 수업이 자신에게 큰 영감을 불어넣었다고 고백했습니다. 영재를 위해 개설된 그 힘들었던 수업이 다른 면에서 뛰어나지 않았던 숀에게 필요한 그것을 딱 안겨준 것이지요.

어떤 사람들은 공부하기에 적합한 유전자를 타고 태어나는 것 같습니다. 전혀 미루는 것 없이 엄청난 양의 숙제를 일사천리로 해나가는 사람들이 있지요. 그들은 벨트 컨베이어처럼 연속 A를 받아요. 그렇지만 그들을 로봇으로 분류할 수는 없습니다. 한 가지 구체적인 목표를 향해 뇌가 잘 작동되는 것뿐이니까요.

어떤 사람들에게는 학교 시스템이 그냥 안 맞기도 합니다.

참고로 그게 저입니다. 약간 뚱보인 데다 엄청난 괴롭힘을 당했던 저에게 학교는 사치일 뿐이었습니다. 그러나 어쨌든 살아남았습니다. 어쩌면 학교는 공부하는 것 이외에는 다른 할 일이 없는 몇 명의 소수를 위한 곳인지도 모르겠습니다. 물론 제가 아는 가장 똑똑한 사람 중 하나인 숀 같은 친구는 이런 것도 무난하게 극복했지만 말입니다.

그런데 학교가 정말 맞지 않을 수도 있습니다. 그럼 다른 길도 있다는 걸 생각하세요. 먼저 학교의 상담 교사와 얘기해 보세요. 일반 학교의 시스템이 여러분과 맞지 않는다고 생각되면 대안학교와 같은 다른 방법을 찾을 수도 있습니다. 어떻게 그런 곳을 찾아야 할지 모르겠다면 자신이 교육에 대해 느끼는 두려움에 대해 부모님과 대화하기를 바랍니다. 모든 학교가 다 로봇 공장은 아닙니다. 특히 여러분이 한 인간으로 일어섰을 때에는 말입니다.

20장

직업을 정복하는 법

일반적으로 성인은 하루에 14~16시간 정도 깨어 있습니다. 그중 반은 회사에서 일을 합니다. 물론 예외도 있습니다. 어떤 사람들은 살기 위해 투잡을 뛰기도 하고, 어떤 이들은 펀드에 목숨을 겁니다. 부모님에게 얹혀사는 사람들도 있고요.

통계적으로 말하면 일반인은 인생에서 33퍼센트 정도를 잠으로 보냅니다. 미국인들은 주말을 빼고 깨어 있는 시간의 평균 34퍼센트를 직장에서 보냅니다. 34퍼센트이면 어마어마합니다. 그러므로 자신의 세계를 지배하려면 직업을 심각하게 고려할 필요가 있습니다. 그렇지 않으면 그 34퍼센트의 시간은 아주 고통스럽고 지루할 테니까요. 그런데 엄밀히 말해 그 34퍼센트는 자신이 아니라 로봇의 보스를 위해 쓰고 있는 시간입니다.

이 장에서는 직업을 어떻게 정복하는지에 대해 알아보겠습니다. 그 엄청난 34퍼센트에 대한 이야기입니다.

이런 사람이 되긴 싫었어

어렸을 때에는 소방수나 공주가 되고 싶다고 쉽게 말합니다. 왜냐하면 그것이 선택 가능하다고 생각하기 때문입니다. 그러나 점점 혼란스러워집니다. 수천 가지의 직업을 생각해보세요. 그리고 그 직업에서 파생되는 수만 가지의 직업을 다시 생각해보세요. 그냥 선생님이나 의사가 될 수는 없겠지요. 어떤 과목의 선생님이 될지, 초중고 중 어느 학교의 선생님이 될지 알아야 합니다. 의사도 마찬가지입니다. 인체의 어느 부분을 치료할지, 그게 뇌인지 발톱인지를 알아야 합니다. 지금 예를 든 건 두 가지 경우의 수일 뿐입니다. 이걸 생각하다가 머리가 돌 수도 있겠어요.

지금 뭔가를 결정하려고 한다면 엄청난 정신적 압박을 받게 됩니다. 선생님 로봇이나 상담 로봇의 이야기처럼 여러분이 아무 생각 없이 무심코 먹은 점심 한 끼가 중요한 결과를 가져올 수도 있습니다. 미래에 좋은 대학에 가지 못하도록 할수도 있고, 그것이 결국은 완벽한 직장을 얻지 못하게 하는 결과를 낳을 수도 있습니다.

지금 내린 결정은 미래의 선택에 영향을 미칩니다. 물론 이것이 인생의 끝은 아닙니다. 그렇지만 어디로 갈지, 인생의 항로를 결정하는 데 있어서는 아주 유용합니다. 다른 사람들이 생각하지 못했던 단계를 우리는 지금 생각하고 있기 때문입니다.

《이상한 나라의 앨리스》에서 체셔 고양이는 이렇게 말합니다.

"여러분이 어디로 갈지를 모르는데, 어느 방향으로 가는지가 뭐 중요해요?"

그렇습니다. 어디로 가는지를 모르는데, 어느 방향으로 가야 하는지를 알 리가 없지요. 이 운명적인 상황에서 벗어날 수있는 방법을 지금부터 알려드릴게요. 마음을 가다듬으세요.

하고 싶지 않은 것을 찾는다

세상에 공주, 소방수, 오소리 사육사, 화장실 청소부의 네

가지 직업이 있다고 생각해봅시다. 여러분이 남자라면 공주는 될 수 없겠지요. 동화에서처럼 두꺼비에게 몇 번을 키스해도 그건 불가능한 일입니다. 목록에서 제외하는 방법은 무척이나 쉽군요. 이제 소방수, 오소리 사육사, 화장실 청소부가 남았습니다. 화장실 좋아하세요? 똥을 좋아하는지 묻는 겁니다. 싫어한다면 다시 항목은 반으로 줍니다. 이제 더 좋아하는 것을 고르면 됩니다. 불타는 건물에 뛰어드는 것과 오소리를 키우는 것, 둘 중 하나입니다.

물론 세상의 직업이 이렇게 간단한 것은 아닙니다. 세상에 있는 직업들을 모두 나열하여 하나하나 지워나가기는 힘듭니다. 하지만 조금 더 넓게 생각할 수는 있겠지요. 사무실 안에서 일할 것인가, 밖에서 일할 것인가? 상사가 있는 직장에 들어가고 싶은가, 자신의 사업을 경영하고 싶은가? 누군가를 위해 일할 수 없다면, 직업에서 많은 부분을 포기해야 할 것입니다.

조시의 세계정복 제안

인생에서 무엇을 하고 싶은지 찾고 싶다면 먼저 하고 싶지 않은 것부터 찾아낸다. 목에 칼이 들어와도 결코 할 수 없는 것을 다섯 가지만 나열해본다. 구체적으로 써본다. 다섯 개를 찾았다면 다섯 개를 더 써보자! 계속해서 쓸 수 있는 데까지 쓴다.

놀면서 돈을 번다

이제 직업의 목록에서 많은 것들이 지워졌을 겁니다. 그럼 남은 직업은 무엇인가요?

이것을 알기 위해서는 자신이 무엇을 잘하는지 알아야 합니다. 또한 무엇을 즐기는지도 알아야 하지요. 이건 쉬운 일이 아닙니다. 왜냐하면 여러분 중 누구는 밤새도록 정크푸드를 먹으며 게임하는 것을 좋아할 수도 있기 때문입니다. 그렇다면 성취감을 느끼는 것이 무엇인지를 생각해보아야 합니다. 어쩌면 그림, 음악, 수학, 대중 앞에서 강연하는 것이 될 수도 있을 것입니다. 무척이나 재미있게 느껴져서 심지어 일이라고 느껴지지 않을 정도의 것들을 생각하는 겁니다.

이게 바로 로봇적 사고방식을 무너뜨리는 방법입니다. 로봇적 사고방식에서 직업은 해야 할 일입니다. 로봇은 우리가 하루 여덟 시간을 뼈 빠지게 일하고 쥐꼬리만 한 월급을 받기를 바랍니다.

그들이 우리에게 알려주지 않은 중요한 사실이 하나 있습니다. 바로 자신이 사랑하는 일을 하면서 돈을 버는 사람들이 있다는 것입니다. 그 사람들은 자신의 미술 실력을 이용해 빌딩을 설계하고 만화책을 만듭니다. 그들 중에는 수학자, 의사, 아이돌도 있습니다. 반에서 오락부장을 하다가 지금은 돈을 받고 학교에서 강연을 해주는 저 같은 사람도 있습니다. 제가 쫓겨난 바로 그 학교에서 말이지요. 심지어 마운틴듀를

마시며 어떤 게임을 하는 것만으로 돈을 받는 사람들도 있습니다.

기타 연주자가 되고 싶다면 기타 연주를 할 수 있어야 합니다. 코드를 하나도 모른다고 해도 괜찮습니다. 연습하면 알게 되니까요. 결국 여러분이 연주를 잘하게 되면 사람들은 여러분에게 돈을 줄 겁니다. 솔직히 사람들이 여러분에게 질투심을 가질지도 모릅니다. 그러면서 "음, 당신이 너무 잘하기 때문에 돈을 줄 수밖에 없군요." 하고 말하겠지요. 그렇다고 해서 해외를 돌며 수많은 관객 앞에서 연주해야만 하는 것은 아닙니다. 어쩌면 세션이나 작곡가, 기타 강사, 영화음악을 하는 아티스트가 될 수도 있습니다. 기타 연주 하나에도 수많은 경우의 수가 있습니니다.

모든 것을 다 잘할 필요는 없다고 말하는 것으로 들릴지도 모르겠습니다. 제 말은 아무도 르브론 제임스가 대수학이나 17세기 중동 정치에 박식할 거라고 생각하지 않는다는 이야기입니다. 대신 농구에 능숙할 것이라고 생각하지요. 그렇지만 그것이 그가 농구 이외에는 아무것도 할 수 없다는 의미가 아닙니다. 그것은 그가 농구장에서 그 누구보다도 많은 시간을 보냈다는 것을 의미합니다. 왜냐하면 그것이 그가 사랑하는 것이고 그가 진정으로 잘하는 것이며 무엇보다도 그를 충만하게 하는 것이기 때문입니다.

조시의 멋진 팁

자기가 잘하는 것이 무엇인지를 알아내는 것은 어렵지 않다. 용기를 가지고 뛰어들어 달려 나가자. 어떤 악당들이 여러분에게 뭐라고 속삭이든지간에.

이제 조금 더 범위를 좁혀볼까요? 어쩌면 여러분은 잘하고 즐기는 네다섯 가지 정도를 생각하고 있지만 아직은 자신의 궁극적인 목표가 무엇인지에 대한 확신이 없을 수 있습니다. 시작하는 것에 대해 두려움을 느낄 수도 있습니다. 충분히 이해합니다. 그러나 그래도 일단은 시작해보는 겁니다.

조시의 세계정복 제안

만약 여러분이 100퍼센트 성공한다는 보장이 있다면 어떤 꿈이나 직업을 시도하겠는가? 공책에 구체적으로 적어보자.

그냥 해보는 거다

지금 해야 할 일은 다음에 해야 할 것을 시작하는 겁니다. 기다리지 마세요. 우리는 가끔 정확한 타이밍을 기다린다며 달려 나갈 시기를 늦추려고 합니다. 우리를 뒷걸음치게 하고 막아서는 장애물도 아주 많죠. 학교, 축구 연습, 일일 드라마 등 셀 수 없습니다. 그것이 아무 일도 아닌 것 같다고 느낄 수도 있습니다. 마치 동화에서처럼 누군가가 여러분의 귀에 달콤하게 속삭일지도 모릅니다.

"괜찮아. 언젠가는 네가 사랑하는 일을 하게 될 거야. 지금은 걱정하지 마. 나중에 해도 돼. 그러니 지금은 게임을 즐겨도 괜찮아."

그런데 이 속삭임은 귀신의 한 종류입니다. 때로는 실패를 생각하게 만들어 앞으로 나아가지 못하고 과거로 돌아가게 만듭니다. 사랑하는 일을 하지 못하게 하고 실패에 대한 두려움을 키우도록 만드는 게 이 귀신들입니다. 우리가 자신의 이야기를 받아들여 시기를 늦추도록 유도합니다. 우리는 그 귀신을 날려버려야 합니다. 더 이상의 기다림은 없습니다. 지금이 바로 가야 할 시간입니다.

비디오게임을 사랑한다면 그것이 어떻게 만들어졌는지 배워봅시다. 거대 소프트웨어 회사에 대해 알아보고, 무엇이 게임을 재미있게도 하고 재미없게도 하는지 생각해보는 것입니다. 게임에서 어떤 종류의 스토리가 인기를 얻는지, 여러분은 어떤 캐릭터를 좋아하는지도 생각해보세요. 모바일 게임에 대한 아이디어를 써보는 것도 좋습니다. 친구들이 좋아하는 게임은 무엇인지, 친구들과도 대화를 나눠보세요. 게임 리뷰나 잡지도 읽어보고요. 그러고도 게임 프로그래머가 되고 싶은가요? 작가, 비평가, 애니메이터 등 우리가 선택할 수 있는 옵션은 무궁무진합니다.

연주를 사랑한다면 연습하세요. 드럼 스틱이나 기타를 집어 드세요. 학교에서 음악 수업을 듣고, 개인 레슨도 받아보세요. 좋아하는 밴드의 노래와 앨범을 듣고 그 다음엔 모르는 밴드에 대해서도 알아보는 겁니다. 손가락에서 피가 날 때까지 연습도 해야죠. 해야 하기 때문에 하는 것이 아니라 원하기 때문에 하는 겁니다. 원하는 것을 할 때보다 행복한 성취감을 주는 것은 없습니다.

작문, 수학, 요리, 스포츠, 법 집행 등 모두가 똑같습니다. 우리가 연습하면 할수록, 참여하면 할수록, 실력은 나아질 겁니다. 기억하세요! 우리는 지금 목표를 향해 최선을 다해 나아가고 있습니다. 어쩌면 좋아하지 않는 밴드의 음악을 들어야 할 수도 있습니다. 하지만 그건 최고의 음악가가 되기 위한 하나의 과정입니다. 그런 과정을 리서치라고 합니다. 리서치를 통해 아는 것이 많아질수록 우리는 더 뛰어난 실력을 갖게 될 겁니다.

일하는 동안의 느낌도 중요합니다. 기타를 연주하는 것이

자신의
세계를
정복하는
방법

199

여러분을 강하게 느끼게 합니까? 육체적인 강함을 묻는 것이 아니라 정서적으로나 정신적으로 강해짐을 느끼는지 묻는 겁니다. 남은 인생 동안 기타를 연주할 수 있겠습니까? 그렇다면 깨어나세요! 그렇지 않다면 다른 능력을 키워야 합니다. 다른 뭔가를 시도하는 것이 두려워서 남은 인생을 기타 연주에 쏟아붓지는 마세요. 물론 힘든 시련의 시간도 있을 겁니다. 심지어 꿈에 그리던 일을 해도 어려운 시간들이 있습니다. 그러나 기술을 연마하고 노력할 때 강해진다는 느낌을 받지 못한다면 다른 일을 찾아봐야 할 겁니다.

이것이 여러분이 할 수 있는 유일한 길입니다. 우리는 다른 사람에게 억지로 음악을 사랑하게 할 수 없습니다. 발레를 강제로 보게 할 수도 없습니다. 우리가 그린 만화나 영화를 강제로 보게 할 수도 없습니다. 그러나 최선을 다할 수는 있습니다. 그렇게 마음을 다해 열심히 하면 우리는 전문가가 될 겁니다. 그것이 바로 자연스럽게 사람들로 하여금 듣고 보고 읽게 하는 방법입니다. 여러분을 사랑하는 사람들은 그렇게 생겨날 겁니다.

조시의 멋진 팁

여러분이 아무리 제대로 나아가고 있다 하더라도, 그 자리에 그냥 앉아버리면 치이고 말 것이다. 꿈을 향한 바로 그 길을 가고 있다 하더라도 노력하지 않고 주저앉아 있으면 절대 꿈을 이룰 수 없다.
　　　　　　　　　　　　　　　　　　　　　－윌 로저스

높은 장소에서 친구 찾기

우리는 직업을 찾는 일에 대해 많은 이야기를 했습니다. 이제 다른 한 가지를 말할 때가 되었습니다. 그건 17장에서 이야기한 친구 사귀기입니다.

사람들, 특히 해적들은 자기 혼자 잘나서 살아남았다고 생각합니다. 그들은 자신들이 상대방에 비해 더 재치 있고, 더 잘 놀고, 더 끈질기게 살아남아서 정상에 도달했다고 믿습니다. 하지만 사실이 아닙니다. 아무도 혼자서 살아갈 수 없습니다. 우리는 힘들 때 서로에게 힘이 되어주고 위로를 줄 수 있는 공동체를 필요로 합니다. 우리에겐 우리를 도와줄 그 누군가가 필요합니다.

열심히 일하는 것이 우리가 할 수 있는 유일한 길이라고 말했습니다. 그런데 한 가지가 더 있습니다. 그것은 자신이 좋아하는 것을 좋아하는 친구를 만드는 겁니다. 우리의 경력에서 동지는 큰 자산이 됩니다. 우리가 아는 모든 위대한 영웅의 곁에는 늘 든든한 동지가 있었습니다. 로빈 후드에서 레인보우 브라이트, 옵티머스 프라임에 이르기까지, 영웅에게는 동지가 있었습니다.

이렇게 생각할 수 있습니다. 얼마나 많은 사람을 알고 있나요? 몇 명 정도를 친구라 할 수 있지요? 한 20명 정도라 가정해봅시다. 그 20명에게는 여러분이 모르는 또 다른 20명의 친구가 있을 겁니다. 즉, 여러분은 어떤 의미에서 400명의 친구를 가지고 있습니다. 이건 마술이 아니라 수학입니다.

400명 중 몇 명은 여러분의 경력에 도움을 줄 수 있는 사람일 겁니다. 그럼 더 많은 사람을 안다면 도움을 줄 수 있는 사람도 늘어난다는 이야기가 됩니다. 하지만 모든 것이 인맥으로 이루어지는 것은 아닙니다. 때문에 경력 관리를 목적으로 사람을 사귀면 안 됩니다. 그것은 마치 닌자나 해적같이 출세에만 눈이 먼, 완전 재수 없는 사람으로 전락하는 길입니다.

도움을 청한다

루크 스카이워커, 다스 베이더, 가라테 키드, 엑스맨의 공통점은 무엇일까요? 그들에겐 모두 멘토가 있었습니다. 루크에게는 오비완 케노비와 요다, 다스 베이더에게도 오비완 케노비와 요다가 있었죠. 물론 나중에 나쁜 편인 황제를 위해 그들을 저버렸지만요. 가라테 키드에게는 미야기 씨가, 엑스맨에게는 자비에 교수가 있었습니다. 자신의 경력을 지배하고 싶다면, 여러분도 멘토를 가져야 합니다.

멘토가 부자나 유명인일 필요는 없습니다. 여러분이 존경할 수 있는 똑똑한 사람으로, 여러분을 옳은 방향으로 이끌 수 있는 몇 가지만 알고 있어도 충분합니다.

그렇다면 어떻게 멘토를 찾을 수 있을까요? 간단합니다. 물어보는 것입니다. 아주 쉬운 일이지요. 그들이 아주 못됐거나 엄청나게 바쁘지만 않다면, 대부분의 사람들은 우리를 도와줄 겁니다. 최소한 그들은 우리에게 이메일을 보내 몇 가지 조언이라도 해줄 겁니다. 이제 여러분이 해야 할 일은 여러분과 비슷한 일을 하는 사람을 찾는 것입니다.

그런 사람을 찾지 못한다고 해서 걱정할 필요는 없습니다. 우리에겐 '사이버 공간'이 있습니다. '온라인'으로 가서 적합한 사이트를 검색하면 됩니다. 만약 비디오게임 디자이너가 되기를 원한다고 해보죠. 그럼 좋아하는 비디오게임 회사를 찾으면 됩니다. 그리고 거기에 이메일을 보내는 겁니다. 이렇게 쓰면 됩니다.

'제 이름은 ○○○입니다. 저는 비디오게임 디자이너가 되고 싶습니다. 제 꿈을 이루기 위해 이메일을 통해서 조언 받을 수 있는 비디오게임 디자이너가 있을까요?'

심지어 어떤 경우에는 만날 필요도 없습니다. 이메일이나 전화를 통해 그 사람이 가진 통찰력을 얻을 수 있습니다. 만약 운 좋게 자신이 원하는 일을 하고 있는 사람을 만난다면, 물어보면 됩니다. 아마 97퍼센트의 사람들은 여러분을 도와줄 겁니다. 어쩌면 그들이 일하는 곳에서 도움을 받을 수 있을지도 모릅니다.

관심

만약 여러분이 경력을 쌓기 위해 로봇이 가득한 곳으로 가야 한다면 그곳이 어디인지 분명히 알아야 합니다. 약간의 스파이 활동이 필요할지도 모릅니다. 우리가 생각하는 것과 달리 최고의 스파이는 제임스 본드가 아닙니다. 스파이들은 턱시도를 입거나 헤드라이트에 기관총을 장착한 차를 운전하지 않습니다. 최고의 스파이들은 자신이 진입하는 곳의 문화를 잘 아는 사람입니다. 그들은 원하는 것을 얻기 위해 다른 나라의 관습과 언어를 사용합니다. 또한 주위 환경에 잘 적응합니다.

여러분도 주변을 잘 이해할 필요가 있습니다. 다른 사람의 이야기를 잘 듣고 존중해야 한다는 의미입니다. 이는 여러분을 도울 수 있는 사람들과 네트워크를 구축한다는 의미입니다. 심지어 로봇에게도 적용됩니다. 악당을 잘 이해할수록 그들의 공격을 더 쉽게 피할 수 있습니다. 이것이 직장을 얻는 방법이자 인터뷰를 잘하는 방법입니다.

악수를 잘하는 것, 깔끔하게 옷을 입고 똑 부러지게 말하는 것은 구식처럼 보입니다. 그러나 그런 행동들이 자신감을 보여주는 것도 사실입니다. 옷을 제대로 차려입었다는 것은, 일에 대해서도 그만큼의 관심을 보인다는 뜻이 됩니다. 말을 분명하게 하면 다른 사람이 더 잘 이해하고 귀를 기울일 것입니다. 시선을 맞추는 것은 여러분이 상대를 두려워하지 않는다는 것을 보여줍니다. 인터뷰나 회의에 10분 일찍 도착한다면 여러분은 믿을 만한 사람이라는 인상을 심어줄 수 있습니다. 여러분이 이런 일들을 제대로 할 수 있다면, 여러분은 이미 첫인상에서 합격점을 받은 것입니다. 별것 아니라고 생각할지 모르지만 이런 행동들은 여러분의 생각보다 더 큰 의미를 가집니다.

존경하고 존경받는 것은 단지 겉모습으로 이루어지지 않습니다. 거기에는 세심한 주의가 필요합니다. 상대의 대답을 들어주는 것도 마찬가지입니다. 만약 자신이 활달한 성격이라면, 조금 침착한 모습을 보이고 상대에 대해 알려고 노력해야 합니다. 수줍음을 잘 탄다면, 오히려 그건 문제가 되지 않습니다. 앉아서 들어주는 것은 누워서 떡 먹기일 테니 말이죠. 도움을 받기 위해 일부러 속이거나 거짓으로 뭔가를 위장하라는 것이 아닙니다. 진심으로 상대에게 관심을 가지라는 말입니다. 그들이 이야기를 할 수 있도록 하고, 그들의 이야기를 들어주면 그들은 여러분을 좋아하게 될 겁니다. 친절하게 그들을 존경으로 대하면, 그들도 똑같이 여러분을 대할 겁니다. 설령 여러분을 잘 대해주지 못한다 해도, 여러분의 행동은 절대로 무시되지 않을 겁니다.

이런 행동은 구직 면접에서 특히 중요합니다. 면접에서는 최고의 모습을 보여야 합니다. 따라서 좋은 매너, 깔끔한 셔츠, 타이와 함께 마음 자세들을 준비해가야 할 것입니다.

여러분이 받을 질문들에 대해서도 생각해보아야 합니다. 면접관이 향후 5년 계획이나 여러분의 가장 큰 결점에 대해 물을지도 모릅니다. 이때 게으름 같은 건 절대 말하지 마세요.

그리고 비밀 정보 한 가지. 여러분이 일할 회사에 대해 미리 조사해보세요. 어떤 일을 하는 회사인지, 어떻게 일하는지, 회사에 관한 것은 무엇이든 공부하는 것이 좋습니다. 인사 담당 부장이 "혹시 우리에게 질문 있나요?" 하고 물을지도 모르거든요. 면접관들은 항상 이런 질문을 합니다. 그건 여러분의 관심도를 알아보기 위한 일종의 테스트라고 할 수 있습니다. 그러면 여러분은 "네, 이 회사는 2007년 5월에 역대 최고의 분기 이익을 달성했는데요. 소비자들의 관심이 증대됐기 때문입니까, 밀밭이 있는 네브래스카의 연방 세금 제도를 바꾼 결과입니까?" 하고 질문할 수도 있습니다.

이러한 질문이 꼭 좋다는 건 아닙니다. 중요한 것은 여러분이 숙제를 해왔다는 것이지요. 이런 것들은 여러분을 표현하는 또 다른 요소가 될 것입니다. 모르긴 몰라도 그들도 정말 좋아할 겁니다.

2년간의 휴식

'모두 좋고 잘되어가고 있다.' 마음속으로 이렇게 말할 수 있겠지요. 하지만 아직 끝난 게 아닙니다. 응급실에서 하루를 보내고 난 의사도 이 일이 자기에게 맞지 않는다고 생각할 수 있습니다. 경찰이되어 총을 들고 다니는 것은 멋진데, 제복은 마음에 들지 않을 수도 있습니다. 그리고 아직 뭘 해야 할지 모를 수도 있습니다.

이런 상황은 고등학교나 대학을 졸업하자마자 겪을 수도 있습니다. 그렇지만 당황하지 않기를 바랍니다. 인생은 아직 끝난 게 아니고 여러분은 실패자가 아닙니다. 그저 아직 어떤 꿈을 좇아야 할지 발견하지 못했을 뿐입니다.

만약 여러분이 그런 경우라면, 여기 그것을 해결해줄 표가 있습니다. '2년 휴식' 표입니다. 2년 동안의 휴식기를 어떻게 보내야 하는지 알려드리지요. 먼저, 경제적 약속은 하지 마세요. 차를 사지도 빚을 얻지도 마세요. 일이 제대로 될 때까지는 생활수준을 낮추어야 합니다. 캐비어나 랍스터 대신 저렴한 식당을 찾고, 돈은 다른 곳에 써야 합니다.

아트 쇼에도 가고, 책도 보고, 자신이 원하는 것들을 배워보는 겁니다. 흥미 있는 일의 인턴이 되는 것도 좋고, 여행을 하면서 바깥세상을 보는 것도 좋습니다. 이 과정에서 우리가 목표하는 것은 입력입니다. 여러분이 만날 수 있는 모두에게 가서 그들의 이야기를 듣고 그걸 머릿속에 입력시키는 겁니다. 스펀지가 물을 빨아들이는 것처럼 이 모든 경험을 흡수하고 빨아들이는 거죠.

그런데 만약 2년 후에도 여전히 혼신을 다하고 싶은 뭔가를 발견하지 못했다면, 혼자 사는 것이 나을 수도 있습니다. 그러나 그런 일은 거의 일어나지 않을 겁니다. 그리고 뭔가를 찾았다면 그것을 더 파고들어가는 겁니다. 조언을 듣고 따르며 다시 시작해봅니다. 어떻게 목표를 달성할 것인지에 대한 책도 읽어야 할 겁니다.

좋은 것 vs 위대한 것

이제 몇 년이 흘렀다고 생각해봅시다. 여러분은 인턴십을 통해 일도 좀 했고, 자신에게 진정한 목적의식을 갖게 하는 일에 빠져 지냈습니다. 여러분은 충분한 수업료를 지불했습니다. 돈을 많이 벌지는 못해도 사랑하는 일을 하고 있다며 기뻐하고 있습니다.

여러분은 자신을 평균 이상이라 여길지 모릅니다. 그런데 그것이 나를 불안하게 합니다. 평균 이상의 의미는 도대체 뭘까요? 좋다는 것은 뭘까요? 내가 생각하는 평균은 반이 아닙니다. 키를 예로 들면 평균은 허리가 아닙니다. 적어도 입술, 아니면 코나 눈까지입니다.

절대로 평균 이상이라는 것에 안주하지 마세요. 결코 좋은 정도로 그치지 마세요. 경영학자 짐 콜린스의 명저《좋은 기업을 넘어 위대한 기업으로》에서는 좋은 기업과 위대한 기업의 차이를 다르게 정의합니다. 그는 책에서 이렇게 역설합니다.

"위대한 것이 평범한 것을 지속시키는 것보다 더 많은 고통을 요구하진 않는다. 더 힘들지도 않고, 성과는 더 좋아지고, 그 과정은 신날진대, 훌륭한 것을 향해 나아가지 않을 이유가 어디 있겠는가?"

많은 사람들이 좋은 것만으로도 충분하다고 생각합니다.

그러나 그건 그렇게 생각하는 사람들에게만 해당되는 이야기일 뿐입니다. 우리는 그렇지 않습니다. 이 세상은 위대함과 특출함을 원합니다. 그러나 많은 사람들은 그것에 훨씬 못 미치는 곳에서 그냥 안주하고 맙니다.

귀신은 우리에게 포기하고 쉬운 길을 가라고, 당신은 그런 사람이 아니라고 말할지도 모릅니다.

조시의 멋진 팁

나는 게임에서 9,000번 이상 슛을 성공시키지 못했다. 300번 졌고, 게임을 뒤집을 수 있는 슛 기회에서 26회 실패했다. 나는 인생에서 실패를 몇 번이고 되풀이했다. 그러나 그것이 내가 성공한 이유이다.   ― 마이클 조던

그러나 우리가 들어야 할 소리는 다른 겁니다.

"여러분은 이 일을 하기에 최고야. 여러분보다 이 일을 더 잘할 사람은 없어. 이 일을 해내는 것에 그치는 것이 아니라, 최고가 될 수 있어. 여러분은 심지어 가족이나 주변 사람은 물론 세상을 바꿀 수도 있어. 여러분은 이런 일을 하기 위해 태어난 것이니까."

이 목소리를 들어야 합니다. 이 목소리가 바로 우리를 움직이게 하는 소리이고 진실입니다.

자신의
세계를
정복하는
방법

21장

목표를 정복하는 법

나는 계획 짜는 걸 좋아합니다. 최고의 데이트 계획이든, 친구들과의 멋진 주말 계획이든, 한 해의 계획이든, 계획이 있으면 모든 일은 훨씬 잘 이루어집니다. 물론 만일의 갑작스러운 변수에 의해 변화가 있을 수도 있습니다. 사실 나 스스로 이걸 알게 되기까지는 시간이 좀 걸렸습니다. 그렇지만 한 번 배운 이 교훈은 평생 가고 있습니다.

다음 질문에 답을 해보세요.

'만약 여러분이 어디로 가는지를 모르는데, 도착하고 나서 그곳이 맞는 곳인지 알 수 있겠어요?'

말장난 같지만 대답은 분명합니다. 모른다는 겁니다. 이제 그 이야기를 하겠습니다.

꿈을 꾸는 것만으로는 충분하지 않다

'꿈'에 대한 오해를 짚고 넘어가야 할 것 같습니다. 영웅은 꿈을 꾸지 않습니다. 꿈은 잠자는 사람이 꾸는 겁니다. 무슨 이야기인지 궁금할 테지요.

깨어 있는 사람은 목표를 가집니다. 마틴 루터 킹은 인종 평등에 대해 "나는 꿈이 있습니다." 하고 말했습니다. 그러나 그는 깨어 있었고 뭔가를 실제 행동에 옮겼습니다. 여러분에 게는 놀라운 일을 하거나 뛰어난 사람이 되고 싶은 꿈이 분명히 있을 겁니다. 그런데 실제로 그것을 이루기 위해 무엇을 하고 있지요? 여러분은 지금 깨어 있나요, 아니면 자고 있나요?

찰스 디킨스의 소설만큼이나 복잡한 계획이든 메모장이나 스타벅스 냅킨에 끄적거린 계획이든 상관없습니다. 앞으로 60년간의 목표든 세 시간 동안의 목표든 상관없습니다. 계획을 짰다는 것만으로도 우리는 무언가를 시작했다고 할 수 있습니다. 계획은 골격을 만들 때나 집중력을 잃었을 때, 우리가 다시 초심으로 돌아갈 수 있는 동기를 줍니다.

작은 것에서부터 시작하는 겁니다. 어떤 진로를 택할지, 어디에 어떤 집을 지을지, 지금 결정할 필요는 없습니다. 지금 할 수 있는 것부터 시작하면 되니까요.

귀신

좀비

시작하는 법을 알아보겠습니다. 먼저, 할 일 목록을 작성합니다. 너무 어렵거나 자세히 만들지는 마세요. 원하는 일을 중심으로 일련의 목록을 만들 수 있을 겁니다. 최대 세 가지 정도가 적당하다고 생각합니다. 대신 실제로 할 수 있는 일이어야 합니다. 구약성서처럼 길고 엄청나다면 시작도 못하고 포기하게 될 테니까요. 그러고는 하루 종일 게임만 하고 있겠지요.

그리고 다음날 일어나서 그 리스트를 보고, 스스로에게 물어봅니다.

"내가 오늘 이 중 한 가지만 한다면, 무엇을 했을 때 기분이 가장 좋을까? 무엇을 하면 오늘 하루가 아주 생산적이었다고 느끼게 될까?"

다음은 질문에 따라 무언가를 선택하는 겁니다. 그리고 정오 전에 그 일을 마치는 거죠. 블로그나 미니홈피에 게시물을 쓰는 일일 수도 있고 역사 시험 공부가 될 수도 있습니다. 아니면 수학 시간에 선망의 눈길을 보내기만 했던 여학생과의 데이트가 될 수도 있고요. 무엇이건 간에 그날 끝내기로 마음을 먹어야 합니다. 늦추면 안 됩니다. 모든 것을 다할 필요는 없습니다. 딱 한 가지만 하는 겁니다. 그날 밤 침대에 누워 하루를 되돌아보며 "난 오늘 이 일을 마쳤어." 하고 말할 수 있어야 합니다.

조시의 멋진 팁

계획에 실패하는 사람은 실패를 계획한다.　　　　　- 속담

일을 진행시키는 것이 중요하다

몸무게 때문에 고민하는 친구가 있었습니다. 그래서 헬스클럽에 등록하여 개인 트레이너와 운동을 시작하기로 했습니다. 첫날, 트레이너는 그 친구가 토할 때까지 운동을 시켰습니다. 결과는 어땠을까요? 다음날 그 친구는 근육이 찢어져 다리를 들어올릴 수도 없었습니다. 친구는 다시는 헬스클럽에 가지 않았습니다.

그렇지만 그는 여전히 자신의 체중에 만족할 수 없었습니다. 그래서 집에서 조금 먼 다른 헬스클럽을 찾았습니다. 그곳에도 트레이너가 있었습니다. 그런데 이 트레이너의 방법은 조금 달랐습니다.

자신의
세계를
정복하는
방법

"제 생각에는 15분 정도 운동했으면 해요."

첫날, 트레이너는 이렇게 말했습니다. 물론 다음 말을 덧붙였지요.

"하지만 내일 꼭 다시 와야 합니다."

친구는 의아스러운 눈초리로 트레이너를 쳐다보며 말했습니다.

"그게 전부예요?"

트레이너는 고개를 끄덕였습니다. 친구는 그날 10분 정도 자전거를 타고 5분 정도 근력 운동을 한 후, 집으로 돌아갔습니다. 그 정도 운동은 친구에게도 어렵지 않았기 때문에 친구는 다음날 다시 헬스클럽에 갔습니다.

"다시 봐서 기뻐요."

트레이너는 미소를 지으며 말을 이어나갔습니다.

"이것은 당신의 계획입니다. 당신이 매일 원하는 만큼 운동하시면 돼요. 10분이 될 수도 있고 두 시간이 될 수도 있습니다. 그러나 매일 와서 뭔가를 해야 합니다."

그해가 끝나갈 무렵, 친구는 1톤 정도 살을 뺐습니다. 너무 심한 과장을 했군요. 하지만 그의 몸은 정말 좋아졌습니다. 자전거로 2,700마일(약 4,345킬로미터)을 달려 전국을 완주하기도 했습니다. 재미로 말이에요.

한번 생각해보세요. 만약 친구가 '나는 자전거로 2,700마일을 달려보고 싶은데.' 하며 매일 자전거 여행에 대해 생각했다면 그는 늘 자신이 뒤처져 있다고 생각했을 겁니다. 몸을 혹사시켰을 테고 끝내는 포기했겠죠. 그러나 하루 10분 운동은 그리 나쁘지 않았습니다. 요점은 천 리 길도 한 걸음부터라는 겁니다.

뚜벅뚜벅 가는 거다

계획의 가장 큰 문제는 여러분이 원하는 대로 되지 않는다는 것이겠지요. 머피라는 사람은 그런 걸 법칙으로 만들기도 했습니다. '잘못될 일은 어떻게 해도 잘못된다.'

머피가 좀비계의 왕처럼 보이는군요. 하지만 괜찮습니다. 원래 그런 거예요. 그래도 계획은 필요합니다. 중요한 건, 한 치의 오차도 없이 계획이 진행되는 것은 아니라는 사실입니다. 계획을 수행하는 중에는 가시밭길과 산처럼 높은 장애물이 나타날 겁니다.

물론 계획을 짜는 것만으로는 계획을 이룰 수 없습니다. 스케치북에 우주선을 그리는 것만으로 우주비행사가 되지는 않습니다. 하지만 계획이 있다면 갑자기 장애물이 툭 튀어나왔을 때, 그냥 앉아서 울지는 않을 겁니다. 그건 아기들이나 하는 행동입니다. 말 그대로 아기들은 울면서 누가 맛있는 걸 입에 넣어줄 때까지 기다릴 뿐입니다.

중요한 건 적응입니다. 에베레스트처럼 높고 험한 걱정거리가 생기면 일을 멈추고 잠시 생각해보는 겁니다. '어떻게 하면 다른 방향으로 돌아갈 수 있을까?' 여러분은 그냥 산을 탈 수도 있고 돌아서 갈 수도 있고 셀파를 고용해 헬리콥터를 타고 갈 수도 있습니다. 아니면 더 창의적인 방법으로 갈 수도 있겠죠. 핵심은 어떻게든 간다는 겁니다. 산이 없어지기를 바라면서 몸을 꼬거나 훌쩍거리지 말라는 얘기입니다.

좋은 이야기를 만드는 건 갈등과 모험이라는 걸 명심하세요. 모험과 스릴이 있는 〈스타워즈〉를 보고 싶나요, 아니면 루크 스카이워커라는 애처로운 아이가 타투니라는 농장에서 일하다 죽는 영화를 보고 싶나요? 물론 후자는 황량한 모래 행성에서 지루하게 살다 간 사람에 대한 흥미로운 다큐멘터리 정도는 될 수 있겠죠. 그렇지만 절대 〈스타워즈〉는 될 수 없습니다.

이제 목표를 설정하는 겁니다. 계획을 갖는 거예요. 그리고 일을 진행시키세요. 그래서 자신이 누구이고 강점이 무엇인지 잘 알게 되면 마음을 바꿔도 괜찮습니다. 그러나 절대로 쉽게 포기해서는 안 됩니다. 그렇게 하면 결코 세계를 정복할 수 없습니다.

22장

돈을 정복하는 법

조심하지 않는다면 돈은 우리를 집어삼키고 말 것입니다. 솔직히 말해서 대부분의 선진국은 돈의 노예가 되어 있습니다. 그런데 다들 그게 정상이라고 생각합니다.

다른 모든 것과 마찬가지로 돈에 관해서도 계획이 필요합니다. 그렇지 않으면 정복은 실패하고 맙니다. 만약 돈에 관한 계획이 있다면 어려워도 교훈을 얻을 수 있습니다. 하지만 계획이 없다면 지루해하고 실패하며 감옥에서 종말을 고하게 되겠지요. 제가 바로 그 교훈입니다.

돈과 관련된 가장 일반적인 형태의 악당들

로봇　　　　닌자　　　뱀파이어　　　강아지

조시의 이야기 시간

　18세 때의 일입니다. 누군가가 제게 수표를 주었습니다. 미국에는 수표책이 있습니다. 일종의 신용카드입니다. 저는 공돈이 생겼다며 그 수표를 써대기 시작했습니다. 무척 갖고 싶었지만 일하기 싫어서 사지 못한 옷, 음반, 그리고 DVD까지 몽땅 샀습니다. 엄청난 재정적 위기를 겪기 전까지 10,000달러 이상의 수표를 남발했습니다.

　어느 날 수표를 남발해서 산 음악을 들으며 운전하던 중 경찰에게 잡혔습니다. 규정 속도가 시속 55마일인 곳에서 70마일로 달렸기 때문입니다. 그래서 200달러를 벌금으로 내야 했습니다. 하지만 주머니에는 땡전 한 푼 없었습니다. 더 나쁜 소식은 자동차 보험료 낼 돈을 다른 곳에 써버려서 자동차 보험에 가입되어 있는지도 의심스러운 상황이었다는 겁니다. 더욱이 오클라호마에서 보험 없이 운전하는 건 형사 범죄였습니다. 제가 할 수 있는 일이란 맘씨 좋은 경찰이 그걸 모르도록 기도하는 것뿐이었습니다.

"차 밖으로 나와주십시오. 속도위반보다 더 큰 문제가 있습니다."

그는 저를 순찰차 뒤로 오게 한 후, 트렁크에 손을 얹으라고 했습니다. 그러고는 제 손목을 등 뒤로 돌려 수갑을 채웠습니다.

다음에 간 곳은 어디냐고요? 그래요. 감옥에 갔습니다. 죄수가 된 겁니다. 범죄자, 중죄인, 죄수, 무법자, 연체자, 그런 사람이 된 거죠. 누구의 잘못일까요? 바로 제 잘못이었습니다. 그 누구도 원망할 수 없었습니다. 수표책이나 현금인출기가 늘 돈이 인출되는 마법 기계가 아니라는 걸 알려주지 않은 학교를 원망할 수도 없었어요. 병원에 저를 두고 떠나버린 부모님을 원망할 수도 없었죠. 그들이 그렇게 떠났기 때문에 제가 돈에 대해 배우지 못했다고 원망할 수는 없었어요. 비난받아 마땅한 사람은 제 자신이었어요. 저는 한 번도 돈에 관한 계획을 세우지 않았습니다. 그 결과 엄청나게 어려운 과정을 거쳐 교훈을 얻게 되었습니다.

그날 이후 저는 제 인생에서 중대한 변화를 겪게 됩니다. 감옥에서의 그날 밤은 완전히 저를 흔들어놓았어요. 이제 재무 계획을 세우고 빚을 해결해야 했습니다.

돈을 쓰는 습관 때문에 문제를 겪어본 적이 있나요? 그렇다면 그건 지출에 대해 계획을 세워본 적이 없기 때문일 겁니다. 어쩌면 너무 늦었을지도 모릅니다. 이미 재정과 관련된 최악의 결정을 했을지도 모르겠습니다. 그게 혹시 돈 귀신에 홀려서일까요? 돈 귀신이 저를 홀리긴 했지만 저는 극복하는 방법을 터득했습니다. 그 방법으로 여러분을 돕고 싶습니다. 여러분은 저처럼 어렵게 이 일을 배울 필요가 없습니다. 이제 저의 재정 계획을 여러분과 공유하려 합니다. 이는 또한 젊은 시절, 누군가가 제게 해주기를 바랐던 조언이기도 합니다.

돈은 여러분을 행복하게 할 수 있다

'돈이 여러분을 행복하게 만들 수 없다'는 말을 들어봤나요? 그건 거짓말입니다. 저는 돈이 실제로 엄청난 행복을 가져다준다는 것을 압니다. 돈을 나눠주면 되거든요.

"조시! 지금 내 돈을 나눠주라는 거야? 미쳤어?"

맞습니다. 그렇게 생각할 수도 있습니다. 그러나 잠깐만 참고 얘기를 좀 들어보세요.

헤이조시 지식 연구소 과학자들의 계산에 따르면, 평범한 10대에게는 평균 20달러의 돈이 있다고 합니다. 지금 당장 여러분에게 그 정도 돈이 없을 수도 있지만 여기저기 굴러다니는 동전을 다 모아보면 그 정도 될 겁니다.

부탁을 하나 하겠습니다. 원을 그리고 그 밑에 '세계'라고 쓰세요. 그리고 원 가운데 선을 그어 원을 반으로 나눠주세요. 그 반원에 '$2'라고 쓰세요. 왜냐고요? 세계의 절반에는 2달러로 하루를 연명하는 사람들이 있기 때문입니다. 이 이야기는 잠시 뒤에 다시 하겠습니다.

여러분이 추악하고 악취가 나는 엄청난 부자라고 생각해보겠습니다. 그러나 자신은 그것을 느끼지 못할 수도 있습니다. 왜냐하면 사람들은 항상 더 많은 돈이 있어야 한다고 말하기 때문이죠. 그러나 실제로 여러분은 부자입니다. 2달러 정도를 쓰는 게 얼마나 쉬운지 생각해보세요. 그런데 그 돈은 지구의 절반을 매일 먹여 살리는 돈입니다. 오늘은 2달러로 뭘 샀나요? 콜라? 아이튠즈의 텔레비전 드라마, 아니면 베이컨치즈버거나 감자칩? 2달러 미만으로 살 수 있는 걸 생각하는 것보다 2달러를 쓰는 게 더 쉬울지 모릅니다. 또 이렇게 말할 수도 있겠죠.

"그래, 좋아요. 나한테 돈이 좀 있어요. 하지만 내 돈인데, 그걸 왜 남에게 나눠줘야 해요?"

맞아요. 그건 당신 돈이에요. 그리고 당신이 번 돈이지요. 그러니까 원하는 대로 쓰면 돼요. 이제 됐나요?

세상은 가능한 많은 돈을 가지고 싶어 하는 악당의 무리로 득실댑니다. 닌자들은 돈을 줄 것처럼 사람들을 속입니다. 로봇은요? 로봇은 일만 해서 최대한의 돈을 모으도록 프로그램화되어 있습니다. 그들은 돈만 충분히 있으면 실제로 세계를 지배할 수 있다고 믿습니다. 사람들은 돈을 더 벌고, 어떻게 하면 덜 쓸지를 고민합니다. 물건은 더 많이 팔면서 종업원에게는 더 적은 월급을 줄 궁리를 합니다. 돈을 벌기 위해 사람들이 받는 스트레스를 생각하면, 거의 모든 사람들이 돈의 노예가 되었음을 알 수 있게 됩니다. 전 어떤 것에도 노예가 되고 싶지 않아요. 여러분은 어떤가요?

누가 뭘 지배한다고?

여러분은 돈을 지배하고 있습니까? 아니면 돈에 관한 세상의 담론에 지배 당하고 있습니까? 여러분이 실제로 돈을 한 푼도 나눠주기 싫다면 그건 여러분이 돈의 노예가 되었기 때문입니다. 여러분과 상관없는 이야기가 아닙니다. 또한 액수의 문제가 아니라 정신의 문제입니다. '돈의 노예'를 만드는 뇌파 장치를 버리고 자유로워질 수는 없을까요? 돈을 그냥 좀 나눠주면 안 될까요? 도대체 그게 왜 안 될까요?

행복해지고 싶습니까? 그러면 여러분이 정말, 진정 관심 있는 것에 돈을 투자하세요. 가족 중 누군가 암으로 사망했다면 치료법을 찾는 데 도움을 주고 싶을지도 모릅니다. 베푸세요.

어쩌면 작은 모기 때문에 말라리아에 걸려야 하는 아프리카의 아이들에게 예방주사를 놔주고 싶을지도 모르겠습니다. 나눠주세요.

어떤 마을에 염소 한 마리를 사주고 싶을지도 모릅니다. 그 염소가 몇 년 동안 마을 사람들에게 우유를 제공해줄 겁니다. 그렇게 하세요.

지금까지 여러분은 돈을 쓰는 것에 대해 독창적이었을 겁니다. 이제는 돈을 나눠주는 데 있어 창의성을 발휘할 때입니다.

여러분이 전 세계를 지배할 수는 없습니다. 다른 사람들이 쓰는 돈도 지배할 수 없습니다. 그러나 자신의 인생, 자신이 쓰는 돈은 컨트롤할 수 있습니다. 자신의 인생을 지배하기로 결정했다면, 돈의 노예가 되지 않는 세상이 아름답다는 것을 기억하세요. 저는 이 세상이 눈을 떠 가난을 보고 그것에 대해 무엇인가를 하는 세상이 되었으면 좋겠습니다.

조시의 멋진 팁

우리는 우리가 번 것으로 먹고살지만, 우리가 베푸는 것으로 삶을 만들어간다.　　　　　　　　　 ─ 윈스턴 처칠

수백 명의 사람을 먹여 살릴 수 없다면, 한 사람이라도……. 　　　　　　　　　　　　　　　　　　　 ─ 테레사 수녀

'빚'이라는 구렁텅이

숨을 잠시 멈춰보세요. 여러분은 곧 여러분이 특별해졌다는 것을 알리는 하얀 봉투를 받게 될 겁니다. 봉투 안에는 신용카드를 만들 수 있다는 내용이 들어 있어요. 그 편지는 인체에 무해하고 재미있기도 합니다. 심지어 여러분이 성인이 되었다고 느끼게 할 수도 있습니다. 그런데 정말 이 편지가 의미하는 것은 뭘까요? 그건 닌자 신용카드 회사가 여러분을 바보, 천치로 사전에 승인했다는 겁니다. 그들은 여러분이 어

릴뿐더러 재무 계획 같은 건 모른다고 생각합니다. 그래서 악당들이 여러분의 세계를 지배하기를 원하겠죠. 그들은 여러분이 작고 귀여운 플라스틱 카드인 닌자 회원 카드에 가입하고자 하는 욕망을 부추길 겁니다.

그걸 원하나요? 그렇다면 나 조시도 여러분에게 사전 승인을 해드리죠.

조시의 사전 승인

- 여러분이 그 편지를 뜯지도 않고 쓰레기통에 처박는 것을 나는 사전 승인한다.
- 여러분이 부모님의 잔디 깎는 기계에 그 봉투를 넣어 분쇄해도 좋다고 나는 사전 승인한다.
- 여러분이 그 무력한 종이를 불 속에 던지고 거기에 침 뱉는 것을 나는 사전 승인한다.
- 여러분이 자신의 삶을 컨트롤할 것과, 정장 차림으로 뉴욕시의 마천루 58층에 앉아 있는 닌자 기업의 임원이 여러분의 세계를 지배하고 돈을 빼앗는 것을 허락하지 않는다고 나는 사전 승인한다.
- 여러분이 부채 때문에 이미 결정된 삶이 아니라, 자유롭게 인생을 누리는 것을 나는 사전 승인한다.

'여러분도 '빚'이 무엇인지는 잘 알 겁니다. 겨우 한 글자에 불과한 이 '빚'에는 엄청난 음모가 숨어 있습니다. 다음은 빚의 몇 가지 특징입니다.

빚은 여러분에게서 모든 것을 빼앗아갑니다. 빚이라는 것은 여러분이 필요하지도 않은 것을 살 때 발생합니다. 그것도 없는 돈으로, 단지 모르는 누군가를 감동시키기 위해서 말입니다. 이것은 자신의 세계를 지배하려는 우리와 전혀 맞지 않는 이야기입니다.

다시 한번 설명하죠. 여러분이 100달러짜리 옷을 사기 위해 신용카드를 사용하는 경우, 여러분은 신용카드 회사에게 100달러를 빌린 것입니다. 신용카드 회사는 한 달에 25달러씩만 갚으라고 합니다. 왜냐고요? 그들이 '완전 좋은 사람'들이기 때문일까요? 이건 닌자의 전형적인 전술입니다.

좋습니다. 25달러를 갚았습니다. 하지만 여러분에게는 아

자신의 세계를 정복하는 방법

225

직 75달러의 빚이 있습니다. 그리고 그들은 여러분에게 이렇게 '멋진' 호의를 베풀어준 데 대해 15달러라는 아주 적은 서비스 요금을 부과할 겁니다. 그러면 빚은 75달러에서 90달러가 됩니다.

축하합니다. 여러분은 이제 빚을 진 겁니다. '사전 승인 어리벙벙 클럽'에 오신 것을 환영합니다. 회원 자격을 알려드리겠습니다.

> ### 사전 승인 어리벙벙 클럽 회원 자격
> - 평균 18년 된 빚 = 3,300달러
> - 평균 신용카드 빚 = 8,500달러
> - 평균 학생 빚 = 19,400달러
> - 평균 가계 빚 = 38,000달러
> - 평균 28세의 빚 = 66,000달러

따끔하게 와닿지 않나요? 물론 처음의 15달러는 아무것도 아닌 것 같을 수 있습니다. 하지만 위에서 보여주듯 천천히 여러분을 압도하기 시작합니다. 카드를 긁을 때마다 신용카드가 반짝반짝 빛을 내는 것 같겠지만 그동안 빚도 수천 달러를 향해 늘어갑니다. 물론 친구들과 외식도 하고 싶겠지요. 대신 그 작은 햄버거와 음료가 여러분의 숨통을 조일 겁니다. 달콤 짭짤한 음식을 먹으며 잠시 동안 천국을 맛본 거라고 생각하면 어쩔 수 없습니다. 짧은 시간 동안은 행복했다고 말해도 어쩔 수 없습니다.

고등학교는 이 광기의 시작에 불과합니다. 고등학교를 졸업하고 나면 신용카드 회사들이 대학으로 쫓아와 여러분을 공격합니다. 티셔츠, 스트레스 공, 심지어 잘 나오지도 않는 쓰레기 같은 펜을 사은품으로 주고는 여러분의 돈을 빼앗아가려 하지요. 똑똑한 닌자 신용카드 회사가 여러분에게 아이팟 같은 최신 제품이나 현금 등을 제공하겠다고 하면 조심해야 하겠습니다.

이제 그들의 전략을 알았나요? 닌자들은 여러분이 부모님 곁을 떠나는 순간, 여러분이 바로 독립에 대한 두려움과 자립에 대한 필요를 느끼는 그 시기에 여러분을 유혹할 것입니다. 주변의 다른 학생들이 멋진 옷에 배낭을 메고 노트북을 들고 있으면 나도 그것이 필요하다고 느낄 수 있습니다. 빚이란 그런 뱀파이어가 놓는 덫입니다. 빚은 여러분에게 빨리 뱀파이어가 되라고 재촉합니다. 빚과 현금은 동전의 양면처럼 함께 붙어 다닙니다. 그건 마치 닌자와 뱀파이어가 콤보로 공격하는 것과 같습니다. 악당들의 합동 작전은 끔찍합니다.

그렇지만 똑똑한 여러분은 이런 닌자의 속임수에 넘어가지 않을 겁니다. 멋은 살 수 있는 게 아니잖아요. 여러분이 세상을 지배하고자 한다면, 일개 닌자 회사 따위가 여러분을 좌지우지하도록 두어서는 안 됩니다.

영웅의 첫 번째 신조를 다시 기억해보세요. 어떤 회사나 어느 누구도 우리의 세계를 지배할 권리는 없습니다. 그건 자신만이 해야 할 일입니다. 우리는 영웅이잖아요.

멋은 사는 것이 아니다

돈과 관련해서 멋은 가장 이해하기 어려울 수 있습니다. 솔직히 저도 지금까지 이 문제와 싸우고 있습니다. 지금 이 순간에도 자동차나 신발, 스피커 같은 것에 매료된 저 자신을 발견하게 됩니다. 특히 다른 사람에게는 있고 제게 없는 것들에 끌리죠. 그럴 때면 저 자신에게 이렇게 말합니다.

"나는 조시 쉽이야. 나라는 사람은 내 스스로가 어떤 사람이냐에 의해 정의되는 것이지, 내가 가진 것이나 내가 사는 물건에 의해 정의되는 것이 아니다."

조시의 멋진 팁

"돈이 수중에 들어오기 전에 절대로 쓰지 마라."
– 토머스 제퍼슨

(정말로 토머스 제퍼슨의 말을 안 들을 것인가? 엄청 똑똑한 사람이라서 지폐에까지 등장하는데?)

그럼 도대체 멋은 어떻게 만들어질까요? 무엇이 멋진 것일까요? '쿨'한 것이라고요. 좋습니다. 그럼 무엇이 쿨한 것인지는 누가 결정하나요? 이건 특정 그룹이 만들어내고 그들 사이에서 통용되는 생각일 뿐입니다.

그들이 뱀파이어입니다. 바로 뱀파이어가 여러분의 세계를 지배하기 위해 '쿨'이라는 개념을 만들어낸 겁니다. 놀라지 마세요. 뱀파이어는 일반적으로 인기가 있고 신비하고 매력적이어서 사람들의 흥미를 불러일으킵니다. 그래서 우리는 가끔 그들을 흉내 내고 싶어 하기도 합니다. 하지만 그들은 그들만의 방식으로 옷을 입고 행동합니다. 우리와 다른 부류처럼 느끼게 만들죠. 그래서 그들이 입는 옷을 사고 그들과 같은 음악을 듣고 그들이 가는 장소에 가게 됩니다.

아이돌은 우리가 동경하는 유행을 만들고 모델들은 어떤 몸매가 남자들을 자극하는지 보여줍니다. 학교의 킹카와 퀸카들은 학교 패션을 선도합니다. 여러분이 그들과 같은 모습을 한다면 성공할 수도 있겠죠. 마치 그들처럼 쿨해질 겁니다. 그런데 앞으로 그들이 쿨함을 어떻게 정의할 것인가가 문제입니다.

뱀파이어가 쿨함을 좌지우지할 때, 그들은 여러분과 여러분의 세계를 지배할 겁니다. 그런데 이게 어떻게 돈과 연관되느냐고요? 사람들은 쿨함을 사고 싶다는 유혹을 느낍니다. 그래서 여러분은 아이돌의 모습을 사려 할 것입니다. 지젤번천 같은 몸매를 만들어준다는 다이어트 알약에 3주 동안의 아르바이트 비를 날릴 수도 있습니다.

저도 쿨하고 멋져 보이는 그들의 일원이 되려고 신발 한 켤레를 산 적이 있습니다. 1년 후, 더 멋진 신발이 새로 나왔지만 작년에 산 신발에 너무 많은 돈을 써서 더 이상 새 신발을 살 수 없었습니다. 쿨한 것은 결코 멈추지 않아요. 트레드밀 위를 달리면서도 결승선이 있다고 생각하는 것과 같습니다. 나이가 들수록 괜찮은 레스토랑에서 밥을 먹고 좋은 차를 몰고 멋진 옷을 입는 것과도 비슷합니다.

나이, 지역, 문화에 따라서도 이 쿨함은 엄청난 차이를 보입니다. 헨리 8세가 왕이었을 때에는 뚱뚱하고 창백한 것을 최고의 쿨함으로 쳤습니다. 아프리카 어떤 지역에 살고 있다면 몇 톤 정도의 금속 링을 목에 감고 있는 것이 멋입니다. 쿨한 것에는 정해진 보편적인 정의가 없습니다. 쿨한 것은 상대적입니다.

여러분은 인생을 살면서 각기 다른 쿨함을 가진 그룹의 사람들과 만나게 될 겁니다. 지금은 그것이 고등학교이겠지만 나중에는 대학이 되겠지요. 그 다음은 직장, 교회, 컨트리클럽에서 쿨함을 발견하게 될 겁니다. 마지막에는 요양원에서 다른 어르신들과 쿨함을 이야기하겠지요. 죽을 때에는 장의사와 함께 어떤 관이 가장 멋진지를 의논할 수도 있습니다. 요점은 이것입니다. 쿨함은 여러분의 삶의 지점에 따라 항상 변합니다. 때문에 여러분은 두 가지 선택 사항과 마주하게 됩니다.

쿨함의 선택

선택 1 : 항상 쿨해지려 한다.

여러분이 트렌드에 따르기 위해서는 엄청난 시간을 투자해야 한다는 의미이다. 또한 새로운 것을 위해 끊임없이 돈을 써야 한다는 의미이기도 하다. 거기에 여러분은 필요하다면 현재의 친구도 즉각 버릴 수 있어야 한다. 담배를 피우는 것이 쿨한 것이라면 담배를 피우지 않는 예전 친구는 버려야 한다. 그리고 차가 엄청나게 중요해질 것이다. 왜냐하면 모든 잘나가는 파티에 참석해야 하니까. 가장 나쁜 것은 나이가 들고 돈을 더 많이 벌수록 멋진 것으로 치장하는 것이 점점 어렵다는 것을 알게 된다는 사실이다. 스니커즈는 별로라고? 대신 훌륭한 이태리 로퍼가 얼마인지 아는가?

솔직히 저도 이런 짓을 해본 적이 있습니다. 그런데 이건 돈만 많이 드는 게 아니라 엄청 피곤한 일이기도 합니다. 아까 말한 트레드밀의 비유가 정확히 그걸 설명합니다. 제대로 모든 것을 따라 하고 있을 때에도 저는 외로웠습니다. 왜냐하면 언제나 저보다 더 멋진 차를 가진 사람, 옷을 더 잘 입는 사람이 있었기 때문입니다. 결국 뱀파이어들이 제 세계를 지배하고 있다는 걸 깨닫게 되었습니다. 멈춰야 했죠. 더 나은 방법이 있을 거라고 생각했습니다. 바로 그것이 두 번째 선택을 일깨워주었습니다.

선택 2 : 스스로가 좋아하는 옷을 구입한다.

뱀파이어의 말 따위는 무시한다. 다른 사람이 말하는 좋은 옷 말고, 여러분의 세계를 지배하는 여러분의 관점에 부합하는 옷을 입고 행동한다. 일단 쿨해지기 위한 바보짓을 멈추면 진정으로 여러분이 원하는 것에 집중할 수 있게 된다. 카드 값을 내기 위해 해야 하는 일들은 말고. 이것이 진정 여러분이 스스로의 세계를 지배하는 제대로 된 모습이다. 다른 사람이 원하는 것처럼 말하고 행동하고 바라는 것이 아니라 여러분 스스로가 원하는 삶을 사는 것이다.

집은 사는 곳이고 차는 교통수단일 뿐입니다. 옷은 알몸을 보이지 않게 해주는 도구입니다. 행복하거나 멋져 보이기 위해 가장 비싼 물건을 사야 하는 걸까요? 여러분을 통제할 수 없는 뱀파이어는 절대 여러분의 세계를 정복할 수 없습니다. 여러분은 이제 인생에서 가장 중요한 역할을 성공적으로 수행한 겁니다. 바로 여러분 자신이 되는 것이죠.

조시의 세계정복 제안

여러분은 어떠한가? 멋진 옷과 스포츠카를 가진 사람을 부러워하지는 않는가? 왜 부러운가? 그들이 여러분보다 똑똑하고 멋지기 때문인가?

23장

자신의 몸을 정복하는 법

몸을 지배하는 건 쉽습니다. 공식대로만 하면 돼요. 먼저 하루에 세 시간씩만 운동합니다. 그리고 밥 대신 스테로이드를 섭취하죠. 다음은 성형수술에 수억을 쓰는 겁니다.

그런데 정말 그렇게 살고 싶지는 않지요? 그렇게 살지 말자고요. 그건 닌자와 뱀파이어가 하는 거짓말입니다. 멋진 것이란 이런 거라며 우리를 통제하려 했던 것처럼, 악당들은 이상적인 모습을 만들어낼 겁니다. 그리고는 우리를 헬스클럽과 선탠의 노예로 만들 겁니다.

가만히 보고 있으면 안 됩니다. 돈을 지배하는 것과 마찬가지로 우리에게는 선택할 수 있는 기회가 있습니다. 뱀파이어가 만든 모습을 따라갈 것이냐, 우리 본연의 모습이 될 것이냐.

자신을 제대로 대우한다

우리 몸은 자동차처럼 작동하지 않습니다. 새 차는 차고에서 빼면 바로 달릴 수 있습니다. 강력하고 핸들 감도 좋지요. 그런데 자동차는 그때부터가 내리막입니다. 시간이 지나 운행 거리가 쌓이면 점화플러그의 점화력이 약해집니다. 기름은 슬러지와 함께 검게 변할 것입니다. 시트 사이에서 온갖 영수증과 펜, 감자튀김도 발견되겠지요.

그러나 인간의 몸이 최고 상태에 다다르기까지 족히 20년이 걸립니다. 여러분이 40세가 되어 어떤 차를 몰 것인가는 완전히 여러분 자신에게 달려 있습니다. 고전적인 머스탱 컨버터블을 몰거나 바퀴도 머플러도 없는 녹슨 중고차를 몰거나.

우리의 개성이 건강상의 문제를 일으키기도 합니다. 음식, 술, 니코틴, 텔레비전, 섹스 등 우리 주위에는 중독성을 가진 것들이 많습니다. 우리를 기분 좋게 하거나 우리에 대해 좋은 이미지를 만들어주는 것들이 위험한 생활 방식을 만들 수도 있습니다. 심지어 헬스클럽에 가는 것도 중독이 됩니다.

중요한 것을 지키고 절제하는 것은 생각보다 어렵습니다. 의지만 가지고 되지 않습니다. 때문에 건강에 해로운 생활 방식은 일찍 뿌리쳐야 극복도 쉽습니다. 여러분이 빠져들지도 모르는 상황에서 자신을 분리시키는 것이 방어의 첫 번째입니다.

건강과 관련된 가장 일반적인 형태의 악당들

닌자

뱀파이어

중독을 피한다

친구 스티브는 8년간 담배를 피웠습니다. 몸에 해가 된다는 것은 그 친구도 알고 있었지요. 담배 때문에 그는 예전보다 힘이 없었고 호흡도 가빴습니다. 아침마다 화장실에서 녹색 가래까지 뱉어야 했습니다. 그러나 그는 담배를 사랑했습니다. 불을 켜고 연기를 내뿜는 모습을 멋지다고 생각했습니다. 입에서 연기를 내뿜는 용 같은데 말이죠. 영화배우 험프리 보가트도 담배를 피웠습니다. 담배를 손에 든 모습이 멋있어 보일 수 있을 겁니다.

스티브는 담배를 피우기 위해 업무 중 자리를 비워야 했습니다. 그렇다고 스티브가 담배의 폐단을 몰랐던 것이 아닙니다. 흡연이 자신을 죽이는 행위라는 걸 알고 있었습니다. 담배를 피운다는 죄책감에 시달리면서도 끊지 못했던 것이지

자신의
세계를
정복하는
방법

요. 그리고 스티브는 금연을 위해 최근 개발된 금연 약물을 처방 받았습니다. 석 달 동안 하루에 두 번씩 약을 복용해야 했습니다. 스티브는 금방 효과를 보았죠. 첫 주에는 몇 개비 피웠지만, 그 이후에는 담배에 대한 욕구가 사라졌습니다. 스티브는 몇 년 만에 자유를 맛보았습니다. 담배를 끊었다고 확신했어요. 그리고 2주 후부터는 약을 먹지 않았죠.

그 약을 90일 동안 복용해야 하는 데에는 이유가 있습니다. 담배는 한 번에 끊기가 어렵고 몸이 서서히 적응을 해야 하기 때문입니다. 하지만 스티브는 자신이 담배를 끊었다고 생각하여 약을 먹지 않았고, 다시 담배를 피우기 시작했습니다. 모닝커피와 함께 말이지요. 그리고 약을 먹지 않은 2주 후에는 친구들이 있을 때에도 담배를 피웠습니다. 밥을 먹고도 피웠지요. 다시 예전으로 돌아간 겁니다.

지금 스티브는 담배를 피우지 않습니다. 약을 다시 처방 받았거든요. 물론 추가로 수백 달러를 더 지불해야 했죠. 그리고 90일을 꽉 채워 약을 복용했습니다.

중독은 단지 신체적인 것만이 아닙니다. 그것은 정신적 의지와도 관련이 있습니다. 분위기 좋은 파티에서 술 몇 잔은 마실 수 있습니다. 아침에 정신을 차리려고 에너지 드링크를 찾을 수도 있습니다. 일이 잘 풀리지 않을 때 담배를 휴식으로 느낄 수도 있습니다. 그런데 중독은 그런 단편적인 조각에서 시작됩니다. 한 번에 아주 조금씩 말이죠. 중독되지 않는 유일한 방법은 그러한 악의 단편들을 원천 봉쇄하고 피하는 겁니다.

물론 가끔 불가능할 때도 있습니다. 법적으로 음주할 수 있는 연령이 된 경우에 와인 한 잔 정도는 괜찮습니다. 사실 그런 것들이 즐거움을 줄 수도 있습니다. 일이 잘 안 풀릴 때 일상에 활력을 더해주기도 하거든요. 그런데 그런 것들이 일상에 없어서는 안 될 존재가 될 때, 그때가 바로 낭떠러지로 떨어지는 순간입니다. 더 나쁜 소식은 시간이 가면 갈수록 여러분이 그걸 점점 더 즐기게 될 거란 말입니다. 스티브에게는 뜨겁고 진한 블랙커피 한 잔과 아침의 담배 한 대가 일상의 기쁨이었습니다. 그러나 매일 5달러의 담뱃값을 지불하면서 업무에 지장이 초래되고 비 내리는 밖에서 초라하게 담배를 피우는 일이 반복되었을 때, 그것은 더 이상 기쁨이 될 수 없었습니다.

자신의 몸을 컨트롤하라

기술에 대한 의존도가 높아짐에 따라 우리의 삶은 수동적이 되었습니다. 이것은 우리가 대부분의 시간을 앉아서 멍청하게 보낸다는 말입니다. 일하느라 직장에서는 하루 종일 앉아 있고, 집에 가서는 텔레비전 앞에서 인터넷, 비디오게임을 하면서 시간을 보냅니다. 미국인의 20~30퍼센트가 비만이라고 하죠.

가장 큰 문제는 운동 부족입니다. 누워 있는 것은 금방 중독이 됩니다. 우리의 몸은 활동을 하도록 설계되어 있습니다. 그런데 대부분의 현대인은 우리의 몸이 어떻게 기능하는지, 그 감각을 완전히 잃어버린 듯합니다.

친구 사라는 작곡가입니다. 경제적 사정 때문에 메이저 커피 체인점에서 바리스타로 일하기 시작했지요. 첫날, 네 시간 정도 서서 일하다 보니 나중에는 거의 서 있을 수가 없었습니다. 밤에 집에 가서 욕조에 몸을 담갔을 때, 그녀는 자신의 퉁퉁 부은 발을 바라보며 등과 목도 나무껍질처럼 뻣뻣해졌다고 생각했습니다. 그녀는 그때 다음날 출근할 수 있을지 확신하지 못했죠. 하지만 사라는 꾹 참고 출근했습니다. 그리고 사흘 후에는 놀랍게도 휴식을 거의 취하지 않고서도 몇 시간 동안 서 있을 수 있게 되었습니다. 그녀는 신체가 어떻게 변화에 적응하는지를 체험하게 된 겁니다.

이런 현상은 거의 모든 것에 적용됩니다. 산에 배낭을 짊어지고 하이킹을 갑니다. 처음 몇 시간은 죽고 싶을 겁니다. 그러나 사흘 후에는 아마 20킬로그램의 짐을 짊어지고도 10킬로미터는 거뜬히 갈 수 있을 겁니다.

자신의 삶에 행복해지지 않는 남자의 이야기를 들은 적이 있습니다. 그는 삶이 산산조각 난 40대였습니다. 다니는 직장을 증오했고, 아내와 10대 딸과 늘 싸웠습니다. 게다가 비만이었고, 늘 피곤함을 느꼈습니다. 인생이 완전 엉망진창이었죠. 그는 자살을 결심했습니다. 그러나 자살할 경우에는 보험금 지급이 안 된다는 사실을 알았습니다. 그렇게 되면 가족들이 집과 저축한 돈을 몽땅 잃는 것은 물론, 딸은 학교에도 가지 못할 것이었습니다. 그래서 그는 심장마비로 죽을 계획을 생각해냈습니다. 그리고 두 달 동안 온갖 정크푸드를 먹어치웠습니다. 도넛에 컵케이크를 하루 종일 달고 살았습니다. 저녁에는 스테이크에 버터 바른 빵을 먹고, 점심에는 슈퍼 사이즈의 패스트푸드를 흡입했습니다. 물 대신 탄산음료와 술을 마셨고요. 단 한 가지 먹지 않은 것이 있다면 그것은 야채였습니다.

그리고 두 달 후, 그는 장거리 달리기를 시도했습니다. 거의 마라톤에 가까운 거리였습니다. 그는 심장이 터질 때까지 달리기로 결심했습니다. 400미터를 달리자 숨이 턱밑까지 차올랐고, 쓰러질 것 같았습니다. 800미터를 달렸을 때, 온몸은 땀으로 범벅이 되었습니다. 1,500미터쯤 됐을 때에는 거의 죽을 것만 같았습니다. 그런데 순간, 죽음이 두려워지기 시작했습니다. 그러나 거기서 멈출 수는 없었습니다. 그는 자신의 인생이 얼마나 엉망이었는지 다시 돌아보며 또 뛰었습니다. 10킬로미터를 그는 쉼 없이 뛰었습니다.

그런데 그는 쓰러지지 않았습니다. 10킬로미터를 뛰었을 때, 그의 모든 근육은 무너졌고 더 이상 달릴 수 없었습니다. 심장이 가슴 속에서 터져 나올 것만 같았지만 그는 멈추지 않았습니다. 그리고는 이상한 일이 일어났습니다. 기분이 정말 좋아진 겁니다. 죽음 직전의 행복감이라고 할까요. 그런데 그것이 끝이 아니었습니다. 다음날 그는 또 뛰기로 결심했습니다.

그리고 다음날, 뭉친 근육의 고통에도 불구하고 그는 또 뛰었습니다. 이번에는 다리에 힘이 풀리기까지 11킬로미터를 뛸 수 있었습니다. 심장은 계속 뛰었죠. 이상하게 또 기분이 좋아졌습니다. 그렇게 그는 일주일을 계속 뛰었습니다. 결코 죽지도 않았습니다. 그는 점점 빨리 달리게 되었고, 매번 더 많이 뛰었습니다. 그러자 몸무게가 줄기 시작했습니다. 이제 음식도 건강식으로 바꾸었습니다. 그것이 그의 기분을 더 좋게 만들었기 때문입니다. 그는 다시 활기를 되찾았고 가족에게도 더 잘 대할 수 있게 되었습니다. 그리고 자신의 경력에 대해서도 다시 생각했습니다. 그리고 그는 더 행복해질 수 있는 일을 찾았습니다.

때때로 우리는 그 존재를 부정하지만, 우리의 신체와 정신 사이에는 연결 고리가 있습니다. 그래서 하나만 가지고는 제대로 작동할 수가 없어요. 신체적 자아에만 집중하면 정신은 그 기능을 100퍼센트 발휘할 수 없게 될지도 모릅니다.

우리는 운동선수가 아닙니다. 중요한 것은 어떤 운동이든 우리가 좋아하는 것을 찾는 것입니다. 자신과의 경쟁이든, 남과의 경쟁이든 그건 상관없습니다. 엄청난 기회가 여러분을 기다리고 있습니다. 일단 시도하는 겁니다. 축구나 농구가 여러분의 적성에 맞지 않는다면, 배드민턴, 스케이트보드, 자전거 타기, 등산을 해보는 겁니다. 스스로의 신체를 컨트롤하지 못하는 사람은 절대 자신의 세계를 지배할 수 없습니다.

24장

통신의 달인의 되는 법

이 책을 읽고 있는 여러분은 아마도 무제한의 통신 세계에서 자랐을 겁니다. 예전에는 비싼 장거리 전화가 있었고, 핸드폰은 작은 여행 가방만 했죠. 그리고 극소수의 사람들만이 전자 우편의 가능성을 생각했습니다. 나중에 그것이 이메일이 되었죠. 통신의 가장 일반적인 형태는 편지를 보내는 것이었습니다. 팩스의 등장은 정말 획기적이었습니다.

지금 우리는 과거에 상상할 수도 없었던 사람들과 연결되어 있습니다. 피닉스의 호텔에서 이 글을 쓰고 있는 저는 전 세계 친구들과 화상 대화를 나눌 수 있습니다. 이제 이런 것들은 우리 일상이 되었습니다. 아주 놀라운 변화가 찾아온 거죠.

물론 인터넷에도 장점과 단점이 모두 있습니다. 의사소통은 장점의 하나가 될 겁니다. 그러나 여전히 모든 대화는 일련의 과정을 거쳐야 합니다. 즉, 사람과 얼굴을 맞대는 의사소통이 여전히 필요하다는 말입니다.

만남의 법칙

여러분이 지구상에서 이메일을 가장 많이 쓰는 사람 중의 하나라 해도 미팅에 나가면 상대방과 얼굴을 마주하고 이야기해야 합니다. 직접 만나서 하는 의사소통이 왜 중요한지는 포커 전문가에게도 들을 수 있습니다. 만나서 하는 대화에서는 언어뿐만이 아니라 표정, 음색, 높낮이, 손짓과 같은 비언어적 요소도 함께 전달됩니다.

대면 접촉 시나리오

선배들이 복도에서 신입생 새미 잭슨을 발견하고는 인사를 건네는 상황

– 시나리오 A : "안녕! 링컨 고등학교에 온 걸 환영해!" 하고 말하며 두 팔 벌려 새미를 반겨주었다.

– 시나리오 B : "안녕!" 하고 인사하며 새미의 배에 강펀치를 날리자 새미의 책이 복도 바닥에 널부러졌다. 선배들은 그 모습을 보고 낄낄거리며 걸어갔고, 뒤돌아서서 어깨 너머로 "링컨 고등학교에 온 걸 환영해!" 하고 소리쳤다.

무슨 말인지 알 겁니다. 같은 말이라도 완전히 다른 의미가 됩니다. 우리가 구부정한 자세로 고개를 숙이고 웅얼거리면 상대에게 결코 좋은 인상을 줄 수 없습니다. 최악의 경우엔 범죄자처럼 보일 수도 있겠죠. 물론 책 표지만으로 내용을 판단할 수는 없습니다. 그러나 첫인상이 나쁘면 일이 잘 안 풀리는 경우가 많은 것도 사실입니다. 처음 사람을 만날 때 사용하는 네 가지 방법을 알려드릴게요.

- 똑바로 선다 : 좋은 자세는 사람들에게 여러분이 자신감 있고 강하다는 느낌을 줍니다. 그렇게 되면 사람들은 여러분에게 좋은 인상을 갖게 되겠죠.

- 악수를 할 때에는 손을 꽉 잡는다 : 상대가 아픔을 느낄 정도는 아니어도 악수를 할 때에는 손을 꽉 잡는 편이 좋습니다. 힘 없는 악수는 상대에게 대화하고 싶은 마음이 없다는 메시지를 줍니다. 이 기본적인 룰을 알고 있는 사람은 많지 않습니다. 여러분이 여자라면 아주 꽉 잡는 악수는 필요 없을 겁니다. 하지만 꽉 잡아서 나쁠 건 없습니다. 아무도 물렁하고 흐느적거리는 조개와 악수하는 느낌은 원하지 않을 테니까요. 만약 여러분이 남자인데 상대편 여자가 여러분보다 더 힘을 줘 악수한다면 그건 관심의 표시일 겁니다.

- 눈을 마주친다 : 말을 할 때에는 상대의 눈을 쳐다보면서 말하고 대화 내내 그 상태를 유지해야 합니다. 그렇다고 눈을 크

게 뜨고 깜빡임도 없이 뚫어져라 쳐다보면 상대가 도망갈지도 모릅니다.

- 명확하게 자신감을 갖고 말한다 : 모두가 언어의 마술사는 아닙니다. 그러나 여러분이 모기 소리로 웅얼거리면 아무도 들으려 하지 않을 겁니다. 똑똑해 보이려고 수준 높은 단어를 사용할 필요는 없습니다. 여기에서의 목표는 간단한 의사소통이지 일일 단어 특강이 아니니까요.

조시의 멋진 팁

중요한 것은 무슨 말을 하느냐가 아니라 어떻게 말하느냐이다.

무슨 말을 어떻게 하는가?

'무슨 말을 하느냐가 아니라 어떻게 말하느냐이다.' 이 말에는 아주 중요한 의미가 있습니다. 만약 제가 여러분에게 죽었으면 좋겠다거나 여러분의 엄마가 너무 뚱뚱하다고 말하며 위협을 가하거나 무례한 농담을 해서 여러분에게 상처를 준다면, 제 말에는 문제가 있는 겁니다.

사람 몸에서 가장 컨트롤하기 힘든 부분 중 하나가 '혀'일 겁니다. 안타깝게도 한 번 뱉은 말은 다시 되돌릴 수 없습니다. 한 번 세상에 뱉은 말은 누군가의 기억 속에 저장되어 영원히 남을 테니까요. 어쩌면 다시 그 말이 되돌아와 여러분을 괴롭힐 수도 있습니다. 어느 쪽이든 그런 말을 안 했더라면 좋았을 텐데 말입니다.

여러분이 무슨 말은 하고 무슨 말은 하지 말아야 할지를 고민한다면 '단어 수학'이라는 게임을 권하겠습니다. 수학 시험에 나오는 까다로운 문제가 아닙니다. 아주 간단합니다. 여러분이 말하는 모든 것을 다른 사람에게 더하거나 빼보라고 하는 겁니다. 그렇게 했을 때 다른 사람에게 상처가 된다면 그 말은 하지 않는 겁니다. 가장 좋은 것은 상처 주는 말을 안 하는 것이지만 만약 했다면 늦기 전에 바로 사과해야 합니다. 되도록 빨리요.

또 다른 기술은 청중을 파악하는 겁니다. 이게 핵심이에요. 앞서 우리는 경청의 중요성을 얘기했습니다. 여기에서는 그것을 잠시 잊으세요. 듣는 사람과 교감을 나누려면 그들의 언어로 이야기해야 합니다. 단, 공격적이어서는 안 됩니다. 상대방이 쉽게 알아들을 수 있는 말과 그림을 이용하는 것도 좋습니다. 할아버지는 인터넷이 뭔지 모를 수도 있습니다. 스마트폰 작동법도 모를 겁니다. 그리고 뭔가를 찾을 때 구글링을 했다고 하면 아주 혼란스럽겠지요. 이때, 할아버지가 알아듣고 이해할 수 있게 말하는 것이 바로 청중을 파악하는 것입니다.

전화는 집에서 하는 것이다

전화로 통화할 때 중요한 사람은 통화의 당사자들이 아닙니다. 바로 우리 주변에 있는 사람들입니다. 우리는 전화 통화를 하면서 주변 사람들에게 방해나 폐를 끼치지 않도록 해야 합니다.

우리가 국가 기밀이나 안보 정책을 논의하지 않는 한, 아무도 우리의 대화를 듣고 싶어 하지는 않을 겁니다. 심지어 국가 안보 정책을 이야기한다 해도 러시아 스파이가 아니라면 신경 쓰지 않겠지요. 극장이든 식료품 가게든, 여러분 옆에 사람이 있다면 어젯밤의 농구 경기에 대한 이야기나 여자 친구와의 대화는 다른 곳에 가서 조용히 하는 것이 좋습니다. 듣는 사람이 없는 곳을 찾는 겁니다.

다른 많은 활동에도 같은 룰이 적용됩니다. 큰 트럭이나 중장비같이 엄청난 집중력을 요하는 기계를 다루거나 운전할 때에는 당장 전화를 끊어야 합니다. 우리가 생각하는 만큼 우리는 멀티태스킹에 뛰어나지 않습니다. 그걸 부끄러워할 필요는 전혀 없습니다. 우리뿐 아니라 많은 사람들이 그러하다는 연구 결과가 있거든요.

물론 운전 중에도 전화를 받아야 할 상황이 생길 수 있습니다. 그때는 헤드셋을 사용해 짧게 통화하고 조수석에 있는 사람에게 통화를 이어가도록 해야 합니다. 그리고 말할 때에는 분명하고 또렷하게 말하고 들릴 만큼 크게 말합시다.

메일이나 문자는 신중하게

전자 통신은 환상적입니다. 하지만 상대의 반응을 살피지 못함으로써 일을 망칠 수도 있습니다. 일단, 반응과 의미가 변질될 수 있습니다. 글쓰기 훈련을 통해 의미 전달을 명확히 하기 위해 애쓴다고 해도 메시지를 전달하는 데에는 한계가 있습니다. 톤도 중요한데, 모든 글에 대문자와 느낌표를 쓴다면 여러분은 사람들에게 늘 소리만 지른다는 인상을 주게 됩니다. 그 누구도 소리 지르는 사람을 좋아하지는 않잖아요.

두 번째 문제는 시간에 있습니다. 감정이 극에 달했을 때 어떻게 하나요? 열까지 세고 진정을 하나요? 우리는 즉각적으로 이메일이나 문자메시지를 보내고 트위터를 하는 것에 익숙해져 있습니다. 그렇게 해야 만족을 느끼기도 합니다. 종종 다른 사람의 견해는 고려하지 않고 자신만의 감정을 드러내기도 합니다.

영화 〈앵커맨〉에는 텅 빈 산업 단지 같은 곳에서 라이벌 관계의 뉴스팀들이 만나는 장면이 있습니다. 그들은 곧장 싸움을 합니다. 이메일 대화, 메시지 보드, 그리고 온라인 채팅은 앵커맨의 전투처럼 손을 빨리 놀리게 만듭니다. 입력하고 전송하기만 하면 되니까요. 느린 경우라도 30초면 충분합니다.

재치 있는 응답을 전송하면 짜릿한 기분도 느껴집니다. 그러나 현실에서는 회신하기 전에 하루나 이틀쯤 기다리는 게 좋습니다. 흥분해서 쓴 이메일을 다음날 아침에 다시 읽어보면 다른 내용으로 바뀔 수도 있습니다. 그렇게 함으로써 저는 다른 사람의 감정을 다치게 하는 일을 줄였습니다.

세 번째 문제는 메일이나 문자로는 감정이 잘 표현되지 않는다는 겁니다. 그러나 모든 사람이 우리를 아는 것도 아니고 우리의 의도대로 이메일을 해석하는 것도 아닙니다. 여러분의 보스는 여러분의 비꼬는 유머 감각을 이해하지 못할 수도 있습니다. 어떤 사람이 자전거를 타고 가다가 진흙 구덩이에 빠져서 허우적거리는 동영상이 누구에게는 즐겁지 않을 수도 있습니다. 모든 전자 교류에서 우리는 누구와 통신을 하는지에 대해서 신중하게 생각해야 합니다.

사과

의사소통에서 '사과'는 빠질 수 없는 주제입니다. 상황을 종료시키는 가장 빠른 방법은 바로 사과하는 겁니다. 완전히 자신의 잘못이 아닐 수도 있습니다. 그러나 모든 갈등이나 오해는 한쪽의 잘못으로만 생기지 않습니다. 장담컨대, 자신의 실수를 인정하는 것보다 더 빨리 폭탄을 해체하는 방법은 없습니다. 무엇이 잘못됐는지 생각해보고, 잘못된 것을 사과하세요. 자신의 잘못이 작을 수도 있고, 클 수도 있습니다. 그러나 사과는 즉시 긴장을 줄일 것이고, 방어벽을 낮출 겁니다.

사과란 "'당신의 어떠어떠한 행동'에 대해 말한 것을 그렇게 받아들이셨다니 유감입니다." 하고 말하는 것이 아닙니다.

우리는 다른 사람이 어떻게 반응했는지에 대해 사과할 것이 아니라, 자신이 한 행동에 대해서 사과해야 합니다.

미안하다고 느끼지 않으면 사과하지 마세요. 그러나 사과할 부분이 있을 확률은 99.83퍼센트입니다. 그것이 무엇인지 알아내는 것은 자신의 몫입니다. 사과를 통해 결과가 바로 나타나지 않을 수도 있습니다. 그러나 사과는 장기적인 측면에서 좋은 방법입니다. 자신의 약점을 인정하고 누군가에게 패배를 인정하는 일이 쉽지 않을 수도 있습니다. 하지만 이 방법은 아주 효과적입니다.

경청

의사소통의 마지막은 듣기입니다. "전 듣기는 꽝이에요!" 하고 하소연하는 사람도 있겠지요. 경청하기가 쉽지는 않지만 치료사들이 사용하는 몇 가지 방법을 참고할 수 있습니다. 대표적인 방법이 '미러링'입니다. 일반적으로 미러링은 누군가가 말한 것을 반복하는 것을 의미합니다. 간단히 말하면 상대의 말을 반복하는 겁니다. 실제 생활에서 그렇게 하면 사람들은 우리가 다른 행성에서 온 사람이라고 생각할지도 모릅니다. 그래서 요점만 반복하는 것입니다.

이 방법은 특히 로봇을 상대할 때 좋아요. 학교 상담사인 상담 로봇 2000과 대화한다고 가정해봅시다.

상담 로봇과 대화하기

상담 로봇 2000 : 성적이 별로네. 성적을 높이지 않으면, 네가 선택한 좋은 대학에 가기 어려울 거야.
우리 : 제가 선택한 학교에 못 간다는 말씀이세요?
상담 로봇 2000 : 미안. 오해가 있었구나. 성적을 올리면 좋은 학교에 갈 수 있다는 말이야.
우리 : 휴, 다행이군요. 그럼 어떻게 하면 성적을 올릴 수 있는지에 대해 상담을 받고 싶습니다.

상담 로봇의 코멘트는 우리를 믿지 않는 것처럼 보일 수 있습니다. 원하는 대학에 갈 성적이 안 된다고 부정하는 것처럼 보이기도 하죠. 한데, 한 발짝 뒤로 물러서서 상담 로봇의 관점에서 생각해보면 어떨까요? 혹은 상담 로봇에게 명확히 한 번 더 설명해달라고 해보는 겁니다. 그럼 상담 로봇이 사실은 우리의 성적을 향상시키기 위해 용기를 북돋으려는 것은 물론 우리에 대해 신경 쓰고 있다는 것을 알게 될 겁니다.

상대의 이야기를 경청하려 노력하고 처음부터 마음속에 방어기제를 쌓지만 않는다면, 상대방이 우리를 공격하려는 것이 아님을 알게 됩니다. 최고의 커뮤니케이터는 경청의 중요성을 이해하는 사람입니다. 한번 생각해보세요. 실제 질문을 듣지도 않고 어떻게 전문가로서 가치 있는 조언을 할 수 있을까요?

자신의
세계를
정복하는
방법

251

25장

자신의 재능으로 영웅이 되는 법

여러분에게 놀라울 정도로 뛰어난 능력이 있다고 생각해볼까요. 예를 들어 슈퍼마리오처럼 3단 점프를 할 수 있고 스스로 옷을 만들 수 있으며 할머니가 심장마비를 일으킬 정도로 재미있는 사람이라고 생각하자는 말이에요. 그런데 할머니 부분은 조심해야겠죠. 그러다 큰일 납니다.

하지만 문제는 여러분이 아무리 훌륭해도 자신보다 한 수 위인 사람을 항상 발견하게 된다는 데 있습니다. 모든 것에 최고일 수는 없습니다. 말하자면 어떤 부분에서는 완전히 꽝일 수도 있다는 이야기입니다. 예를 들면, 저는 마라톤을 하지만 방향치입니다.

주위를 돌아보면 어떤 일이나 게임, 기술에서 여러분보다 빠르고 뛰어난 사람이 있다는 걸 발견하게 될 겁니다. 더 매력적이고 더 재능 있는 사람이 세상엔 많습니다. 인정하기 싫지만 그건 사실입니다.

자신을 남과 비교하는 건 무의미하다

중요한 것은 우리가 다른 사람보다 뛰어나지 않은 면이 있듯 다른 사람에게도 우리보다 뛰어나지 않은 면이 있다는 사실입니다. 간단히 말하면 그들은 그들이고 우리는 우리입니다. 자신을 남과 비교하지 마세요. 다른 사람과 비교하는 일은 이제 그만! 떳떳한 자신으로 자아를 정립하는 것은 남과 비교하여 우열을 가리는 게 아닙니다. 스스로 최선을 다해 최고가 되는 것이지요.

모든 뱀파이어의 송곳니를 다 빼버릴 수 있다는 걸 기억하세요. 로봇도 해체할 수 있고 좀비가 죽는 것도 막을 수 있습니다. 근데 좀비는 안 죽는 게 죽는 건가요? 다시 죽는 게 끝나는 건가요? 농담입니다. 그리고 스스로 뱀파이어가 되려는 충동도 막을 수 있어야 합니다. 대신 우리는 재능과 능력을 과시하기보다 겸손할 수 있어야 합니다.

꿈은 우리가 사랑하는 일로 돈을 벌 수 있게 해준다

앞서도 말했지만 우리가 사랑하는 일로 돈을 벌기 위해서는 엄청난 연습과 노력, 거기에 약간의 행운도 필요합니다. 솔직히 우리들 모두에게 매일 쓸 수 있는 돈과 시간이 있는 건 아니잖아요. 지불해야 할 계산서에는 납부 기한이 있고, 학교에 다녀오면 해야 하는 숙제가 있고, 밥을 먹으면 닦아야 할 그릇이 기다리고 있습니다. 우리 대부분에게는 놀고먹을 수 있는 엄청난 펀드도 없습니다.

자신의 꿈만을 좇으라는 게 아닙니다. 아무리 꿈꾸던 분야에서 화려한 경력을 쌓으며 승승장구하여 수백 억을 벌었다 해도 여러분은 여전히 자신의 분야라는 상자 안에 있을 뿐입니다. 우리는 그 영역 밖에도 관심을 가져야 합니다.

영화감독인 제 친구 써니는 꽤 성공했다고 할 수 있습니다. 꿈꾸던 일을 하고 있지만 그렇다고 항상 그 일만 할 수 있는 건 아니에요. 그래서 그는 직업과 취미의 균형을 생각했습니다. 요리도 하고 비디오게임도 하고 좋아하는 사람들과 시간을 보내기도 합니다. 그렇지 않았으면 그는 아마 지금쯤 미쳐버렸을 겁니다.

베스트셀러 《새로운 미래가 온다》의 저자 다니엘 핑크는 세계가 한 세기 동안 어떻게 엔지니어, 변호사, 소프트웨어 엔지니어 등 좌뇌가 뛰어난 사람들에게 지배되어 왔는지를 설명합니다. 그런데 이제 세계는 우뇌 지배의 시대로 이동하고 있습니다. 특히 창의력을 가진 사람들이 비즈니스 세계에서 주도권을 잡게 될 겁니다.

여러분이 아주 기뻐할 소식은 핑크가 놀이의 중요성을 강조했다는 점입니다. 다니엘 핑크는 놀이란 일을 하다가 잠시 취하는 휴식 이상이라고 말합니다. 그것이 바로 성공의 문을 여는 필수적인 열쇠라고 생각하는 거죠. 노는 것은 휴식을 주는 외에도 우리를 창조적으로 생각하게 하고 한정된 영역에서 벗어나 좀 더 큰 그림을 볼 수 있도록 합니다. 그럼으로써 작업 능력도 향상되지요.

폭스TV 방영작 중에 〈하우스〉라는 드라마가 있습니다. 의사 역을 맡은 영국의 배우이자 코미디언인 휴 로리는 드라마에서 다른 의사들이 놓치는 질병을 알아내고 진단하는 인물로 등장합니다. 이야기의 대부분은 닥터 하우스와 그의 동료들이 질병의 원인을 찾지 못하는 것에서부터 시작합니다. 45분 동안 그들은 그렇게 미궁에 빠진 치료법을 찾기 위해 끙끙 앓습니다. 아무 실마리도 찾지 못한 채 말이죠. 그리고 바로 그때, 닥터 하우스가 닥터 윌슨에게 말을 하면서 이야기가 끝납니다. 윌슨은 닥터 하우스와는 다른 팀이지만 하우스의 유일한 친구입니다. 둘의 대화는 대강 이렇습니다.

(월슨은 닥터 하우스가 제대로 된 관계를 형성하는 데 문제가 있다고 말한다.)

월슨 : 닥터 하우스, 자네의 문제는 자신이 내면적으로 아주 괜찮은 사람이라는 것을 모른다는 걸세. 마치 그린치(동화 《그린치는 어떻게 크리스마스를 훔쳤을까》의 주인공 이름)같이 그게 밖으로 보일 때까지 기다리면서 말이야.

(카메라가 닥터 하우스의 눈을 줌인하다가 페이드아웃한다.)

닥터 하우스 : 내면의 남자, 그린치.

(갑자기 닥터 하우스가 일어서더니 발을 절며 방을 걸어 나간다.)

(수술실. 닥터 하우스 팀이 끝내 질병의 원인을 밝혀내지 못한 채 고군분투하며 수술을 준비하는 장면. 닥터 하우스가 방으로 성큼 걸어 들어가 수술 기계의 케이블을 홱 당긴다.)

닥터 하우스 : 멈춰! 수술을 멈추게. 지금까지 우리는 엉뚱한 곳을 맴돌고 있었어. 문제는 환자의 내부야. 그는 그린치티스, 심장이 세 배 정도 부어오르는 아주 드문 심장병을 앓고 있었던 거야.

(환자는 아주 간단한 시술로 회복된다.)

물론 닥터 하우스가 발견하는 무릎을 탁 치게 하는 해결 방법은 그가 놀 때나 휴식을 취할 때 얻게 됩니다. 월슨과 한 농담이나 수다가 연상 작용을 일으켜 훌륭한 해결책이 되는 겁니다.

물론 실제로 이렇게 진행되는 경우는 드뭅니다. 하지만 핵심은 같아요. 우리는 좋아하는 사람과 만나거나 취미를 같이 할 때, 자신의 영역 밖에 있는 아주 뛰어난 아이디어를 얻게 되는 겁니다.

신이 쉬라고 했다

칙필에이(Chick-fil-A)는 조지아에서 아주 성공한 패스트 푸드 체인점입니다. 회사의 창업주인 트루엣 캐시에게 그가 한 최고의 사업상의 결정을 물었더니, 우리가 전혀 예상하지 못한 답변이 돌아왔습니다.

'일요일에 모든 칙필에이 가게 문을 닫기로 결정한 것.'

잠시만 생각해봅시다. 칙필에이 회장은 최고의 사업적 결정이 잠재적 수입의 7분의 1을 포기하는 것이라고 말했습니다. 이는 트루엣 캐시가 교회에 다니고 안식일을 철저히 챙기는 사람이기 때문이었습니다. 안식일은 유태인과 크리스천의 전통입니다. 일주일 중 하루는 쉬는 날로 만들어, 이날은 일에서 벗어나 집에서 뭉개든 책을 읽든 하루 종일 축구를 하든, 자신이 좋아하는 일을 하는 겁니다.

믿거나 말거나, 목표를 향해 전속력으로 돌진하다가 한 스텝 뒤로 물러서는 것이 때로는 아주 큰 활력이 되기도 합니다. 그때가 바로 재충전, 휴식, 숨 고르기 그리고 인생에서 소중한 사람들과 함께 시간을 보낼 기회입니다. 변명이 필요하다면, 신이 하루를 쉬라 했다고 말하세요.

때로는 취미가 결정적 찬스를 가져다주기도 한다

자신의 재능을 갈고 닦는 데 시간을 투자하는 건 중요합니다. 꼭 해야 할 것을 하면 원하는 것을 얻을 수 있으니까요.

작가인 친구 제이슨은 결혼하기 위해 돈을 모았습니다. 작가로서는 도저히 수입을 마련하지 못하게 되자 제이슨은 슈퍼에서 풀타임으로 일을 했습니다. 여덟 시간을 서서 전혀 재미없는 일을 했지만 제이슨은 그의 꿈을 이루기 위해서는 재능을 갈고 닦아야 한다는 것을 알고 있었습니다. 그래서 그는 매일 최소 한 시간씩 프로젝트에 대해 습작을 만들었고 블로그에도 접속했죠.

매일 조금씩이었지만 그는 멈추지 않았습니다. 슈퍼 동료들과의 관계도 좋아지고 일도 안정되어갔지만 그는 결코 남은 인생을 거스름돈을 계산하며 보내고 싶지 않았습니다. 1년 남짓 일을 하면서 그는 충분히 돈을 모았습니다. 슈퍼를 관두기 전까지 제이슨은 글쓰기라는 자신의 취미를 이어나갔습니다. 그리고 제이슨은 작가가 되었습니다.

핵심은, 목표를 소중히 지키는 것입니다. 현실과 목표 사이가 너무 멀다고 생각할지도 모릅니다. 하지만 중요한 것은 끊임없이 그 목표를 향해 노력하는 겁니다. 꿈과는 별 상관이 없다 해도 취미는 여전히 가치 있습니다. 당장은 돈이 되지

않는다 해도 너무 신경 쓸 필요는 없습니다. 그것이 인생에
있어 다시없는 기회를 가져다줄지도 모르거든요.

4부

세계를 내 것으로 만드는 방법

26장

전투는 절대 끝나지 않는다

축하합니다! 이제 여러분은 세계를 정복했습니다. 그런데 또 다른 소식이 있습니다. 우울하게 하려는 건 아니에요. 그러나 우리의 세계에서 영웅이 되고 악당을 물리치는 일이 '짠' 하고 한 번으로 끝나지는 않습니다. 악당들은 계속해서 나타나니까요.

강아지는 여러분이 지나는 그 거리의 애완동물 가게에 여전히 앉아 있을 겁니다. 아마 새로운 강아지가 다음 주에 또 오겠죠. 닌자는 결코 여러분의 시간과 돈을 컨트롤하려는 시도를 멈추지 않을 겁니다. 해적은 여러분을 계속 이용해먹으려 들겠죠. 그들은 악당입니다. 그게 당연한 거죠.

말콤 글래드웰의 베스트셀러 《아웃라이어》에는 성공하기 위한 방법이 설명되어 있습니다. 그는 자신의 세계를 실제로 지배한 남녀에 대해 연구했습니다. 빌게이츠, 마이클 조던, 비틀즈, 캐나다의 프로 하키 선수들을 조사했죠. 그리고 그 정도로 성공하기 위해서는 세 가지 필수 조건이 있다는 걸 알아냈습니다.

1. 스스로를 잘 드러낼 수 있는 최적의 장소와 시간에 있을 것
2. 기회가 왔을 때, 그것을 알아 보고 붙잡을 것
3. 할 수 있는 최대한 열심히 노력할 것

이 세 가지 중에서 여러분이 컨트롤할 수 있는 것은 오직 3번 한 가지입니다. 열심히 노력하는 것뿐이죠. 그러나 위의 두 가지에서도 기회를 잡을 수 있습니다. 그건 긍정적 태도와 인내심입니다. 회사에 억지로 여러분을 고용해달라고 할 수도 없고 레코드 회사에 가서 음반을 내달라고 협박할 수도 없지만, 그래도 계속해서 시도는 할 수 있습니다.

인내심은 노력의 사촌이죠. 멋진 일을 시작하기 위해서는 그게 꼭 필요합니다. 시작은 쉽지만, 계속해 나가는 건 죽을 만큼 힘든 일이기도 합니다. 무엇이든 새로운 일을 시작할 때, 말로 설명하기 힘든 우주의 불가항력적인 힘이 우리를 멈추려 할 수도 있습니다. 그것을 뭐라 부르건 간에 그런 존재

세계를
내 것으로
만드는
방법

263

를 부정할 수는 없습니다. 그 힘이 우리를 반대 방향으로 밀어낼수록 우리에게는 계획이 더욱 필요할 겁니다. 더 힘을 내 끝까지 밀고 나가야 합니다.

이것이 왜 세상에 자신을 지배하지 못한 사람들이 많은가에 대한 이유입니다. 그들 모두는 나름의 꿈이 있지만 그것을 계속 끌고 갈, 그래서 마지막을 멋지게 장식할 용기도 자신도 없었던 겁니다. 이런 일에는 엄청난 용기가 필요합니다. 여러분은 꿈을 이뤘을 때 어떤 일이 일어날지 전혀 예측할 수 없을 겁니다. 그것은 루크 스카이워커가 타투니 농장을 떠날 때 그의 앞에 무슨 일이 펼쳐질지 상상도 하지 못했던 것과 같습니다. 그러나 우리는 시련과 역경을 극복하면 극복할수록 더 훌륭한 영웅이 된다는 것을 알고 있습니다.

성공이 항상 여러분이 생각하는 그런 것은 아니다

목표를 이룬다고 해서 부자가 되고 유명해지는 것은 아닙니다. 게다가 돈은 우리가 나누고 베풀 때에만 행복을 줍니다. 여러분은 현재 불운과 싸우고 있을 수도 있고 프로젝트에 실패했을 수도 있습니다. 그러나 일이 약간 잘못되어가는 것이 완전한 실패를 의미하는 것은 아닙니다. 일단 일을 진행해 나가 시작한 것을 끝내면 다음번에 더 쉬워지기 때문입니다. 한 번 해본 거니까요. 성공이란 때로는 다른 사람들이 하지 못하는 무엇인가를 이루어내는 겁니다. 창공을 나는 것과 같아요. 나는 데 실패하여 땅에 떨어져서는 먼지투성이가 되어 하늘을 바라보며 큰 소리로 외치는 겁니다.

"나는 이제 뭐가 잘못되었는지를 안다."

그리고 다시 날기를 시도하는 것입니다.

조시의 멋진 팁

연습은 우리를 향상시켜준다.

27장

모든 끝은 새로운 시작이다

저는 이 책이 여러분에게 세상을 설명해주는 존재가 되길 바랍니다. 그렇지만 아직도 마음이 놓이질 않습니다. 그래서 다시 한번 리뷰를 써보려고 합니다. 한 손에 책을 들고 다른 한 손으로 게임기나 스마트폰을 만지작거리지 않으면 좋겠어요. 집중해서 마지막을 보세요. 이 부분이 진정한 핵심이며 총정리이니까요.

자신의 세계를 지배한다

이제 여러분은 자신의 세계를 지배한다는 것의 의미를 이해했을 겁니다. 우리는 만화 속의 악당들이나 세계를 지배하려 했던 역사 속의 얼간이들을 살펴보면서 비웃었죠. 우리는 세계 정복이 바보 같은 생각이라는 것을 알게 되었습니다.

그리고 우리가 시도해볼 가치가 있는 다른 한 가지가 있다는 것도 알게 되었습니다. 우리가 우리의 세계를 지배함으로써 악당들을 물리칠 수 있다는 것 말입니다. 그것뿐이 아니었습니다. 그럼으로써 우리는 스스로 멋진 영웅의 삶을 살 수 있게 되었습니다. 잊지 마세요. 그 누구도 아닌 오직 자신만이 자신의 세계를 지배할 수 있다는 사실을 말입니다.

영웅의 신념을 따른다

영웅의 두 가지 신조에 대해서도 이야기했습니다. 첫 번째는 아무도 우리의 세계를 지배할 권리가 없다는 것이었고, 두 번째는 우리도 다른 사람의 세계를 지배할 권리가 없다는 것입니다. 이 두 가지 규칙만 제대로 따라도 우리 삶은 확실히 달라집니다. 물론 쉽지 않겠죠. 하지만 분명 시도할 가치가 있는 일입니다. 우리가 영웅의 신념을 따른다면 우리 인생과 세상은 확실히 달라질 겁니다. 우리는 그걸 믿습니다.

악당을 물리친다

이제 인생의 악당들을 구별할 수 있게 되었을 겁니다. 물론 악당들은 술책에 능하죠. 때로는 자기 스스로의 모습이나 부모님, 또는 친한 친구, 심지어 텔레비전 광고로 위장해서 우리를 속이려 들 겁니다. 악당들은 어디에나 존재합니다. 하지만 이제는 그들을 구별해낼 수 있습니다. 진정한 영웅이 되고 싶다면 악당을 극복해야 합니다. 그리고 더 중요한 것은 우리가 악당을 극복한 것처럼 우리 뒤에 있는 사람도 도와줄 수 있는 사람이 되어야 한다는 겁니다. 왜냐하면 우리는 '대인배'잖아요!

스스로 자신의 일상을 지배한다

인생은 복잡합니다. 사람과의 관계, 학교, 일, 취미, 첨단 기술 등 배우고 익히고 갖추어야 할 것들이 너무 많습니다. 하지만 이런 것들은 우리가 최고가 되기 위해 거쳐야만 하는 것들입니다. 개인적으로 지금의 10대는 옛날보다 더 힘들다고 생각합니다. 수많은 일들이 일어나고, 성공과 실패의 갈림길들이 있습니다. 그러나 기억해야 합니다. 어떤 시나리오에 여러분을 맞추든지 영웅의 신조를 잊지 말아야 합니다. 책임지지도 못할 리스트를 쳐다보기만 할지, 리스트에서 해야 할 일을 줄여갈지는 우리의 선택에 달려 있습니다. 차근차근 하루에 한 가지씩 도전을 수행해나간다면 우리는 분명 우리의 일상을 지배할 수 있을 겁니다.

모든 것은 변하고 모든 것은 똑같다

삶의 모든 것은 변합니다. 우리를 둘러싼 환경도 늘 변합니다. 친구, 일, 위치, 삶의 방식 등 모든 것이 변한다는 말이죠. 시간이 지나면 다른 사람들과 데이트를 할 것이고, 직업을 찾을 것이고 그만두기도 할 겁니다. 다른 사람에게 실망도 하고 또 다른 사람을 실망시키기도 하겠죠. 인생의 매일매일은 모두 같지 않습니다. 하지만 다른 상황에서도 변하지 않는 것이 있습니다.

영웅의 신조는 결코 변하지 않습니다. 좋은 상황이든 나쁜 상황이든 여러분의 인생에 일어나는 모든 일에 책임질 사람은 우리 자신입니다. 게다가 악당들이 사용하는 술책과 계략은 늘 똑같잖아요. 그들은 탐욕, 자만심, 질투, 불안함을 이용할 겁니다. 하지만 우리는 이제 달라졌잖아요. 그들이 공격을 멈추지 않는다 하더라도 우리는 준비가 되어 있습니다.

선택해야만 한다

이제 책을 내려놓고 결정을 해야 할 때입니다. 어쩌면 지금 잠을 자거나 텔레비전을 보거나 또 어쩌면 제가 한 이야기들을 다시 한번 생각하고 있을 수도 있겠지요. 아니면 자신이 어떤 사람인지에 대해 진지하게 고민하고 있을지도 모르겠습니다. 그것도 아니면 앞으로 해야 할 일들에 대해 조사를 하거나 시험공부를 하고 있을까요? 자신의 인생을 돌아보거나 악당들을 분석하고 있을 수도 있겠네요. 친구에게 감사의 마음을 전할지도 모르겠고요. 그런데 무엇을 하든 그것을 결정하는 건 오직 자신뿐이라는 걸 잊지 않았으면 좋겠습니다.

다시 말하지만 오직 여러분 자신만이 그런 결정을 할 수 있습니다. 저는 그 누구보다도 여러분이 그렇게 하도록 해주고 싶지만 제게도 한계는 있습니다. 지금부터의 결정은 여러분에게 달려 있습니다. 어떤 방향으로 달려갈지는 여러분의 몫입니다.

주위를 둘러본다

'감사'라는 말이 있습니다. 검사를 받는다는 뜻이지요. 아마 '국세청에서 회계감사를 받다'라는 말 정도는 들어봤을 겁니다. 저는 지금이 우리 인생이 감사를 받을 때라고 생각합니다. 몇 분만 시간을 내봅시다. 15장의 정체성 부분을 다시 한 번 읽어보고 종이 한 장을 꺼내는 겁니다. 그리고 질문에 대답해보세요.

1. 무엇이 여러분을 유일무이하게 만드나?
2. 무엇을 사랑하나? 무엇을 싫어하나?
3. 무엇을 잘하나? 무엇을 못하나?
4. 어떤 것에 찬성하나? 어떤 것에 반대하나?

자, 이제 정체성 선언문을 작성해보세요. 여러분이 아는 여러분의 인생을 모두 포괄하는 것이어야 합니다. 그렇다고 너무 자세할 필요는 없습니다. 여러분이 매일 내리는 결정을 도와줄 지침서 정도이면 괜찮습니다.

이번에는 친한 친구를 다섯 명 써보세요. 그리고 한 번 물어보는 겁니다. 내 친구들은 좋은 사람들인가? 그들은 자신이 써 내려가는 인생의 이야기에서 영웅인가, 아니면 남의 인생을 정복하는 악당들인가? 혹시 내 인생을 넘보는가? 남은 일생 동안 이 다섯 명과 계속 친하게 지냈을 때, 내 인생은 더 좋아질까, 나빠질까?

어려울 수도 있습니다. 그러나 나와 함께하는 사람들이 어떤 인물들인지는 알아야 합니다. 이것은 마치 반창고를 떼어낼 때처럼 따끔따끔하고, 기분 나쁠 수도 있습니다. 그러나 이렇게 하지 않으면 좀비나 해적들이 우리 인생을 지배할 겁니다.

똑같은 질문을 여자 친구나 남자 친구에게도 적용해보세요. 그들이 해적인지, 좀비인지, 강아지인지 제대로 알아야 합니다. 왜냐하면 여자 친구, 남자 친구와 함께 내리는 이런 결정들은 서로의 인생에 오랫동안 영향을 끼칠 것이기 때문입니다.

마스터플랜

일단 여러분의 인생을 '감사'했다면, 이제는 목표 리스트를 만들 차례입니다. 돈을 얼마나 벌지, 차를 몇 대 살지에 대한 것이 아닙니다. 멋진 스토리에 말할 가치가 있어야 합니다. 몇 십 억을 벌겠다는 건 멋지지 않습니다. 그러나 몇 십 억을 벌어서 아프리카에 있는 백만 명의 사람들에게 1년 동안 깨끗한 물을 공급하겠다는 이야기는 분명 멋집니다.

자, 이제 영웅이 되는 것과 실제로 여러분이 자신의 세계를 지배하는 것이 어떤 의미인지를 얘기할 때가 왔습니다. 아무도 하루 종일 앉아서 동영상을 검색하는 사람을 좋아하지 않겠죠. 그 사람은 영웅이 아닙니다. 영웅들은 열정으로 깨어 있는 사람입니다. 지구의 종말이 올 때까지 포기하지 않고 자신의 목표를 향해 나아가는 사람이기도 합니다.

여러분의 목표는 뭔가요? 여러분으로 인해 무엇이 변하고, 발견되고, 창조될 수 있을까요? 누가 여러분으로 인해 용기를 얻고, 구조되고, 도움을 받을 수 있을까요?

5년 뒤, 여러분의 목표가 바뀔지도 모릅니다. 어쩌면 의사가 여러분에게 맞지 않는다는 것을 발견할지도 모르죠. 어쩌면 작가가 되고 싶을 수도 있습니다. 그것도 아니면 전혀 다른 사람이 되고 싶을 수도 있겠죠. 괜찮습니다. 새로운 목표를 설정하는 겁니다. 그것도 멋진 이야기의 한 부분입니다. 영웅이 항상 목표한 방향으로만 움직이는 건 아닙니다. 긴 항해를 해나가면서 부딪히고 배우는 것들이 새로운 목표를 주기도 합니다. 중요한 건 절대 포기하지 않고, 구체적인 실행 계획을 세워나가는 겁니다.

예를 들어 자전거를 타고 전국일주를 한다고 생각해보세요. 그럼, 자신의 자전거가 전국일주를 할 수 있을 만큼 튼튼한지를 알아봐야겠죠. 그보다 먼저, 자전거가 있는지 없는지부터 확인을 해야 할 겁니다. 타이어에 바람도 가득 넣고 가방도 꾸립니다. 그리고 전국일주를 할 만큼의 체력도 키워야 할 겁니다. 이제 페달을 돌립니다. 하루에 갈 수 있는 거리만큼 가면 됩니다.

목적지를 향해 나아가면서 여러분은 많은 것을 경험할 것입니다. 중요한 건 방향 설정입니다. 방향이 달라지면 미로 속을 헤매게 될 수도 있습니다. 그리고 전국 일주에 성공한다면 나는 듯이 기분이 좋아질 겁니다. 그리고 만세를 부르겠죠. 그런데 그때 해야 할 일은 바로 다음 모험을 계획하고 다시 시작하는 겁니다.

여러분은 여러분의 세계를 정복하는 계획을 짜야 합니다. 하지만 그걸 사치라고 여기는 사람들도 있다는 걸 잊지 마세요. 우리의 계획 중에 하나는 그런 사람들을 도와주는 겁니다. 제 생각에 우리가 말할 수 있는 최고의 이야기는 가족이나 친구, 학교나 조국을 떠나 나와 아무런 관계가 없는 타인을 돕는 일입니다.

결국 세계는 좁다

여러분이 지금 이 책을 읽고 있다면, 두 가지는 확실합니다. 첫 번째는 여러분에게 읽을 수 있는 능력이 있다는 것이고, 두 번째는 여러분이 이 책을 구할 수 있는 어딘가에 산다는 말이지요.

아무 의미 없어 보일지 모르지만 이 두 가지 사실은 여러분이 행운아라는 걸 의미합니다. 여러분에게는 능력이 있고 여러분은 괜찮은 나라에 살고 있습니다. 스파이더맨의 삼촌인 벤은 이런 말을 했습니다.

"엄청난 힘은 엄청난 책임을 수반한다."

행운아라는 것은 일종의 초능력입니다. 초능력을 가진 여러분에게는 두 가지 길이 있습니다. 능력을 이기적으로 사용하여 슈퍼 악당이 되거나, 남을 돕고 보호하는 슈퍼 히어로가 되는 겁니다. 잊지 않았겠죠. 영웅은 자신이 아닌 자기보다 약한 존재들을 수호하고 도와주는 사람입니다. 영웅은 책임감이 강할 뿐만 아니라 정의를 수호하고자 합니다. 편안하게 영광을 즐기려고만 하는 사람들이 아니라는 말입니다. 그러니 영웅이 되는 최고의 길 중 하나는 사람들의 친구가 되는 겁니다. 심지어 한 번도 만난 적이 없고 앞으로도 만날 일이 없는 사람과도 말이지요.

혹시 이 세상이 불공평하다고 생각해본 적 있나요? 여러분과 저는 행운아들입니다. 우리는 뭔가 할 수 있는 시대와 장소에 태어났어요. 사람들은 "나는 원한다. 나는 이런 걸 원해. 원하고 있어." 하고 말합니다. 그런데 이렇게 바꾸면 어떨까

요? '나는 준다. 줄 거야. 주고 있어.'

관대함이 필요하다

너그러움은 좋은 일을 만들어줍니다. 스스로에게 뿌듯함을 줄 때도 있습니다. 그렇지만 그것이 관대해져야 하는 이유는 아닙니다. 남을 이용하고 거만하게 마음의 문을 닫고 있는 건 스스로를 다치게 하는 행동입니다.

우리가 빈털터리가 되거나 불운에 빠지면, 우리도 타인의 도움이 필요할 겁니다. 그런데 '정부에서 해주겠지.', '다른 착한 사람들이 도와주겠지.' 하고 생각하면 결국 자신을 다치게 하고 말 겁니다. 돈만 좋아하는 가치 없는 행동이잖아요. 집에 금송아지가 열 마리 있으면 뭐하나요?

자신의 세계를 지배하는 여러분은 커다란 선물을 받은 셈입니다. 그런데 그 선물은 숨겨두면 빛을 발하지 않습니다. 나눌수록 빛이 나지요. 그것을 나누는 방법은 다른 사람들도 그들이 자신의 세계를 지배할 수 있도록 가르쳐주고 도와주는 겁니다.

잭 헌터라는 사람이 있습니다. 반 노예주의 운동가입니다. 전 세계의 학생들을 중심으로 노예제 폐지를 알렸고 기금도 마련하였습니다. 책도 세 권이나 썼습니다. 어느 날 잭 헌터는 지금도 2,700만 명의 노예가 이 지구상에 살고 있다는 사실을 알게 되었습니다. 그런데 대다수의 사람들은 그걸 모르

세계를
내 것으로
만드는
방법

275

고 있었죠. 그는 그것을 안타까워했고 분노했습니다. 그리고 동료 학생들과 이 운동을 시작했습니다.

잭이 첫 번째 책을 냈을 때, 그는 12세였습니다. 지금도 아직 22세입니다. 그러니까 나이 따위의 핑계는 대지 맙시다. 그가 가졌던 건 바로 '열정'입니다. 잭은 어린 나이에 이미 그의 인생을 단지 자신만을 위해 보내지 않기로 결심했습니다. 12세의 잭은 노예를 해방시키기로 마음먹었던 것입니다. 제가 열두 살이었을 때에는 온갖 바보 같은 짓을 해서 학교에 남아 있곤 했는데 그는 달랐습니다. 도대체 차이점이 뭐었을까요? 저는 말썽을 부리고 학교라는 굴레를 벗어날 생각만 했지만 잭은 노예를 해방시키기 위해 자신의 온갖 능력을 동원하여 돈을 모으기 시작했습니다.

이번에는 베타니 해밀턴 이야기입니다. 열세 살이 되던 해, 그녀는 하와이 해변에서 서핑을 하다 상어에게 공격을 당했습니다. 피를 너무 흘려 거의 죽을 뻔했죠. 그녀를 생각하면 인생이 불공평하다는 말이 그저 불평에 불과하다는 생각이 듭니다. 그런데 그녀는 그녀의 귀신들을 극복하고 물로 다시 돌아갔습니다. 다시 서핑하는 것을 배웠습니다. 한 개의 팔로 말입니다. 다시 서핑을 배운 것뿐만이 아니라 그녀는 2004년 전국 서핑 챔피언십에서 5등을 했습니다. 그리고 하와이 전국 서핑 대회에서 여성부 1등을 했습니다.

몇 년 전 저는 〈프라임타임 라이브〉 쇼에서 그녀의 인터뷰를 보고 큰 감동을 받았습니다. 그녀는 이렇게 말했습니다.

"저는 엄청난 양의 편지를 받아요. 힘든 시간을 보낸 사람들의 이야기와 그들이 제가 서핑을 포기하지 않는 모습을 보고 힘을 얻었다는 이야기들이지요."

그녀의 존재 자체가 어려운 사람들에게 도움이 되었던 것입니다. 나쁜 일과 상황에서도 좋은 교훈과 이야기가 만들어질 수 있음을 그녀는 보여주었습니다. 끔찍한 사고를 당한 그녀의 경험은 10대들이 인생의 악당을 물리치는 데에도 사용되고 있습니다.

어떤 이들은 상어 같은 악당들이 자신들의 삶을 지배하도록 내버려둡니다. 반면에 잭이나 베타니 같은 영웅들은 벌떡 일어나 악당에 맞서 싸웁니다. 여러분은 어떤 사람이 되고 싶은가요?

이제 결정을 해야 할 시간입니다. 정당하고 옳은 일이기 때문에 어려운 길을 택할 것인가? 나쁜 친구들을 버릴 것인가? 본인 스스로 프로그램을 개발하여 로봇을 물리칠 것인가? 닌자에게 당당히 '노'라고 말하며 다른 데 가서 알아보라고 할 것인가? 뱀파이어 따라다니는 것을 관두고, 결국 그들이 원하는 것은 여러분에게서 자신감을 빼앗는 것이라는 사실을 깨달을 것인가?

우리는 우리입니다. 바로 우리 자신이 세계의 영웅입니다. 자신의 세계를 지배하기 위해 노력해야 합니다. 그렇게 하지 않으면, 엄청난 무리의 악당들이 우리의 삶을 빼앗으려 들 것입니다.

이제 변명은 하지 말아요. 순식간에 모든 문제를 해결할 마술은 없습니다. 대신 가치 있는 인생을 만들 결정들이 있습니다. 그리고 지금이 바로 그 결정을 내릴 시간입니다. 바로 지금이 여러분의 삶을 완전히 바꿀 수 있는 그 순간입니다.

어느 날 인생을 되돌아봤을 때, 이 책을 덮은 바로 그 순간에 모든 것이 바뀌었다고 느낄 그 순간이 왔습니다. 혹은 이 책을 그냥 선반에 올려두고 잊어버릴 수도 있을 겁니다. 먼지가 앉고 곰팡이가 핀 이 책을 재활용 쓰레기로 버릴 수도 있고요.

그렇지만 이 책을 여러분 인생의 가이드로 삼아보면 어떨까요? 자주 들춰보며 자신의 세계를 정복하는 것이 어떤 것인지 상기시키면 어떨까요? 자신의 사명 선언문을 자주 업데이트해서 자신이 어떤 사람인지, 세상과 어떤 관계를 맺을지 생각해보면 어떨까요? 악당들을 기억하고 그들과 최대한 멀리 떨어져 자신의 세계를 지배하는 길을 걷는 겁니다.

최고의 세계 정복 이야기는 영원히 살아 숨 쉴 것이다

영화와 책에는 늘 끝이 있습니다. 영웅이 미녀를 얻거나 악당을 물리치기도 하고 다른 사람으로 태어나기도 하잖아요. 영화는 두 시간 만에 그런 과정을 보여줍니다. 우리가 간단한 이야기를 좋아하는 이유이기도 합니다. 하지만 인생은 그것보다 좀 더 복잡합니다. 왜냐하면 우리의 실제 인생에는 정확한 끝이 없기 때문입니다.

일단 큰 장애물을 한번 극복하고 나면, 또 다른 것이 나타나 그 자리를 대체합니다. 열심히 인생을 헤쳐나가 대학 졸업장을 따고 나면, 직업을 얻어야 하는 또 다른 세계가 펼쳐집니다. 직업을 얻고 경력을 쌓아갈 때면 인생의 동반자를 찾아야 할 시기가 옵니다. 인생의 반쪽을 찾으면 부모가 되고 아이들이 우리 인생의 한 부분이 되겠죠.

이런 이야기가 우울하게 들릴지도 모르겠습니다. 하지만 자신의 인생을 정복하려는 여러분의 이야기는 실제로 그것을 행동에 옮길 때까지 끝난 것이 아닙니다. 그러나 인생을 정복하는 일의 가장 멋진 점은 결정을 하면 할수록 인생의 황금기가 가까워진다는 사실입니다. 저도 여러분처럼 아직 배울 게 많습니다. 하지만 조금 더 산 인생 선배로서 한 가지 말하자면, 여러분은 어떤 역경도 헤쳐나갈 수 있습니다.

마지막으로 아주 간단한 시나리오 하나를 이야기하고 싶습니다. 어떤 갈등 상황에 처하게 되면, 악당들은 공격을 가해올 겁니다. 자신의 세계를 정복하는 길에는 늘 장애물이 따릅니다. 우리는 두 가지를 선택할 수 있습니다.

1. 장애물과 악당에 당당히 맞서는 거야. 왜냐하면 바로 그러한

것들이 우리를 더 나은 사람으로 만들어줄 테니까. 세상을 더 나은 곳으로 만들어줄 인생의 경험과 함께 우리를 멋진 스토리 텔러로 변신시켜줄 거야. 우리는 영웅처럼 살게 될 거고, 영웅처럼 장렬하게 죽음을 맞이할 거야.

혹은

2. 그냥 포기할 수도 있어. 숨어버리는 거야. 죽을 때까지 마약과 술, 섹스와 탐욕으로 일그러지는 거지. 인생은 완전 엉망이 되겠지.

그런데 제가 여기에서 한 가지 배운 게 있습니다. 최고의 이야기는 여러분과 함께 끝나지 않는다는 겁니다. 최고의 이야기는 여러분의 친구와 가족, 그리고 여러분이 영향을 미친 인생들에 있습니다. 이것이 바로 인생 최고의 묘미입니다. 전염이 된다는 것 말입니다.

희망으로 세상을 전염시키고 싶다면, 스스로를 보호하지 못하는 사람들을 보호해주면 됩니다. 거짓 광고와 탐욕의 삶이 아닌 진실한 삶을 살고 싶다면, 딱 한 가지 일을 하면 됩니다.

'선택', 선택하는 것입니다!

세상을 지배하는 것을 선택하면 됩니다. 어떻게 하는지는 이미 알고 있겠죠. 자, 이제 출발입니다.

역자후기

역자 후기

간절히 소망하고 갈구하면 이상은 결국 현실이 된다. 돌이켜 보면 내 인생의 여정도 그리 녹록치만은 않았다. 핀란드라는 생경한 북구유럽으로 유학을 결심했던 20대의 도전, 학교 졸업 후 어떻게든 직장을 얻어 핀란드에 정착해보자 했던 무모한 계획, 그리고 미국, 일본을 거쳐 다시 돌아온 한국. 내 청춘의 10년은 정말 다양한 일과 도전의 연속이었다. 현재의 삶에 이르기까지 수많은 좌절과 모멸감, 그리고 실패의 고통이 있었다. 이 모든 것을 극복할 수 있었던 건 내게 구체적인 목표를 세워 도전하고 노력하면 이상이 현실이 될 수 있을 것이라는 믿음이 있었기 때문이다.

핀란드 유학 초창기에는 한국에서의 순탄했던 삶을 그리워하며 내가 왜 이런 가시밭길을 택하여 사서 고생을 하나 싶어 셀 수 없는 밤을 눈물로 지새웠다.

핀란드에 도착한 지 얼마 안 되어 있었던 일이다. 담당 교수는 프로젝트를 주며 팀별로 작업을 하라고 했다. A4 3장짜리 프로젝트 요약본을 읽고 작업을 어떻게 분담할지 논의하기 시작했다. 보통 서로의 성향과 지적 수준에 대한 탐색을 통해 리더를 뽑는데, 자아가 강한 유럽인들은 이때 서로 기선을 제압하려 한다. 그런데 난 의견을 내기는커녕 5분 동안 3장짜리 영어 요약본을 다 읽기에도 벅찬 상황이었다. 결국 제대로 된 말 한마디 하지 못하고 그네들이 정하는 대로 끌려가고 말았다. '무임승차'까지는 아니어도 그리 큰 도움은 안 되는 '그저 그런' 존재로 낙인찍히는 순간이었다. 자존심이 여지없이 구겨져 내렸다. 속이 상해 쉬는 시간 5분 동안 화장실에서 숨죽여 울었다. 그 후로 며칠은 학교 가기도 싫었다. 그러나 그렇게 지낼 수만은 없었다.

어느 날 밤 책상에 앉아 가만히 생각해보았다. 한국에서였으면 나는 프로젝트를 주도하는 팀 리더를 하고도 남았을 터였다. '왜 여기에서는 이렇게 주눅이 들어 있을까?' 한국인도 없는 이역만리로 유학을 선택한 '목적'에 대해서도 다시 생각해보았다. '영어 때문인가, 자신감이 없어서? 내가 전공 분야의 지식이 현저히 떨어지나?' 이 세 가지 모두 약간의 이유는 될 수 있었다.

　그 순간 나는 생각을 고쳐먹었다. 그래, '액션'(action)이 필요하다. 이상이 현실을 지배한다는 에머슨의 말이 방구석에 가만히 앉아 세계를 제패하겠다는 야망만 가지라는 뜻은 아닐 것이다. 이상은 실행을 통해 현실이 된다. 결국 '준비'를 남들의 2~3배로 하는 수밖에 없었다. 그렇게 근근이 버티던 중, 생각지도 못한 기회가 왔다. 2주간의 준비 끝에 발표 자료를 만들어야 했다. 사실 유럽 학생들의 파워포인트 실력은 초보 수준에 가깝다. 굳이 내가 파워포인트를 준비해야 할 이유는 없었지만 나는 조금 티를 내기로 결심했다. 내용에 맞는 플로차트와 도형을 넣고, 직접 촬영한 사진을 배경으로 넣어 세련되게 만들어보았다. 그로부터 나를 보는 시선이 달라지기 시작했다. 결국 우리 팀은 1등을 하게 되었고, 미국인 교수는 파워포인트를 누가 만들었느냐고 물었다. 내가 했다고 대답했더니, 그는 나를 자신의 연구실로 불러 자신의 세미나 자료를 부탁했다. 그 작은 사건을 계기로 나는 자신감을 회복했고, 반에서 내 자리도 확고히 할 수 있었다.

　자랑하려는 이야기가 아니다. 며칠 밤을 울며 무시와 모멸감에 자존심 상해했던 내가, 그대로 주저앉아 될 대로 되라지 했다면 그런 기회가 왔을까? 준비되어 있지 않은 자는 기회가 와도 그것이 기회인지 모른다. 나는 없는 기회를 만들어낸 것이었다. 유학 생활이 실패로 끝났을지도 모르는 절체절명의 위기를 나는 이렇게 이겨냈다.

언어 장벽과 자신감 부족으로 늘 스트레스에 시달리던 당시의 나에게, 공부 외에 자신감과 에너지를 보충할 무엇인가가 필요했다. 두 가지를 선택했다. 한 가지는 집 앞의 피트니스센터에 가서 자신 있던 방송 댄스와 요가를 하는 것이었다. 다른 한 가지는 핀란드어를 배워 학생이 아닌 다른 사람들과도 만나보는 것이었다. 두 가지 모두 효과가 있었다. 핀란드의 춥고 긴 겨울을 몇 해 동안이나 견뎌낼 수 있었던 건, 내 나름대로의 이러한 자구책 덕분이 아닌가 싶다. 학교에서 주최하는 댄스 파티나 사교모임에도 부지런히 쫓아다녔다. 공부를 약간 못한다고 해서 여기에서까지 기죽을 필요는 없다고 생각했다. 그래서 코스튬 파티에는 누구보다 더 '제대로' 갖춰 입고 가서 분위기를 즐겼다.

또한 내가 이렇게 발버둥을 치면서도 적응할 수 있었던 것은 어떤 일이 있어도 내 편이 되어주고 응원해주는 두 명의 멘토 덕분이었다. 한 분은 한국에서 나를 지켜봐주시던 고등학교 때의 담임선생님이고 다른 한 명은 내 핀란드 친구 마리아 린딸라이다. 금요일 오후 내 유일한 낙은, 석귀화 선생님에게 한 주 동안 힘들었던 일과 조언을 구할 일들을 이메일로 보내는 것이었다. 한글 타이핑이 안 되어 영어로 써야 했지만 선생님의 아들과 번역기의 도움으로 가능할 수 있었다.

그리고 마리아! 유럽 사람들에게 한국은 동남아시아보다

더 생소한 아시아 소국이다. 관심을 가질 리 없었다. 그러나 마리아는 나에게 먼저 다가와 말을 걸어주고 부모님 집으로 초대하여 편안한 주말을 함께 보내기도 했다. 반에서도 나의 든든한 '백'이었다. 나 역시 자아가 강한 마리아가 토론에서 남학생들이나 외국 친구들의 집중 공격을 받을 때, 마리아를 지지하는 발언을 통해 그녀를 도왔다. 우리는 조시의 말처럼 동지였다.

　바로 조시가 이 책에서 이야기하는 내용이 내 삶에도 약간은 묻어 있지 않았나 싶다. 책을 번역하면서, 맞는 말이다 싶어 무릎을 친 적이 한두 번이 아니다. 내 자신을 돌이켜보고 반성하기도 했다. 번역이 끝날 즈음에는 달라진 나를 발견하고 깜짝 놀랐다. 이 책에는 청소년 여러분들에게만 들려주는 이야기가 아니라, 30대 중반이 된 역자에게도 큰 울림으로 다가오는 보석 같은 조시의 이야기가 있다.

　매 시험 후 성적표가 학교 게시판에 공개되었는데, 내 이름을 앞에서보다는 뒤에서 찾는 것이 빠른 때가 있었다. 이름도 동양 이름이어서 오죽 튀는가? 이런 모멸감과 수치심을 겪었던 내가 지금은 여러분들에게 조언을 해줄 수 있는 상황이 되었다. 여러분도 희망을 갖기 바란다. 절대로 넘어지지 않는 사람은 행운아이다. 그러나 더 큰 행운아는 넘어지는 않는 사람이 아니라, 다시 일어나는 사람이라는 말을 곰곰이 생각해 보길 바란다.

조시는 청소년들과 오랫동안 소통해온 소통의 달인이다. 그러나 미국적 사고와 서양인의 표현방식에 맞춰진 문장이라 한국적으로 풀어내기가 쉽지 않았다. 이 모든 과정을 가능케 한 숨은 조력자들이 여러 분 계신다. 잠자고 있던 나의 열정에 다시금 불을 지펴준 비아북 한상준 사장님의 무한한 인내와 협조에 우선 큰 감사를 드리고 싶다. 초고를 읽고 평해주시며 정신적인 지원을 아끼시지 않은 나의 영원한 멘토 돌꽃 석귀화 선생님, 그리고 이 책의 수준을 한 단계 더 격상시켜주시고 활어 같은 문장의 묘미를 일깨워주신 편집인 임병희 박사님께 고마움을 전한다.

2012년 6월

윤신화

내 안에 잠든 영웅을 깨우는 유쾌한 성장 프로젝트!

십대를 위한
세계정복가이드

지은이 ┃ 조시 쉽(Josh Shipp)
옮긴이 ┃ 윤신화

초판 1쇄 인쇄일 2012년 6월 25일
초판 1쇄 발행일 2012년 7월 6일

발행인 ┃ 한상준
기획 ┃ 임병희
편집 ┃ 김수진 · 김민정
디자인 ┃ 김경년
마케팅 ┃ 박신용
종이 ┃ 화인페이퍼
출력 ┃ 경운출력
인쇄 · 제본 ┃ 영신사

발행처 ┃ 비아북(ViaBook Publisher)
출판등록 ┃ 제313-2007-218호(2007년 11월 2일)
주소 ┃ 서울시 마포구 연남동 567-40 2층
전화 ┃ 02-334-6123 팩스 ┃ 02-334-6126 전자우편 ┃ crm@viabook.kr
홈페이지 ┃ viabook.kr